爱琴海
—05—
Aegean sea

一生向晚

奇葩七 著

贵州出版集团
贵州人民出版社

我 希 望 陪 伴 你，
从 心 动 到 古 稀。

/ 人物介绍 /

乔晚

我说了所有的谎，你全都相信。
——简单的我爱你，你却从不信。

乔家大小姐，性格偏成熟冷静。

她从高中开始，一直暗恋祝靖寒。十八岁那年KTV大火，她为救祝靖寒闯入火海，腹部留下一道永生的伤疤。后来，她满心欢喜地嫁给祝靖寒，却发现祝靖寒对她误会重重，不仅不爱她，还从未相信过她。

祝靖寒

明知是时候放手，但我绝不接受。
——因为除了你，我一无所有。

榕城名门祝家之子，祝氏集团总裁。

高中时，他与顾珩是好哥们，对乔晚有好感，但并不自知。

六年前KTV大火，他醉酒昏迷，深陷火场。他不知自己被乔晚所救，反而因顾珩之死对乔晚冷眼以待。

他一直认为乔晚与他结婚完全是另有目的，直到真相大白……

故事的背景

六年前，一场大火成了乔晚、祝靖寒与顾珩宿命的导火索。

那年，十八岁的乔晚为救祝靖寒，闯入火场，腹部烙下了一道不可磨灭的伤疤，而心心念念挂记着乔晚的顾珩，在闯入火海后不幸逝世。

所有人都认为是乔晚害死了顾珩，就连祝靖寒也因此对她冷眼以待。

乔晚无从辩解，也无心逃避罪责，她独自背负起一切，本以为和祝靖寒此生无缘，却没想到祝家上门向乔家提亲。

乔晚以为祝靖寒也是愿意娶她的，她满心欢喜地在众人钦羡的目光中，嫁给了他，却没想到她期待的幸福只是一场荒诞的开始……

Contents 目录

Chapter 01	遥不可及 …	001
Chapter 02	今宵异梦 …	025
Chapter 03	思及必殇 …	045
Chapter 04	当年明月 …	073
Chapter 05	灰色童话 …	099

Contents 目录

Chapter 06　　红颜祸水 … 119

Chapter 07　　情非得已 … 137

Chapter 08　　荒芜流年 … 161

Chapter 09　　何以沉沦 … 193

Chapter 10　　命运轮转 … 223

Chapter 01
遥不可及

1

布置一新的卧室内一片凌乱，男人站在那里，周身仿佛结了一层冰。而女人则坐在床上，一身价值不菲的白色婚纱，好看的裙摆此时皱巴巴地半搭在地上。

"你处心积虑地嫁给我，不就是为了钱吗？"男人的声音带着薄怒，脸色如寒冰一样冰冷。

乔晚抬头，如水的眸子蒙上一层水雾，紧绷的手指逐渐松开，被攥过的布料微微有些褶皱。她脸色苍白，心里觉得冤枉，原来他就是这么想她的？

乔晚再也坐不住了，站起来道："我不是为了钱才嫁给你的。"

"难道你还爱我不成？"男人的眸子倏地眯紧，脸上带着嘲弄之意。这个为了家族利益嫁给自己的女人，他想不出除了钱之外的第二个理由。

是啊，我爱你。可是这话在如此境地她没法说出口。

乔晚微微垂眸，不敢看他愤然的眼神，心里一片冷然。她原本以为他是对她有好感才娶她的，可是看如今的境况，貌似她是误会了，还误会大了。

女人的表情带着丝丝卑微和妥协，可是这一切在祝靖寒的眼里，不过是她想留在祝家的虚伪表象。

低头不回答就代表心虚了，不是吗？

"嗬！"一声冷哼，男人薄唇紧抿，薄凉的眸子寒气慑人，他完美的五官陡然靠近。

男女之间的身高差造就了居高临下的气势。祝靖寒冷笑着说道:"乔晚我告诉你,你祝太太的身份公布于众的那一刻,便是乔家的死期。"

他大手一伸,猛地推开离他十分近的女人。

乔晚一个没反应,便摔在了地上。这一摔让她感觉胳膊好像脱臼了,疼痛难忍。

她缓慢地起身,左胳膊动也不敢动,只一会儿,额头便冷汗涔涔。

乔晚微微抬眸,看向他十分冷漠的脸,轻声说道:"祝靖寒,这是两家早就定下来的婚事,你要是不同意当初为什么不拒绝?"

她想不通,如果他不喜欢她,推了这门婚事不就好了。这样她也不至于嫁给他,惹他嫌弃了。

当初,父亲和她说祝家主动提婚的时候,她还以为是祝靖寒的主意。后来,祝靖寒也没反驳,她便以为他也是愿意的。

祝靖寒薄凉的嘴角扬起一抹笑意,目光却如墨般阴沉如水。

她问他当初干吗去了?

他还真不知道乔晚到底使了什么手段,让老爷子为了此事,竟以死相逼。

祝靖寒不想再与乔晚多说什么,他转身拿起床上脱下来的西装外套开门走了出去。

"砰"的一声关门声,整个世界都清净了。可是此时,乔晚的心里却是波涛汹涌。她的额头沁出冷汗,胳膊上的疼痛提醒着她回神,而那一身还没来得及换下的白色婚纱在这一刻简直白得刺眼。

来不及想太多,乔晚快速走到窗前,她眼睁睁地看着那辆黑色的布加迪威航伴随着喧嚣的怒吼绝尘而去。

2

三年后。

四月的海城,碧海蓝天,少了冰冷冗长的寒流,入夏的天气总是宜人的。

一个大型广告拍摄现场,正因为拍摄广告的女主角还没到而闹得气氛嘈杂。

站在主摄像机位旁的女人,上身穿着V领的白衬衫,下身穿着浅蓝色的牛仔裤,脸上淡淡的妆容极尽简单地搭衬着她温婉的气质,此人正是来监督广告拍摄的乔晚。

她低头看了一下腕表后蹙眉,现在已经是上午十点半了,距预定的拍摄时间晚了两个小时,而模特还没到!

负责联系模特林可儿经纪人的助理从外面跑了进来,神色焦急道:"乔总监,林可儿的经纪人说他们的车在半路上抛锚了,一时半会儿到不了了。"

"小天你跟着咱们的车去接一下,另外,拍摄延迟到今天下午两点。"

乔晚脸上倒是没多大表情,有条不紊地指挥着现场,反正林可儿耍大牌她不是第一次见了。

事情都交代好之后,乔晚深吸一口气出了片场。一直放在兜里的手机嗡嗡地振动,她接起了电话,还未出声,那边舒城说的话,却让她瞬间慌了神。她胳膊一松,场记板啪地摔在地上,随后便踩着九厘米的高跟鞋跑得飞快,片刻间消失在了拍摄场地。

医院门口,一辆黑色的奥迪疾驰而来,伴随着刺耳的刹车声,轮胎在所过的地面划出两条长长的印记。

车门打开,乔晚迅速下车,她神情慌张地向着医院内跑去。

医院内,弥漫着浓郁的消毒水气味,她站在那里,只觉得浑身冰冷,因为刚才舒城打电话说:"祝靖寒在医院。"

电梯在她到的前一秒已经稳稳地合上,而后平稳地慢慢上升。她急躁地抓了抓头顶的墨发,内心焦躁不安,来不及等下一趟电梯就转身往楼梯口那边跑。可她气喘吁吁地到达第七层,一瘸一拐地往里面没走两步,便顿住了脚步。

周围惨白的墙壁映着她红得离谱的脸色。乔晚看到那走廊尽头的男人,一米八七的身姿笔直地站在那里。身形伟岸的他穿着剪裁合体的深蓝色西装,无疑凝成了一道好看的风景线,天然雕琢般的面容中透着丝丝冷峻。他的眸色幽深,在她看向他的同时,他的目光也随之而来,那般淡漠难测。

乔晚见祝靖寒看起来什么事都没有,顿时松了一口气。她缓了缓心神,脚步不受控制地走到他的面前。

祝靖寒低头,睨着她的眸子带着薄凉的寒意。

"你来这里干什么?"他的话让乔晚没来由地一怔。

"我以为你……"出事了。

003

乔晚口中剩余的三个字还未说出，便被一句突如其来的话语打断了。

"谁是病人家属？"不远处的手术室门打开，一个穿着蓝色无菌服的护士大声喊道。

祝靖寒瞬间回过头去，眼中划过一抹担心的神色。他不等乔晚把余下的话说完，便已经跑开了好几步远。

乔晚跟在祝靖寒的身后，抬头一看诊室的牌子，"妇科"两个字便映入她的眼帘。而那护士接下来的话，也让她仿佛置身于地狱。

"病人已经怀孕八周，由于是宫外孕，所以引起了休克和大出血，现在需要进行开腹手术，麻烦家属签一下字。"

乔晚看见祝靖寒眉头微蹙后，拿起签字笔快速地签了字。她还听到祝靖寒说，务必要保证女人的安全。

"祝靖寒，孩子是你的吗？"她满心担忧以为是他出事了，火急火燎地赶过来，可是现实呢？

男人侧眸，眉头蹙起，眸光中一片深沉。

"我不知道乔总监从什么时候起，这么关心我的私事了？"

"乔总监"这三个字，硬生生地把乔晚从愤怒中拉回现实，只是一瞬，她心中便涌起翻江倒海的委屈。

三年了，整整三年他的心没有一点点软化。

电梯门"叮"的一声打开，让这剑拔弩张的气氛有了一丝寂静的不安。

从电梯里出来的人是舒城，他穿着一身白大褂，狭长的桃花眼中泛起担忧。当乔晚那受伤的神色猝不及防地撞入他眼中时，舒城在担心之余，把目光投向了静站在一边、冷漠的祝靖寒身上。

刚才他在一楼拿病患病历本的时候，看到祝靖寒抱着一个女人跑了进来，他便连忙通知乔晚。当时，他还没说完，乔晚那边就挂断了电话，由此可见乔晚是多么担心祝靖寒。

乔晚压下心中的酸楚走到电梯旁，然后面无表情地走进电梯，舒城也跟着走了进去。随着电梯门缓慢地合上，祝靖寒那修长的身形也慢慢消失在她的视野中。

"阿城，我是不是不该来？"

乔晚第一次对自己嫁给祝靖寒这个决定有了怀疑，过去这几年就算他的绯闻闹得再狠，也没出现过有人怀了他孩子的情况，更何况，这回是她亲自撞见的。

"也许不是你看到的那样。"舒城叹了一口气。他是第一次看到乔晚这样挫败和难过的神情，他伸手拍了拍情绪低落的女人的肩膀以示安慰。

乔晚笑了笑，眼睛有些干涩。她抬头深吸了一口气，以前他和别人闹绯闻的时候，她总会这么安慰自己：也许他只是刚好和那个女人碰了面，或者是有事情要谈就被有心之人拍到了上了头条。可是这回，她怕是连敷衍自己都做不到了。

难道她要对自己说，那女人和祝靖寒没关系，祝靖寒只是因为朋友宫外孕大出血，所以才好心陪同朋友去医院的？乔晚很清楚祝靖寒可不是好心到那种程度的人。

两人出了电梯，乔晚一瘸一拐的模样很快就被舒城注意到了。他拉住还在往前走的女人，蹲下身子手指灵活地掀起她的裤脚，脚踝处那瘆人的红肿立刻映入他的眼帘，这下舒城脸色真的严肃了。

"乔晚你怎么弄的？都肿成这样了！"

乔晚低头看了一眼露出的脚踝，她刚才只是觉得有些疼，完全没想到会这么严重。

舒城直接拦腰抱起一脸无辜的女人往骨科的方向走，检查结果出来后，舒城恨不得好好训斥乔晚这个女人一番。虽然软骨挫伤没有伤到骨头那么严重，可是哪有这么不把自己当一回事的女人。

"还好没扭到骨头，要是留下病根，看你以后怎么受罪。"

"你不是说没扭到骨头嘛。"乔晚笑笑。

舒城见她这般笑了，便也不忍心再说她什么了。他只是静静地看着她低头疼得咧嘴的模样，微微敛眸。

乔晚和祝靖寒的那些破事他都清楚，但是他当时根本就没预料到一向当乔晚是透明人的祝靖寒会娶了她。

3

夜晚，浓凉。

乔晚躺在床上昏昏欲睡，床边的窗户开着带来阵阵凉意，可是她却因为脚疼得一点也不想动弹。她伸手拉了拉被子裹住脑袋，闷在里面默不作声，没一会儿便睡着了。

等她醒来的时候，天色已一片大亮，甚至连太阳都高过了树梢。

她起身掀开被子看了一眼脚踝，自打昨天喷上药之后那里便不怎么疼了，只是还红肿得厉害。

乔晚缓慢地下地，穿上拖鞋后一瘸一拐地往外走。她从卧室出来，觉得家里十分安静，便伸手扶在楼梯的栏杆上向下看，餐桌旁并没有祝靖寒的身影，而门口动也没动的拖鞋也显示出这个家的主人昨晚根本就没回来。

乔晚勉强地勾起嘴角微笑，低头看了一下时间，上班马上就来不及了，更谈不上吃早饭了。

乔晚开车一路疾驰到公司，又一瘸一拐地下了车，一进公司大堂便发现整个公司的气氛都是死寂的，甚至还有人停下来，一脸怜悯地看着她。

乔晚蹙了蹙眉，这情况是怎么回事？

这时，卢天恰好从电梯中出来，一路向着乔晚的方向奔了过来。

"乔总监，你怎么才来，我都给你打了多少个电话了？"

乔晚掏出手机，发现没有开机，这才想起手机昨天就没电了，但她因为祝靖寒的事情脑子很乱，所以晚上也忘记充电了。

"怎么了？"乔晚有些疑惑地问卢天。卢天此时的样子十分复杂，实在令人内心难安。

"昨天的事情闹大了，总裁找你。"

听到这话，乔晚的脸色多少有些微微泛白。

祝靖寒的办公室位于整个公司的最高层，站在那里可以俯瞰窗外的一切景色。乔晚站在办公室门口伸手敲了敲门，她等待着里面的回应，可是过了许久，里面仍是一片静谧。

乔晚深吸一口气而后推开门，一抬头便对上男人如墨染般的眼眸。

祝靖寒坐在办公椅上，黑发微散着，浑身透着一股幽冷的气息，她看得出来他的确是生气了。

"祝总你找我？"

"乔总监还真是忙，忙到跟踪我去医院却没时间处理公司的事务。"

他的脸上带着凛然的怒气，嘴角微扬起讥讽的弧度，而乔晚只是迷茫了一瞬便明白了祝靖寒所说的话是什么意思。

"对不起，我马上就去联系拍摄，然后解决这件事情。"

乔晚在心里暗骂了自己一顿，她昨天一听到祝靖寒在医院的消息整个人都乱了，根本就忘了林可儿还要拍摄广告的事，怪不得早上公司会是那样的气氛。

"解决?"祝靖寒起身,英气的眉宇也瞬间冷厉下来。

"嗯。"乔晚点头,没觉得这句话有什么不对。

祝靖寒眼神中透露出一抹凌厉,他冷笑着拿起一份文件塞到乔晚的手里。

"那我倒要看看你怎么解决。"

纸上是林可儿经纪公司发来的解约合同,乔晚看到后就知道这件事情棘手了。不过,不管怎样,她自己惹下的麻烦也要自己解决。

"我这就去联系。"她把那张解约合同折好拿在手里,准备离开。

身后的男人睨着她一瘸一拐走路的样子,一双凉眸上的眉宇微微蹙起。

"你的腿是怎么回事?"

乔晚停住脚步,却并没有回头,她的嘴角勾起一丝讥讽的笑意,他这是在关心她吗?

"没事,只是不小心碰了一下。"她说完继续向外走,却没想到祝靖寒突然伸手抓住了她的胳膊,将她的身子一转,转到了他的面前。乔晚整个人便稳当地落入了祝靖寒的怀中,秀气的鼻子一下子磕在了他坚硬的胸膛上,酸疼酸疼的。

"你干什么?"她伸手揉着被撞得生疼的鼻子,脸上带着怒气。

"就你这副样子还要去解决事情,你不嫌丢人我还嫌丢人。"

"不用你管。"

伴随着这句话的结束,祝靖寒直接把她丢到了沙发上,他蹲下身子卷起她牛仔裤的裤腿,这才发现女人整个脚踝肿得异常,他一开始还以为她伤的是腿。

"等着。"祝靖寒甩下这两个字后,便大步走了出去,还猛地摔上了门。

五分钟之后,乔晚看到祝靖寒又冷着脸进来了,手里还拎着一个塑料袋子,里面装着云南白药喷雾。

"我自己来就好了。"乔晚有些紧张地伸手去拿袋子。

祝靖寒睨了她一眼,把袋子扔在她身旁的沙发上。

乔晚拿着喷雾在脚踝的红肿处喷了喷,又简单地揉了几下。她把东西装好后,放在茶几上,想了想觉得还是把事情说清楚比较好。

她起身站在祝靖寒的面前,努力地让自己的气势不那么弱。

"靖寒,你昨天为什么去医院?"乔晚问出这话时,心里是难过的,因为她知道不管是哪种理由都不是她想要的答案。

她的问题让原本脸色有些缓和的男人的眼底温度又突然骤降,他向前一步,大手钳住她的下颌，鹰隼般的眸子酷似寒冰，冷笑道："你想听哪种答案！"

"我要事实。"

祝靖寒嗤笑了一声，脸上的神情讽刺。

"你不是都看到了吗，难道还想从我这里得到什么不一样的答案来？"

乔晚脸色一僵，她甚至觉得浑身的血液仿佛都凝固了，他的意思是不是表明那女人是他的，就连怀的孩子也是他的？

她的眸子有些湿润，却在他紧紧的钳制下无法低头。

"如果不是宫外孕，你会让那孩子生下来吗？"

乔晚的话中带着颤音，祝靖寒自然听得出来，他墨眸眯起，薄唇轻启："会。"

他口中简单的一个字，狠狠地打击了乔晚那还存有侥幸的心，她只觉得心里犹如一潭死水，心口处钝钝地疼着，疼得她忍不住想蹲下来大哭一场。

这场一厢情愿的婚姻，她还真是输得彻底。

她讽刺地一笑，眼眶泛红。婚后的这三年，祝靖寒不仅从未给过她机会踏进房间，更是从未给过她半分怀上孩子的可能。他该是有多讨厌她，才会允许别的女人生下他的孩子，该是有多恨这段婚姻，才会连碰都不愿意碰她。

乔晚脸上那抹讽刺意味极深的笑意，令祝靖寒一愣。他勾起嘴角，手指力道微微收紧，低头俯视着她睁大的美眸。

"所以，你打算离婚吗？"

他不相信乔晚真的会因为这件事情难过，毕竟当初她嫁进来的动机根本就不纯，所以她现在的一举一动在他眼中也不过是演戏罢了。

"不离，为什么要离婚？"乔晚扬了扬嘴角，眼中一片氤氲之色。

离婚？给别人有机可乘，她才没那么傻。

祝靖寒的眸光越加深邃，他用力把她甩开。乔晚一个没防备便直接摔在了一旁的沙发上。摔在沙发上不算疼，但她却硬生生地摔出了眼泪。她别过头，伸手拭去眼泪，然后站了起来，眸中带着隐忍的倔强。她知道她惹祝靖寒生气了，能让那么沉稳的男人发怒，她不知道这算不算得上是一种本事。

"出去。"祝靖寒沉着脸，晦暗的眼中透出一丝阴鸷。

乔晚不再看他，她绕过他走了出去，直到关上门的那一刹那，才扯动嘴角，神情晦暗地深吸了一口气。

以前她觉得祝靖寒对任何事都无动于衷，是因为事情没触及他的底线。可现在乔晚清楚地知道那个她素未谋面的女人，也许就是祝靖寒的底线，祝靖寒最想保护的王牌。

卢天等在拐角的地方，他亲眼看着总裁从办公室出来拿了一袋子东西回去，接着没几分钟，乔晚就红着眼睛出来了，想来是挨批了。

他抬起脚步，快步向乔晚走了过去，脸色有些凝重地问道："总监，你没事吧？"

乔晚笑着摇摇头说道："走吧，去恒悦。"

恒悦是国内数一数二的娱乐公司，公司不泛一线明星，而林可儿则是恒悦顶级的签约模特。

卢天跟在乔晚的身后，望着她挺直的背影，没来由地有些为她难过。

乔晚最初来公司的时候，不过是广告部的一个小助理。这几年，她凭着自己优越的实力一步一步爬到总监这个位置。无论是多么难搞的明星还是代言模特，乔晚都有办法把棘手的事情处理妥当。所以当他昨天开车把林可儿接到片场，发现乔晚人不见了，电话也打不通的时候，他就觉得如果不是非常重要的事情，乔晚万万不可能会丢下拍摄的事情玩消失。

卢天看着乔晚一瘸一拐还走得十分快的样子，眼中掠过一丝担忧。

"总监，要不我自己去吧？"

林可儿解约的事情在公司内闹得沸沸扬扬，一大早解约函就送到了总裁办公室，他清楚地知道乔晚去恒悦的目的是什么，但是乔晚现在的状态看起来并不是很好。

乔晚停下脚步，想回头给卢天一个安心的笑容，却在看到那修长挺拔的身影向这边走来时，猛地敛起了笑意。她眸光清冽地望向祝靖寒，祝靖寒却看也没看她，带着一身寒气走进了电梯。

随着"叮"的一声，电梯门缓慢地合上，乔晚还站在原地动也不动，她垂下眼眸，敛起心中暗涌的酸涩，抬起脚慢慢地走进了相邻的电梯。

这两部电梯一如两人的关系，一个总裁专用，一个员工通用，区分了他和她之间天差地别的等级。

4

海城最大的医院里，舒城坐在办公桌前，修长的手指有一搭没一搭地敲打着桌面。

许久后，他终于受不了这冗长沉闷的气氛，伸手猛地合上了电脑。他起身向着门口大步走去,而被他合上的电脑,最后显现的画面是祝靖寒单手抄兜,目光锋锐地站在病房门口的场景。

舒城搭乘着电梯,很快就到达了医院第五层VIP住院部,他从电梯中出来,稳重的白大褂穿在他身上,与其眼中的清冷倒是极其相配。他看向走廊那端面容仿若神祇,无形之中带着一股压迫气势的男人,眸光一暗,踏着步子走了过去。

"祝总,怎么不进去?"

舒城走到病房门口,他的目光望向病床上的女人。那女人面容清丽,光从外表上看如温室内娇弱的花朵一般,美得仿佛只是昙花一现。

舒城不得不承认祝靖寒无论是挑女人的眼光还是吸引女人的魄力都是上等的,在他眼中祝靖寒仿佛从出生的那一刻起就被上帝选中了,是个比濒危野生动物鼷羚还稀有的完美男人。

祝靖寒侧眸,目光深邃犀利,薄唇抿起倏然出声:"舒医生真是悠闲。"

舒城淡淡地笑了一声,双臂自然地垂在两侧。

"悠闲倒不至于,恰好过来看看而已。"

祝靖寒知道昨天乔晚会出现在这里,百分之百和舒城有关系。他淡然地勾起嘴角,也不去戳穿舒城话语中明显的敷衍,只是抬眸又看了一眼躺在病床上还未苏醒的女人后,准备离开。

"祝总。"舒城开口叫住欲离开的男人,欲言又止。

祝靖寒回头,冷漠地看着舒城,等待着他接下来要说的话。

"晚晚只是担心你,她昨天来的时候,并不知道你不是一个人。"

祝靖寒闻言敛了敛眸,舒城这话虽没有一语道破,却是在提醒他,乔晚是以为他出事了才跑来医院的。可他转念一想,心中又千思暗涌。

晚晚?叫得可真亲切。祝靖寒嘴角扬起一抹讥讽,冷漠地看了舒城一眼后,迈着长腿离开了。

高耸的医院大楼外,金灿灿的阳光大片地倾洒在地面上,与高楼建筑映下来的阴影形成了好看的极端相称。

车内,男人坐在那里,好看的侧影倒映在低调奢华的座椅上。坐在前面的司机回头小声问道:"祝总,要回公司吗?"

男人眼眸轻抬,目光深邃,修长的双腿交叠,身子靠在舒服的后排座椅的椅背上。他性感的嗓音轻启,淡淡地"嗯"了一声。

恒悦洽谈室内。

林可儿双臂交叠地坐在那里,她眼眸微微地挑着,性感的栗色大卷长发披在肩上,手指上精心做过的指甲涂着好看的颜色。

乔晚坐在对面,将解约函和当初签订的广告合同放在桌子上。

"林小姐,事发当日是我不对,我给你道个歉,对不起。"

乔晚对事情一向分得很清楚,错了就是错了,她不会找那么多的理由为自己推卸责任。无论是为了谁而旷工拍摄,她没在场就是没在场。

林可儿挑起眼角,一双杏仁眼睨了乔晚一眼,嗤笑一声:"这道歉我接受了,乔总监可以走了。"

卢天就站在乔晚的身后,他听到林可儿的语气就气不打一处来。他刚想说些什么,却被乔晚一个眼神给拦住。

乔晚目光定定地看向林可儿,对林可儿刚才说的话不置可否,她的目光扫过对面嚣张的女人,嘴角突然扬起一抹笑意。

"既然说完了我的问题,那么现在我们就来说说你的问题。"

林可儿一听,不屑地别过头去。

"三个月前,林小姐与我们公司签订了广告合同,第一次拍摄时间定在了上个月十五号,试问林小姐,那天你去干什么了?"

林可儿的经纪人见乔晚越发凌厉的气势,怕林可儿应付不来便替林可儿回答:"上个月十五号我们可儿去参加募捐活动了,有关于那次不能拍摄的情况我记得当初已经向贵公司提过了。"

乔晚听到这回答,笑了笑问道:"你确定?"

经纪人的目光划过一丝闪烁,然后点了点头。

乔晚继续道:"那之前的几次我就不一一地说了,我们就来说说上一次吧。上一次你们迟到,一通电话都没有打来就让我们的工作人员在拍摄现场足足等了两个小时。后来你们才通知我们车子在半路上抛锚了,可是林小姐这世上最不巧的事便是那天早上,我在酒店工作的朋友看到你和一个男人先后出了酒店。我想问一下,你的车子抛锚到酒店里面去了?"

林可儿起身,满脸愤怒:"你别诬陷人。"

乔晚冷然地起身,从包里掏出一个信封,她将信封放在桌子上,目光看向刹那间变了脸色的林可儿,淡淡地说道:"如果这些照片进了报社,你猜明天的娱乐新闻大标题会是什么,让我想想……"

乔晚装模作样地思考着，仿若没看到对面女人要被气死了的样子。

"乔小姐，有事情好商量。"林可儿的经纪人看苗头不对，赶忙出声圆场，他白了一眼身边这个小祖宗，生怕她又说出些什么来。

乔晚冷笑，将信封向中间推了推，然后松开了手。她姣好的身姿站得笔直，嘴角勾起一抹微笑，倾城般好看的面容中带着一丝犀利。

"如果林小姐道歉的话，自然是好商量。"

她乔晚可不是那种好捏的软柿子。

"你！"林可儿脸色涨红，都要被气死了。

乔晚挑了挑眉，红唇弯起："你这样子，我可以理解为是不想道歉的意思？"她拿起刚才放在桌子中央的信封转身欲走，林可儿的经纪人见状，赶忙跑到门口的方向拦住乔晚。

"乔总监，我们道歉。"

"你表态管用吗？"一旁的卢天瞥了林可儿一眼，薄唇勾了勾，话语略带调侃。

林可儿心里怒是怒，但是她也知道眼前的情况要是不道歉的话，事情就不好收拾了。于是，她慢着步子走到乔晚面前，压下心中的怨气放低姿态给乔晚道歉："对不起。"

乔晚缄默不语，静等着下文，林可儿的经纪人立刻明白了乔晚今天来的目的，马上表态道："不知道明天回归拍摄的话，乔总监您是否有时间？"

"明天上午八点，片场见。"她说完，便把那张解约函放在桌上和卢天一起离开了。

乔晚走后，林可儿终于是发作了，将那张解约函撕得四分五裂。

经纪人早就听业界传言乔晚那女人不是很好摆平，他恨铁不成钢地说道："我就说让你小心一些，祝氏是什么公司！多少人挤破了头想上他家的广告，你可好，净给我整些烂摊子。"

林可儿觉得一肚子委屈，她哪里知道平时看起来没什么威慑力的乔晚会那么有手段，而且还偏偏抓了她最不能见光的把柄。其实，她也没想真的解约，只是那天上午她被乔晚的助理接到片场后，发现责任人乔晚不在，心里觉得不平才闹出这么大的事情的，要知道她何时被那样忽视过！

解决林可儿的事情后，乔晚心里一阵轻松，这下子可以给祝靖寒一个交代了。

一生向晚

012

"总监,给。"卢天从路边跑过来,递给乔晚一瓶冷饮,脸上是对她的钦佩和崇拜。

"总监,你太厉害了,什么时候弄的照片?"

乔晚脸上浮起明媚而神秘的笑意,故弄玄虚地对他说道:"想知道?"

"当然想!"

"秘密。"

"……"卢天彻底无话可说了。

5

两人一起回了公司,乔晚一下车便准备抓紧时间去总裁办公室找祝靖寒汇报。可她刚走到前台,便被接待秘书给叫住了。

"乔总监,有你的包裹。"

乔晚伸手接过秘书递过来的包装精美的盒子,她垂眸看了一眼上面美国加州的地址,竟腼腆地笑了笑。

她飞奔到办公室内,迫不及待地从抽屉里拿出一把小剪刀,细心地沿着盒子合并的方向剪开,而放在盒子里面的东西不仅让她一扫几日来的阴霾之气,还让在旁边见证全程的周敏敏一声惊呼:

"天哪,全球限量版啊!晚晚,你男朋友送你的?"

这一声惊呼成功地引了办公室内八名同事的围观。

"LV路易威登绝版,我一年的工资都不够啊!你男朋友好大的手笔!"

乔晚还没来得及反驳,便发觉周围突然静得连针掉在地上的声音都能听见,她抬头便看见了那个站在部门办公室门口一脸阴霾的男人。

"乔晚,来我办公室一趟。"

乔晚在周围同事的小声议论中,小跑着追了出去。她看着祝靖寒的背影,右眼皮不自主地跳了跳,有些诧异他刚才怎么直接叫她的名字了?

祝靖寒站在专属电梯前,旁边是他的特级助理东时,而乔晚则特别自觉地站在了旁边的员工电梯前,她不想在谈事情前就惹到祝靖寒。

东时默默地看了自家总裁一眼,又默默地看了一眼乔晚,别人不知道祝靖寒和乔晚的关系,他却是知道的,可总裁刚才明明是要出去吃饭的,怎么临时改变了主意,叫乔总监去办公室了?

两边的电梯门几乎是同时打开的,乔晚刚准备踏入电梯,却突然被人大力拽了过去。等她回过神的时候,她已经和祝靖寒在一部电梯里了,而东时看着这情形愣是没敢进去,眼睁睁地看着电梯门合上了。

电梯里,乔晚转头看了一眼祝靖寒的神色,慢慢地开口:"祝总,林可儿的事情我已经解决了,明早八点,她会按约定到现场拍摄广告。"

在祝靖寒面前,乔晚向来不会有那般凌厉的气势,而祝靖寒闻言,锋锐的眼神也稍微缓和了一些,随之"嗯"了一声,算作应答。

"那要是没别的事情,我就去吃饭了。"

乔晚看电梯还在上升,葱白的手指伸向楼层按键处,想随便按一个楼层下去,可她的手指尖还未触到数字键上,就被一只温暖的大手给握住了。

"谁告诉你说没别的事情了。"

乔晚轻抿着唇,内心疑惑,如果不是林可儿的事情,那会是什么事情呢?而祝靖寒在意识到自己刚才做出的事后,眼中闪过一丝恼怒,他立刻松开了握住乔晚温软小手的手掌。

乔晚手指紧了紧,这算是两人认识以来,祝靖寒第二次牵她的手了,第一次是在八年前的X酒吧,那个时候祝靖寒还处于半昏迷的状态。

两人下了电梯后,祝靖寒大步地走在前面,乔晚迈着步子跟在后面。走廊很长,男人的步子太大,乔晚很快便落在了后面,她想跟上祝靖寒的脚步,但是脚踝处的伤实在太疼了。

祝靖寒走到办公室前回过头,他的眼眸微眯,目光落在了乔晚低着头一瘸一拐向前走的身影上,他突然觉得乔晚那一米六八的身材看起来也过于清瘦了些。

乔晚走到祝靖寒面前,她抬头的时候,祝靖寒快速地别过了目光,把视线落在一边的门上,他修长的手指转动门把手,门应声而开。

乔晚因为一路思考着祝靖寒找自己有什么事,所以完全没注意到祝靖寒停下了脚步,她猝不及防地撞到祝靖寒坚硬的胸膛上,惊讶地往后退了一步。随着她的动作,门却被她的身子撞得关上了,而她的后背抵在了冰凉坚硬的门板上。

男人俯身,手臂撑在她的耳侧。他微微眯起眼睛,深邃的瞳孔中倒映着她有些惊慌失措的神情,然而只不过一瞬间,她就镇定了下来。

说起来可真好笑,她与祝靖寒夫妻三年,这种情况却算得上是亲密行为了。

"祝总。"乔晚有些无奈地直视着祝靖寒的眼睛。

"昨天我在医院消息是舒城告诉你的？"

"嗯。"乔晚回答完就沉默了，她有些不明白祝靖寒为什么又提这茬。

"你和他发展到什么程度了？"祝靖寒淡声道。

乔晚怔然，他问这个是因为在乎吗？但下一瞬她就推翻了心中这不切实际的想法，祝靖寒会在乎她与别的男人的关系？

如果这句话是疑问句，那么就只有一个答案，根本不可能！

乔晚的嘴角扬起一抹笑意，略带自嘲地说道："能是什么程度，还是要我说到什么程度祝总你才满意！"

祝靖寒的脸色变得阴沉，另一只手缓慢地抚上她粉嫩的唇瓣，漆黑的眼底带着让人看不真切的情绪。

"一个女人到底给了别的男人什么好处，才能让那个男人那么尽心尽力地帮你监视别人。"

他眸中的漩涡越来越深，越加凌厉起来。

"何以见得？祝总，我死乞白赖地赖在你身边三年，你不是也没给我什么好处。"

乔晚笑了笑，眼中闪过一丝晦暗。监视他？她要是早知道他带着别的女人去做那种检查，便是死也不会去找罪受。

"你倒还是挺有自知之明的。"祝靖寒嘴角扬起一抹讥讽的笑意，"死乞白赖"这个词她倒是用得十分恰当。

"谢谢夸奖。"乔晚已经习惯了祝靖寒如此说话的语气，神情比几年前镇定了许多。

突然，祝靖寒的手机铃声响起，他收回撑在门上的手，接通了电话，而乔晚也没错过他看来电显示时那柔情的眼色。

"你昨晚刚做完手术，听医生的话，别乱走。"

安静的环境中，乔晚可以清晰地听见电话那端的女人的声音，她还听见女人说："靖寒，你什么时候来接我？"

乔晚脑袋一蒙，祝靖寒后来又说了些什么，她已全然听不见了。

即使她清楚地知道祝靖寒不喜欢她，可当祝靖寒对别的女人这么温情说话的时候，她心里还是狠狠地疼了一下。

乔晚望向祝靖寒背过去的身影，苦涩地笑了笑，她刚才居然有一瞬间以为祝靖寒是在乎她的，这般自欺欺人真是可笑。

祝靖寒面向窗户的位置，他站在那里，高大的身形挡住了她眼前所有的光芒。他站立的身姿永远是那样挺拔修长，举手投足间散发着独一无二的气息。他转过身时，英俊的轮廓逆向光，那么美好，却又那么遥不可及。

　　乔晚眼里有些恍惚，等她回神的时候，发现祝靖寒已经结束通话，正探究般地看着她。

　　她敛了敛神色，勾起嘴角淡然道："祝总，要是没别的事情我就先出去了。"

　　"嗯。"祝靖寒倒也不再说什么，修长的手指缓慢地揣入兜里，魅惑的瞳孔聚焦，看着她略微仓皇离开的背影，眼睛不禁眯了眯。

　　门"砰"的一声关上了，一侧透明的玻璃窗中还透着男人站在原地的身影。乔晚匆忙地瞥了一眼，便不敢再多看了，生怕祝靖寒发现她此刻的不舍，对她更加讨厌。

　　单恋一个人的感觉，就是怕他知道，又怕他不知道。

　　就如同他永远是她的软肋，却不可能是她的盔甲。

　　乔晚一步一步地沿着走廊走着，高耸的楼层，透明的玻璃长廊，奢华气派的装饰，这就是祝靖寒一手带起来的祝氏企业。她慢慢地靠近外侧的大玻璃窗，低头向外看，地面上的人渺小得如同白纸上圆形的小点。

　　她有时候在想，像祝靖寒那般高高在上的人，在他的心里，她是不是也只是那么一个小点，还是说他只觉得她是他耀眼人生中的污点。

　　那日新婚之夜，祝靖寒扔下那句对她而言很残酷的话后彻夜未归，婚后的这几年她无时无刻不谨记着那句话。曾经天真的她还不信祝靖寒会对她一点好感都没有，可是现在她信了，她是他的妻子，身份却不能公布于众。谁会忍心让自己心爱的人如此委屈，她在他的心里怕是什么都不是吧。

　　青葱年少的时候，祝靖寒还不是这样的性格，他很喜欢笑，嘴角扬起的弧度迎着光显得特别纯情。

　　在高中篮球场上，她经常可以见到他和篮球队的队友们在场上大汗淋漓的样子。

　　他也曾真心地和她说过话，温和地给她讲过题。

　　他和她曾是朋友……

　　乔晚笑笑，她突然觉得此刻的阳光有些刺眼，她转过身来，眼中早已湿润，也许两人的关系从两家有婚约起就改变了。

　　乔晚是个很倔强的女孩子，而祝靖寒就像是一座不可攻破的城池。骄傲如她，本打算把萌芽的心思深深地扼杀在摇篮里，所以她才亲口跟祝靖寒说，她绝对不会同意这门荒唐的婚事，让他放一百个心。

可是现在呢，作茧自缚大概就是这么一种感觉。

她这辈子最难过的事情大抵是爱上一个永远不会爱上自己的人。

她嘴角嘲讽的弧度越发明朗，可她嘲讽的不是别人而是没出息的自己，她默默地整理好心情，一瘸一拐地向前走，直到没入走廊的尽头。

6

同事们全都去吃饭了，平时热闹的办公室现在空空如也。

乔晚走到自己的位置坐下，看了一眼桌上好看的礼盒，她翻了翻，随即蹙眉，她刚刚好像在里面看到一张卡片，怎么没有了？

乔晚再三地翻找之后，还是没找到，她把盒子盖好觉得自己一定是看错了，卡片又不值钱，谁会拿那东西。

手机不安分地振动着，乔晚伸手去拿包，一个没拿稳整个包就掉了下去，早上用来威胁林可儿的那沓照片哗啦啦地散落一地，她来不及一一捡起，便先接通了电话。

电话那边是乔楚温润如水的声音："小晚，礼物收到了吗？"

不可否认，乔晚接到乔楚的电话内心十分澎湃："收到了，特别特别喜欢。"

"喜欢就好，我还怕你看不上。"乔楚笑了笑，一双沉敛的眸子渐渐弯起。

乔晚笑了，她这个哥哥还是跟以前那样，对她好得简直人神共愤。

"哥哥的眼光是顶尖的，你妹妹我会是那么没眼光的人吗？"乔晚眼神明媚，她这个哥哥从小就万人倾羡，又高又帅气，性格还温柔，简直就是暖男的典范。

乔楚笑笑，关切地问道："你和祝靖寒怎么样了？"

一提到祝靖寒，原本欢乐的气氛瞬间就有些凝滞了。

乔晚的身子向后倚了倚道："我和他简直恩爱到羡煞旁人了，哥你就放心吧，从小到大你见我什么时候吃过亏。"

她的声音带着笑意，可脸上却没多大的笑意，她这一世英名算是栽在祝靖寒手上了。

乔楚的手放在办公桌上，手指缓慢地移动着鼠标，他浏览的页面正是最近一个星期祝靖寒与某三线小明星的绯闻。他将鼠标向右移了移，点击红叉，关闭了网页。

"是啊，我家小晚这么漂亮可爱，怎么会有男人不喜欢呢？"乔楚站起身，目光看着外面漆黑的夜色，嘴角的笑意渐渐落了下去。

"哥，你什么时候回来？"

"时间还没定，要是哪天特别想见你了，就飞回去了。"

乔晚才不信乔楚的这些鬼话，她结婚的时候，他连她的婚礼都没参加就飞去了美国。

这几年，两人打电话的次数也不是很多，但是每次她问这句话，乔楚都是一样的说辞，听的次数多了，她自然也就不信了。

乔楚察觉到了乔晚的沉默，他笑了笑，淡漠的嘴角带着温柔的弧度。

恐怕，他这次真的离回去的时间不远了。

总裁办公室内，东时站在一边大气都不敢出。坐在椅子上的男人墨眸紧眯，手里捏着的卡片，中间已经变了形。

这张卡片是东时刚才路过广告策划部的时候，顺手从乔晚的快递盒子里拿出来的，上面写着："祝亲爱的小晚，生日快乐。"语言简洁明了，可落款却很要命，写什么不好，非写一个"最爱你的男人"。

卡片上的纹饰简练好看，上面的字体也隽秀有力，可以看出是一个男人的字体。

祝靖寒的身子向后倚了倚，精致的白色衬衫不见一丝褶皱，他红润的薄唇紧紧地抿着，把捏成团的卡片扔进了旁边的垃圾桶。

东时看着祝靖寒的动作，想要说的话刚到嘴边又给咽了下去，一张俊脸皱得比苦瓜还难看，怎么突然就变天了呢，他就不该把东西拿回来。

乔晚正看着公司最近拍摄的宣传照，舒城就打电话来问她晚上有没有空，她自然是有空的。

"我在左岸西订了位置，晚上一起吃饭吧。"

"好啊。"乔晚利落欢悦的声音，让舒城心情一片大好，今天是乔晚的生日，他想给她个惊喜。

"那就这么说定了，你下班的时候我去接你。"

听乔晚应下了，舒城才舒了一口气。结束通话后，他脱下身上的白大褂，露出里面的黑色T恤，然后，伸手拿起搭在架子上的外套穿在身上，带着车钥匙出了门。

走廊里，舒城的身影格外招人眼球。他是海世医院院长的独生子，医大高材生，长相俊美，家世显赫，身上几乎看不到缺点，被评为海城医界最帅先生。

"舒医生，这么早就下班了吗？"一个抱着病历本的小护士看到舒城从对面走过来，脸色瞬间有些红，腼腆地打着招呼。

舒城笑着点头，妖冶的桃花眼中露出深邃的目光，颇有些韩剧男主的范儿，活脱脱一个治愈者。

黄昏时分，正是下班时间，乔晚快速收拾起东西来，她没忘与舒城的约定。只不过她刚走到办公室门口，便碰上了正好往这边来的东时。

"乔总监。"东时叫住了乔晚。

"东助理，你也下班了？"乔晚眸色浅然，算是打了个招呼。

"没呢，总裁要你今天晚上加班，准备明天的拍摄。"东时哪里敢下班啊，他过来找乔晚是有事情要说，单独通知她一个人加班，总裁这招太狠了。

乔晚蹙眉，秀若春水的眉毛一挑道："拍摄片场昨天都准备好了，没什么需要准备的了，所以今天不需要加班。"

东时有点为难了，不过祝靖寒的话他哪敢违背，怪就怪他手欠，不该拿了那张卡片。

"这个是总裁的决定，乔总监你要不上去和总裁商量一下？"

乔晚咬了咬牙，她又哪里得罪祝靖寒了，这分明就是在变相整她！

乔晚眼珠转了转，脸色诡异地看了东时一眼。东时只觉得浑身阴寒阴寒的，这姑奶奶打的什么算盘。

"又加班，真该辞了这破工作。"乔晚不满地念叨着，转身回了办公室，她放下包包，安分地坐在椅子上，倒是有点像要加班的样子。

东时迟疑了几秒，觉得没什么不妥，便转身走向电梯。

乔晚等了大约五分钟，见走廊里空旷旷的没有人来，便起身拿起包包，以迅雷不及掩耳之势冲了出去。反正祝靖寒会直接乘专属电梯下楼，然后回家，她晚上和舒城吃饭，一时半会儿也回不去，应该不会穿帮。

门口停着一辆玛莎拉蒂，舒城双手环臂站在那里，高大的身形慵懒地倚在车上。而乔晚一下子冲到车前，没来得及打招呼开门便上了车，她觉得自己高中测八百米都没跑过这么快。

"舒城，快走。"

"我的姑奶奶，后面又没有狼追你。"舒城虽然这么说，手上的动作却一点都没慢。

"快，快。"乔晚扒着车窗向外看，直到公司的建筑物消失也没有见到祝靖寒的身影才松了一口气。

"你不会是怕祝靖寒看到吧？"舒城边打趣，边给她系上了安全带。

"可不是，要不是怕他看见，我跑这么快干什么？"然而，乔晚不知道她这一系列动作，都没逃过祝靖寒的眼睛。

祝靖寒站在办公桌前，神色敛起，他看着门口监视器拍到的画面，眼睛瞬间眯紧，手指收紧，"啪"的一声合上了电脑。

东时从门外走进来说道："总裁，刚才有外线电话打过来说你订的东西送到公司了，是我去接收一下，还是你……"

"退了。"

"……"

东时到门口签了单子，付了退货的钱，他看了一眼里面的东西，好像是个蛋糕盒。这时，祝靖寒恰好冷着脸从里面出来，东时连忙跟上他的脚步，小心翼翼地问道："总裁，你订了蛋糕啊，今天谁过生日啊？"

"闭嘴。"他是疯了才想给乔晚过个生日！

7

血红残阳，落日余晖渐渐西斜，让夜晚的天气多少有点冷。

左岸西，VIP包厢，乔晚刚坐下，包厢的灯就暗了下来。

"阿城……"她微微有些不安。

寂静中，突然响起了男人好听的声音，他用轻快的语调缓慢地唱道："祝你生日快乐，祝你生日快乐，祝我亲爱的晚晚生日快乐。"

"刺啦"一声，烛火点燃，舒城的脸映在微弱的烛光中，轮廓温和而美好。

乔晚愣在那里，她没想到舒城会记得她的生日。

"激动傻了？快许愿。"舒城看着乔晚要哭的架势，笑得波澜不惊。

"都多大了还许愿，又不是小孩子。"乔晚白了舒城一眼，嘴上这么说着却还是闭上了眼睛，双手握拳放在唇边。

她希望一切都可以变好，她希望她和祝靖寒的婚姻不再是这么停滞不前的状态，她希望她的家人可以身体健康。

可是，她也知道愿望仅仅是愿望……

四月的天气十分善变，昼夜温差也有些大。乔晚身上穿得单薄，吃完饭出来的时候便能清楚地感觉到这夜色中浓浓的凉意。

舒城脱下身上的外套，披在乔晚清瘦的肩膀上，乔晚抬眸，弯起嘴角笑了笑："谢谢。"

舒城愉快地接受她的道谢，上车后，他侧身从座位底下拿出一个精美的盒子，礼盒里面是一条设计精美的手链。他的头微低，握住她的手腕给她戴上。

乔晚觉得，一辈子有这么一个朋友足矣。

车子缓慢地行驶到祝氏别墅，乔晚下了车，朝舒城摆了摆手后，舒城就开着车子退了出去，她看着车子消失的方向，嘴角勾起一丝笑意。

乔晚进家门后，发现客厅内一片漆黑，她开了灯，看到客厅里的沙发上空空的，便知道祝靖寒要么是没回来，要么就是睡了。

乔晚有些庆幸地叹了一口气，却也有些失望，这么晚，他若是不在家，会在哪儿呢？

乔晚换好拖鞋，拖着疲惫的身子走向卧室，她打开门习惯性地去摸灯的开关，手掌却突然被一只温热的大手握住了。

他在家！这是乔晚的第一认知。

男人身上传来好闻的味道，清香中带着一丝丝独特的气息，让乔晚的心忍不住怦怦乱跳。

灯被按开了，乔晚下意识地眯了眯眼睛，看向眼前人，果然是祝靖寒。

祝靖寒深邃的眼神紧紧地锁住乔晚的眸子，他面无表情一手撑在她的手上，一手去关门。

对于这种分不清祝靖寒是喜是怒的时候，乔晚大多是有些怕的，加上她今天还旷了班，所以自然有些心虚。

祝靖寒将乔晚脸上心虚的表情尽收眼底，他心中冷笑，食指伸向她的脑门中央，轻轻描绘了一个又一个圈。他邪气地勾起嘴角，微微俯下身子凑近她的耳畔，那温热的呼吸瞬间灼烫了她的耳尖，让她整个人紧张了起来。

"去哪儿了？"

他的手指停留在她光洁的额头中央，指腹摩挲着，眼中喜怒不明。乔晚看得出祝靖寒这是生气了，可她又没惹他，林可儿的事件她已经解决了，医院的事情她也不追究了，他为什么还会生气？难道是因为她没同意他的离婚提议，让他心里不舒服了？

如此抓不住祝靖寒的情绪，乔晚为此十分气恼。

"祝靖寒，我今天累了，没时间跟你吵。"乔晚伸手去推他的身体，可男女之间力量悬殊，乔晚所做的一切不过是无用功。

祝靖寒的眸色更加深沉了，他抿唇，手臂撑开些距离。

"我让你在公司加班，你干什么去了？"

乔晚冷笑一声，眼神定定地看着祝靖寒，他这是因为她没听话而生气？她是爱他，可是也没爱到因为他一句话便毫无原则地丢盔弃甲的程度。

她嘴角微动，缓慢地说道："我出去吃饭了。"

"你把我说的话当什么了。"祝靖寒的眼色沉了沉，心里像是燃着一把火。

"我任务完成了，拍摄场地已经准备好了，留在公司加班加什么呀。祝靖寒你别妄想利用职务之便来整我。"

"我利用职务之便整你？"他眼中泛着火苗，语气随即冰冷下来，"乔晚，你也太把自己当回事了。"

"这是我的房间，你给我出去。"乔晚的身子倚在门上，祝靖寒的态度让她生气又难过。

祝靖寒的眸子眯了眯，冷笑道："你的房间？"

祝靖寒的眼中带着刺眼的不屑和嘲讽，乔晚兀自迎上他冰冷至极的目光，眼睛一酸，猛地低下头来，她的眼泪啪嗒砸在地板上，让她去取悦一个不喜欢她的人，真是比登天还难。

祝靖寒见她不出声了，心里也有些烦躁。他伸手捏住乔晚的下巴，刚强迫她抬起头来，便毫无防备地看见她眼眶湿润，楚楚可怜的模样。

乔晚很少在他面前哭，所以他几乎没有见到过她如此软弱的表情，这可以说是破天荒的头一回。

"少惹些不三不四的男人，省得以后给我惹上不必要的麻烦。"

祝靖寒松开捏着她下巴的手，松了松衬衫的领子，把衬衫脱下后扔在大床上。刚才乔晚从外面回来的情形，他都看到了，送她回家的车分明就是舒城的玛莎拉蒂。

祝靖寒心里闷了一口气，压不下去也缓不上来，可这时候，乔晚的态度偏

一生向晚

偏又不软不硬，让他狠不下心来。

乔晚伸手抹去脸上的泪水，祝靖寒看着她黑白分明的眸子，紧紧地拧起了眉。

乔晚兀自地笑了笑：“不知道祝总听没听说过'以身作则'这四个字。”

女人此时的眸子亮亮的，眼神沉寂。

祝靖寒冷笑，嘴角弯起：“我做什么还轮不到你来指手画脚。”

他的目光掠过乔晚，阴鸷的眸子寒气逼人，当初他有他自己的计划，可这个一厢情愿嫁进来的女人却将其全盘打乱了。

乔晚只是冷漠地笑了笑，不再搭话，这场战争她根本毫无胜算。

脱了衬衫的男人露出精壮的胸膛，诱人的八块腹肌和宽肩窄腰的比例比标准的模特身材还要好上几分，可这诱惑的皮相下，隐藏的心到底有多冷血，只有她才知道。

"祝总是要在这里睡吗？"她开口询问祝靖寒，彻底忽略掉了他眼中的奚落。这一天的折腾，让她又累又疲惫。

祝靖寒睨了她一眼，伸手解开裤子上款式极好的皮带，修长的手指将皮带抽去，他的手指放在西裤裤腰的边缘，沿着精壮的腰际线，真的开始脱裤子了。

乔晚咬了咬牙，猛地转身跑了出去。而房间里的男人在乔晚走后也停住了动作，他单手扶在腰上斜站着，薄凉的脸色看不出喜怒。

Chapter 02
今宵异梦

1

　　这一晚乔晚睡得十分踏实,她起来的时候,天已经大亮了。而令她意外的是,祝靖寒正坐在楼下的餐桌前优雅地吃着早餐。

　　乔晚怔了怔,敛下眸子走了过去,她拉开椅子坐在男人的对面,随手拿起一块面包,没有涂果酱就大口大口地往嘴里送。

　　祝靖寒看了一眼她吃得飞快的样子,眉头紧蹙,他伸手把面前的牛奶推到她面前。

　　"你这样像个女人吗?"

　　乔晚也不管他说什么,拿起杯子咕咚咕咚地就往下灌,她拍了拍胸口,由于吃得太急,她刚才差点噎着了。

　　整个早上,两人之间也就这么一句话,饭后,祝靖寒把一个盒子扔在乔晚的面前。

　　"这是什么?"

　　"送你的,喜欢就拿着,不喜欢就扔掉。"

　　乔晚无语,她还没看呢,不过说不开心是假的,她那份发自心底的开心早就显露在了脸上,笑起来的样子让人看着十分舒服。

　　乔晚一直等到祝靖寒离开后,才小心翼翼地打开盒子,盒子里面静置着一条精美的项链,这是祝靖寒第一次送她东西。她看了看,怎么也舍不得戴上,于是又轻轻地把它放回盒子，快速奔上楼，宝贝般地放进抽屉里。

乔晚到公司的时候，林可儿已经到位了。卢天告诉乔晚，整个现场拍摄人员就剩她没到位了。

两人去拍摄现场的路上，卢天一直询问乔晚是怎么把那么神奇的照片拿到手的，而乔晚面对他的问题，只是笑而不语。

哪里有什么照片，昨天那些照片不过是空白的相纸，她之所以搏命一赌，是因为她觉得林可儿那两个小时不来肯定事出有因。而原因，就是那个不能见光的男人。

上个月十五号，乔晚得到消息，林可儿旷工是因为她去外地陪一个男人了。可由于恒悦与祝氏这是第一次合作，她没打算把事实揭发出来，可她没想到昨天事情会闹得那么大。谈判时，她没把照片拿出信封是因为她根本没有，毕竟那一切只是她的猜测，要是她的猜测有误，或者当时有人把照片拿出信封，她的麻烦就大了，到时候她不仅换不回祝氏与恒悦的合作，还可能被林可儿以污蔑之名告上法庭。

现场拍摄进行得很顺利，尽管林可儿还是一脸不情愿的样子，不过有把柄在别人手里，她也不敢造次，一整天的配合度都极高。

临近傍晚的时候，乔晚收拾好手头的工作回家，她开车路过一家高级男装店时，就有点走不动了。她觉得不管是什么样式的衣服穿在祝靖寒身上一定都很好看。

店里的西装都十分正统，她侧眸看上了那件穿在模特身上的深蓝色西装，流线型的裁剪，正装的款型，每个设计细节都精致无比。

乔晚付款买下之后，便没再耽搁直接回了家。她纤细的手指快速地输入密码，门开后心情愉悦地跑进了家，可下一幕场景让她脸上的笑意一下子停滞，她的心猛地沉入谷底。

屋内的气氛如冰封般凝固，她提着那个装西装的袋子，手指缓慢地收紧，她可以感觉到自己的心跳越来越慢。

沙发上坐着一个露出雪白大腿的女人，女人长得很精致，皮肤粉嫩，一张小脸精致好看。可此时，她的身上只穿了一件宽大的衬衫，乔晚认得，那是祝靖寒的衬衫。

一脸冷意的男人从楼梯上缓慢地走下来，乔晚看见他的下半身随意地裹着浴巾，目光向上略过健硕的腹肌，性感的锁骨，便看到了那张俊脸。

乔晚敛了敛眸，心里冷到了极点。孤男寡女，两人穿了跟没穿似的，接下来会发生什么根本不用想，她弯起嘴角，一脸讽刺。

"这里是我家，谁允许你进来的？"乔晚眼底已经有了怒意，这是祝靖寒第一次把外面的女人带回家来！眼前的状况差一点就击溃了乔晚心底的所有防线，她不得不逼迫自己冷静下来。

"靖寒，她是谁啊？"沙发上的女人似乎很害怕乔晚，脸上还带着些许不自然的苍白。

"我妻子。"祝靖寒面色平静地回答着，伸手抽了搭在沙发上的毯子，走到那女人面前，然后俯身将毯子盖在她的身上，"刚做完手术，别着凉了。"

"我没事，哪有那么娇气。"那女人笑笑，似乎是没在意祝靖寒刚才回答的那三个字。

在这两人的面前，乔晚仿佛就是一个陌生人。

乔晚突然只觉得眼前的状况很好笑，祝靖寒总是这样，把她的心一次次敷热，又一次次狠狠地凝上寒霜。

罢了，终究是她想多了。

没猜错的话，眼前这个女人就是宫外孕的那一位，仅仅是一句话一个动作，她就可以断定对面这个女人在祝靖寒心里有着不一般的地位。

乔晚自嘲地笑了，也许，这就是下一位祝太太呢……

祝靖寒回头看向乔晚，冰冷的眸子睐了睐，她那是什么表情？

"不好意思这不是旅馆，祝总你该不会连去酒店开房的钱都出不起了吧？你要是出不起就跟我说，我给！"

乔晚的目光锁定祝靖寒的俊脸，男人眸色凛然，脸上闪过一丝不悦。

"我和靖寒不是你想象中的那种关系。"坐在沙发上的娇俏女人起身，未等祝靖寒出声，就慌忙地辩解。

乔晚笑了笑，眸子微侧。

"不好意思，我不感兴趣。"乔晚的眼睛紧锁那个女人，目光犀利，那声"靖寒"叫得她浑身都起鸡皮疙瘩了，当真是他心尖上的女人才可以这般肆无忌惮地炫耀啊。

祝靖寒扫了乔晚一眼，不喜不怒，随即看向站在一边明显有些害怕的慕安宁。

"你先上去换身衣服。"

慕安宁点了点头，带着些怨气转身慢慢往二楼走去。乔晚目光抬起，她看到慕安宁进了祝靖寒的房间，五指狠狠地收紧又松开，她深吸了一口气道："真不好意思，打扰你和别人的好事了。"

祝靖寒轻笑，俊逸的眉梢轻挑，薄唇勾起。他大步地走到乔晚面前，手指挑起她精巧的下巴，声音却比以往高了一个语调。

"嫉妒了？"他微扬起声音，看进她眸子里。

乔晚轻轻地笑了，纤细的手掌握住他的手指，她仰头盯着祝靖寒挺直的鼻梁，不以为然地说道："我说嫉妒，你信吗？"

她的表情极其自然，祝靖寒还真是看不出她是在嫉妒。再说乔晚怎么会嫉妒呢，要是真有别的情感也只会是害怕，害怕别人夺了她的位置。

祝靖寒甩开乔晚的手，眸子逐渐变得阴寒："当初是你自己执意选的这条路，所以你现在遭遇的一切，要么忍受，要么结束。"

乔晚抬了抬眸，看着他转过去的身影，明媚的笑意越加无畏了。

"我那么爱你，可不忍心和你结束。"她说出这话的时候，只觉得心痛得无法呼吸。

祝靖寒身子一僵，冷清地回过头，墨眸如深海里的星星般深沉得慑人，嘴角带着深深的讥讽："在你过去所说过的谎里，这个最假。"

"祝总还记得我骗过你，我真不知道是该开心还是该难过。"乔晚对祝靖寒唯一撒下的弥天大谎便是她拍着胸口承诺她不会嫁给他。

祝靖寒锁紧眉头，这个女人的脸皮真是一如既往的厚。

"我换好了。"慕安宁迈着轻快的步子向祝靖寒走了过来，极其熟练地挽着他的胳膊。她肤白貌美，一身白色的连衣裙尽显出完美的身材曲线，倒是也挺符合祝靖寒的审美标准。

乔晚不再说话，提着袋子越过两人上楼。袋子上阿玛尼的Logo，祝靖寒只扫了一眼，便随着乔晚的身影消失在了转角处。他回过头，沉下眸子对着慕安宁说道："我送你回家。"

等祝靖寒换好衣服，两人一起走出别墅后，他波澜不惊的脸上才隐约露出些许不悦。

"安宁，下不为例。"

祝靖寒沉着声，发动引擎，车子快速地行驶了出去。而慕安宁紧咬嘴唇，侧眸看着他的轮廓，心里有些不甘。

"我不是故意的，我的衣服湿了，才拿你的衬衫来穿的，我不知道她会回来。"她小声开口说道，生怕祝靖寒以后再也不理她了，要知道她可是好不容易才回来，好不容易才得到这个机会的。

祝靖寒听着她示弱的声音，心里一软，冷冽的脸色也有所好转，毕竟，坐在旁边的这个女人救过他一命。

2

乔晚仰面躺在浴缸里，里面的热水已经变得温凉，她白皙的胳膊上已经起了一层鸡皮疙瘩。刚才祝靖寒的母亲打电话让她明天回家一趟，她心里都明白，无非是为了生孩子的事情。

三年来，她每次回家，都要接受他家人质疑的目光，仿佛她的脸上就写着"不孕"两个字。水无声地流动着，乔晚清晰地听到外面汽车熄火的声音，她冷清地笑了笑，看来祝靖寒回来了。

她起身拿起浴巾围在身上，白皙修长的腿迈出浴缸。随着男人上楼梯的声音，她伸手打开浴室的门。

客厅很黑，她看到男人挺拔的身形渐渐走了过来，便握着浴巾的一角慢慢走到了他的面前。她伸手环住他精壮的腰部，道："靖寒，我们要个孩子吧。"

祝靖寒脊背一僵，女人身上沐浴后清香的味道直蹿鼻尖，他喉咙一紧，深沉的眸色在夜色中闪烁。

"凭什么给你？"祝靖寒轻笑，伸手撩起她的一缕湿发。

乔晚眼中苦涩，只有他看不见她表情的时候，她才敢露出隐忍的神情。

"妈想要孙子了。"

她说这话的时候，神情温软，不像平时那般强势。因为她也想和他有个孩子。

祝靖寒勾起嘴角，一下子把她推到旁边的墙壁上，他俯下身子，温热的气息打在她的脸上，令人发麻。

"就只有这么一个理由？"

乔晚攥紧手掌，轻轻地"嗯"了一声。祝靖寒如同鹰隼一般的眼神，让她觉得十分压抑。

"你什么时候这么单纯了，孩子只不过是你想要保住你祝太太头衔的工具吧。"男人声音凌厉，他想乔晚是因为今天看见慕安宁了，所以坐不住了吗？

乔晚苦笑一声，伸手推开祝靖寒。

"别的女人怎么想我不知道,至少我从来没那么想过,可是祝靖寒,你觉得今天那个女人是怎么想的?"女人最了解女人,慕安宁柔弱身体之下那颗流动的野心,她看得一清二楚。

祝靖寒冷笑,伸手捏住她的下巴,眼神锋锐而犀利。

"她是我三年前定下要娶的女人。"男人似笑非笑的脸上掠过一抹煞气,"要是没有你,她早就是祝太太了,所以她怎么想都无可厚非,因为你和她根本没有可比性。"

乔晚偏过头,通红的眼眶盛满了雾气,她明白他的言下之意,那女人根本不需要使用任何手段就能坐上她的位置,她的一切都是从那个女人手中抢来的。

"可是坐上这个位置的终究是我,不是吗?"乔晚眼中闪过一丝自嘲,这个世界上没有任何东西可以改变过去。

祝靖寒敛起嘴角,声音冰冷而凉薄:"乔晚,我问你,当初为什么改变主意嫁给我?"

黑暗的客厅里,乔晚清晰地感觉到男人冰冷的眸光正睨着她,那目光直刺心窝。她默默地仰起头,努力地辨别着他的轮廓,轻声道:"因为我爱你,祝靖寒。"

祝靖寒眼眸一顿,随即唇间便传出一阵薄凉的笑声,他什么也没说,直接拧开旁边的房门走了进去,而最后留下的冰冷关门声说明他根本就不相信她的话。

乔晚的身子倚着门缓慢下滑,这样不屑的沉默,还不如让她听他发一通脾气来得爽快。

偌大的房子,她一个人孤单地坐在他的房间门口,双手抱臂蹲在那里缩成一团。而祝靖寒则仰面躺在床上,俊逸的脸庞隐匿在漆黑的卧室里。

乔晚刚才说什么?因为她爱他?

爱他是吗?可是过去的那些年,她所做的一切毫无半点喜欢他的迹象,甚至连她交往的男朋友他几乎都一一见过了。现在,她竟然说爱他?

他对乔晚最深的印象,大概就是她死皮赖脸地赖在顾珩身边吧。

夜色模糊了男人的面容,他清浅的呼吸渐渐隐匿于黑暗之中。

第二天,乔晚请了一上午的假,她走的时候看了一眼阿玛尼的袋子,伸手拿上了。

当乔晚到祝家老宅的时候,高芩的态度比以往热络了一些。她犹豫了一下,最终还是问出了口:"妈,你叫我回来,是有什么事吗?"

高芩把目光放在乔晚的身上。保养得极好的皮肤完全让人看不出高芩已经有四十多岁了,她端起镀着一层金边的陶瓷茶杯,轻抿了一口茶,不急不缓地开口道:"你和靖寒打算什么时候要个孩子?"

乔晚的眼神闪了闪,高芩见乔晚不答,便放下手中的茶杯,伸手握住乔晚的手,平静地说道:"小晚,你告诉我,你是不是不能生?"

随着这一句不能生,整个客厅的气氛都凝固住了。乔晚的表情僵得不能再僵,说一个女人不能生和被判了死刑有什么区别。

倏地,门砰地打开,两人闻声回头,映入眼帘的便是祝靖寒孤傲的身影和隐约带着些怒气的表情。

"靖寒,怎么回家也不告诉妈一声?"高芩放开乔晚的手,欣喜地站了起来,那模样与对待乔晚回家的态度完全天差地别。

祝靖寒没回答高芩的话,他直接走到乔晚的面前,拽住她的胳膊,把她整个人都拎了起来。他对着脸色有些不好的高芩说道:"妈,公司还有事情要忙,我们先走了。"

高芩虽然表情有些不满,但是她知道祝靖寒执意要走,她也留不住。

回公司的路上,乔晚的手被祝靖寒拽得生疼,她秀气的眉拧起,完全不知道祝靖寒为什么会来,这个时间他不是应该在公司吗?

"祝靖寒,你松手。"乔晚刚说完,男人便一把把车门打开,顺势把她塞了进去,他自己也随即欺身进来,关上了车门。

"谁让你回来的?"

祝靖寒沉着声,一双黑眸紧紧地盯着乔晚。

"妈昨天打电话让我回来的。"她低头揉了揉被他捏得通红的手腕,淡淡地回答。

她也不想回来,可是她又没什么办法拒绝。

祝靖寒抿了抿唇,坐正身子,语气严肃道:"下次她再叫你,记得告诉我。另外,不用理会我妈今天说的话。"

祝靖寒口中所指的自然是生孩子的事情。乔晚默不作声,她从他昨晚的态度就已经看出她想要一个孩子简直就是痴人说梦。

"我知道了。"她点点头,没再搭话。祝靖寒听她如此爽快就答应,俊眸轻闭，他默默倚在那里，车内的气氛很快就安静了下来。

许久之后，乔晚看了一眼窗外，大喊停车。车子猛地刹住，在青色的柏油路面上划出两道长长的车印。祝靖寒微不可察地皱了一下眉头，侧眸看向乔晚。

"我从这里下去就好了。"

这个位置正是公司前方的交叉路口，乔晚想到要是在公司门口被人撞见她从祝靖寒的车子上下来，肯定少不了闲言碎语，她不想让事情闹大，让乔家出什么问题。

男人并未阻拦，任由她打开车门走出去，沿着路边向左走。他微微侧眸，一直盯着她的背影消失在视野里，才缓慢地对司机道："开车。"

3

东时等在祝靖寒的办公室，他不知道究竟出了什么事情，竟然让祝靖寒把今天的例会推迟了整整一个小时。祝靖寒什么话也没交代就走了，而他看着开会时间越来越近，心里也有些着急了。就在他快待不住正要出去找祝靖寒的时候，祝靖寒打电话过来了。

"我现在到会议室了，你下来的时候把开会所需要的文件都带上。"

祝靖寒原来已经回来了啊，害得他虚惊一场。东时松了口气，要知道来开例会的老股东都是最会挑事儿的，他可压不住局面。

当东时拿着文件下去的时候，祝靖寒已经坐在了主位上，他修长的双腿交叠着，深蓝色的西裤微微褶起，一言不发地听着底下年轻部长的汇报。

东时轻轻地把文件放在他的面前，然后安静地站在他的身旁。

会议结束后，所有人都走了，只有祝靖寒还坐在那里，男人的眼神沉着冷静，似乎在思索着什么事情。他放在桌上的手机振动了一遍又一遍，他却像没听见似的，没有任何要接听的意思。

"总裁，是慕小姐。"东时小心地提醒着。

听闻慕小姐这三个字，祝靖寒清冽的眸光动了动，他伸手接听了电话。

"靖寒，我们中午一起吃饭好不好？"慕安宁的声音弱弱的，口气十分小心翼翼，轻声地在征求祝靖寒的意见，好像生怕他会拒绝。

祝靖寒心里一暖，蹙起的眉宇舒展开来。

"好，等会儿我去接你。"他看了一眼时间，十点四十。

"不用接我，我现在就在公司里面，可是她们说不提前预约不让我见你，你可不可以下来带我上去？"

此时，慕安宁就站在前台附近，她一边说话，一边一脸挑衅地看着那两个前台的工作人员，脸上的表情十分高傲。

两分钟后，男人的身影出现在了公司大堂，而慕安宁似乎是等太久了，一看到祝靖寒表情就抑制不住地欣喜起来。

"你怎么那么长时间才接我电话啊？"女人好看的笑容中带着独特的撒娇语气，那是一般男人都喜欢的语调。

祝靖寒宠溺地揉了揉她的脑袋，勾唇浅笑。

"晚晚，你快看。"周敏敏拉了一把低头边走边看广告剧本的乔晚，一副要开始说重大八卦的语气。

乔晚疑惑地抬头，顺着周敏敏指的方向看过去，便看见了祝靖寒和慕安宁。顿时，她的心仿佛有利刃划过，只觉得心口都要滴出血来了。

"那该不会是总裁的太太吧，你看总裁那宠溺的样子，两人肯定特别恩爱，真羡慕她啊，怎么那么好命。"乔晚听到周敏敏的话后，艰难地掩下难堪的神色，她笑得有些苦涩，嫁给祝靖寒就算好命吗？那她该是有多好的命才会落得如此下场，其实要嫁给一个人并不难，被他放在心上才难。

"走吧。"乔晚不想看两人羡煞旁人秀恩爱的样子。

周敏敏点了点头，最后羡慕地看了两眼慕安宁才跟上乔晚。乔晚本想默默离去，却不知道慕安宁的视力是极好的。

"乔姐姐，你也在这里工作吗？"慕安宁大喊一声，整个公司大堂的人几乎都听见她的话了。乔晚咬了咬牙装作没听见，继续向前走。

慕安宁见乔晚不搭理她，便一路小跑到乔晚身旁，猛地拽住她的胳膊。

乔晚下意识地躲开她的手，谁知道下一刻，慕安宁的脚底仿佛踩到了什么滑的东西，一下子就向后摔了过去。乔晚刚伸出手想去拉慕安宁，就被一股大力给推开，等她站稳身子回神的时候才发现慕安宁已经稳稳地落入了祝靖寒的怀抱。

祝靖寒棱角分明的面容上一双黑眸冷冷地望着乔晚，乔晚避嫌地后退了两步，周敏敏则是一脸惊恐。

乔晚看着祝靖寒护着怀里的女人，动作越发细心的样子，嘴角泛起一丝冷笑："小敏，你先把这份广告策划送到办公室去。"乔晚把手中的文件放在周敏敏的手里。

033

周敏敏看了一下周遭的架势，心里多少是害怕的，于是她拿过文件也不耽搁就离开了现场。

祝靖寒眼中深沉的眸光涌动，犀利地落在她的身上。

乔晚扯动嘴角，眼神有些淡漠："不好意思，我没什么好解释的。"并非她想狡辩，这件事她的确没什么可解释的，她从没想过这种烂俗的戏码会出现在自己身上。

"是我脚滑了。"慕安宁的眼神楚楚可怜，她从祝靖寒的怀中起来后，便紧紧地挽住了他的胳膊。那副小鸟依人的架势，乔晚从来都学不会。

过了一阵，慕安宁见祝靖寒还那么定定地看着乔晚，便晃了晃他的胳膊。

"你别怪乔姐姐，真是我没站稳。"

她不喜欢祝靖寒这样，不管是什么眼神，她觉得祝靖寒看着乔晚她心里就是不舒服。

乔晚看着对面女人又撒娇又装可怜的样子，心里好像明白了什么。原来祝靖寒喜欢的是这种类型啊，那她还真是完全不符合他的口味。

"既然事情清楚了，我就不打扰你们了。"乔晚没兴趣看这秀恩爱的戏码，转身欲走。

"乔姐姐，我和靖寒说好要一起吃中饭的，不如你跟我们一起去吧。"

乔晚挑了挑眉，这女人是怎么想的，如果不知道她和祝靖寒的关系也就罢了，知道还这么大方地邀请她一起去吃饭，难道不嫌她这个电灯泡碍眼？

乔晚看着慕安宁，从她眼中看到意味不明的笑意，心中便清楚了。

瞧那毫不掩饰的挑衅之意，还真是小孩子脾气，不过她可没时间陪一个不成熟的女孩玩。

"不好意思,我中午约了人,就不去了。"乔晚勾起嘴角,笑得那叫一个好看。

"那好遗憾啊，对了，我叫慕安宁，很高兴认识你。"慕安宁的目的就是让乔晚深深地记住她的名字，下一任祝太太的名字。

"名字还挺好听的，就是小小年纪不学好。"乔晚脸上流转着明媚的笑意，别有深意地看了她一眼便走了。可慕安宁却因为这句话心里憋了一口气，喘不上来又咽不下去，偏偏祝靖寒就在她身边，她还不能表现出什么。

祝靖寒冷眸微寒，锐利的眸光扫过乔晚逐渐消失的身影。他薄唇勾起，这女人还真是牙尖嘴利。

乔晚站在洗手间里，打开水龙头，伸出手任由冰凉的水顺着她的指缝往下流,她从来不知道祝靖寒会对一个女人那么上心。刚才她伸出去抓慕安宁的手,被祝靖寒用足了力道推开,那时他的举动就像生怕她伤害了他的娇美情人一般。

她知道祝靖寒办什么事情从来不会躲躲藏藏的,例如,慕安宁可以光明正大地在人前挽住他的胳膊;例如,他可以毫不避讳地在她面前宠另外一个女人。

乔晚对着空气冷笑一声,他还真是差别对待。

乔晚掬了一把凉水冲脸,冰凉的感觉让她分外精神。她不自觉地又回想起当初自己要嫁给祝靖寒时的那份欣喜心情,而现在,她越是回忆,那份感情就越发像是在嘲笑自己。

最讽刺的是结婚三年,无论她做什么说什么,祝靖寒都当她是别有目的。

4

乔晚和舒城有约,两人打算去离公司很远的慕尼黑餐厅解决午餐,可不巧的是祝靖寒和慕安宁也在这里。

当点好的法式小牛排上来后,慕安宁的视线装作不经意般地看向门口,她嘴角勾起一丝莫名的笑意,而后伸手指了指祝靖寒的身后说道:"咦,那不是乔姐姐吗?"

此时乔晚正好也看到了他们,她当下便觉得有句话说得好:不是冤家不聚头。她选了这么远的地方,竟然还能碰上这两个人。

"怎么了?"舒城看乔晚有些愣神,顺着她视线所及的方向看去后便心中了然,祝靖寒竟然和别的女人在这儿吃饭。

舒城笑了笑,他离得乔晚更近了一些,嘴角带着些邪气,侧头在乔晚的耳边说道:"我们还是装作没看见好了,你看那女人多想刷存在感,眼珠子都快突出来了。"

"噗!"乔晚一下子被舒城的话逗笑了。也是,人家祝大总裁忙着会小情人呢,她一个有名无实的祝太太去搅局有什么劲儿。

舒城和乔晚两人亲昵的样子落入了祝靖寒薄凉的眼中,他的嘴角勾起一抹冷笑。

慕安宁心里有些酸涩吃味了,祝靖寒该不会是真的在乎乔晚那个女人吧,竟然因为她生气了。想到这儿,慕安宁有些内心不安,就在她胡乱猜测的时候,祝靖寒伸手把她面前的牛排换了过来。慕安宁看着盘里被细心地切成一小块一小块的牛排,突然就安下心来,她觉得应该不会有那种假设,祝靖寒一定属于她的。

她要让祝靖寒成为自己最大的底牌，让其他女人对他只能远望而不能靠近。乔晚只是个意外，她既然已经回到祝靖寒身边，就要夺回本该属于她的一切。

慕安宁见乔晚等人还没有落座，便开口道："乔姐姐我们又见面了，好巧啊，你们要不要坐下来一起吃？"她脸上那甜美清纯的笑意，看上去简直无懈可击。

舒城俊眉挑起，声音低沉道："小姐你和我家晚晚很熟吗？你看起来比晚晚还要年长，所以这个姐妹以后还是不要乱认的好。"

舒城想起上次在病房里看见刚做完手术的慕安宁，那时她娇弱得像朵花儿，美得无可挑剔，可现在看看，无非就是一朵毒花，空有色相而已。也是，一个破坏别人家庭的女人能好到哪里去。

慕安宁脸色一阵难堪，握叉子的手也被气得直发抖，祝靖寒随意地扫了一眼舒城，面无表情。

乔晚自然不会去和慕安宁坐到一起，她和舒城走到了餐厅的另一边去了。

二十分钟后，乔晚起身准备去卫生间，她的目光不经意间扫过刚才两人坐过的位置，发现那里早就空无一人，看来他们已经吃完走了。

洗完手后，乔晚转身准备出去，却被站在门口的男人吓了一跳。她的惊叫还未喊出口，那男人便眼疾手快地捂住她的嘴，将她堵到了墙壁内侧。

"祝靖寒，这是女洗手间！"乔晚有些恼了，他不是走了吗？！

男人露出冷冷的笑意，他眼中的神色薄凉，低眸讥刺道："就按捺不住了，嗯？"

他魅惑的眸子紧紧地盯着乔晚瞪大的眼睛，眼底的神色越发冰冷。

"按捺不住的是你吧，祝总？"乔晚眼中蕴着讥讽，都让那个女人进家门了，也不知道是谁按捺不住了。

祝靖寒眼神沉了沉，嘴角的寒意越发浓了："我刚才听你叫他阿城叫得挺欢的，怎么到我这里就成祝总了？"

她的这声"祝总"真是让他觉得莫名不爽！

乔晚看着他锋锐的目光，声音不自觉变得清冷起来："真没想到祝总还有偷听的习惯。"而后她眼中波光流转，嘴角挑起一丝笑意，"还是说，祝总你吃醋了？"

祝靖寒嘴角似笑非笑的弧度冷凝了下去，眼中投射出冰冷的目光。

"乔晚，虽然现在没人知道你的身份，但世上没有不透风的墙，这事迟早会被有心人发现，所以你要是实在按捺不住了就乖乖地签字离婚。我告诉你，如果你在没离婚的这段时间给我惹出了什么麻烦，我会让你知道什么叫生不如死。"

乔晚冷冷一笑："我和阿城十几年的朋友，没你想的那么龌龊。"

"谁知道呢？"祝靖寒目光沉沉，笑得有些令人毛骨悚然。

乔晚最后没来得及和舒城打招呼，就被祝靖寒拉走了。而舒城五分钟后接到乔晚离开的短信时，一双温和的黑眸瞬间暗淡了下去。

5

周末，床上睡姿不雅的女人睡得深沉，被子皱巴巴地盖在她身上，她的头上捂着被子，脚丫子却露在了外面。手机在一旁嗡嗡地振动，振得她不得不伸出手去接电话。

"喂。"接电话的同时乔晚闭着眼睛坐了起来。

"小晚，我回来了。"

乔晚听到那边的声音，神情茫然了一会儿，随即便清醒了过来，她猛地从床上站起，开心得就差蹦起来了。

"你到哪儿了？"

"刚下飞机，你要来接我吗？"

"当然去，哥你等我啊！"乔晚一跃下床，她和乔楚都三年多没见面了。

乔楚是乔晚的哥哥，人如其名，从小到大都是人中翘楚。

"你慢点。"乔楚无奈地勾了勾嘴角，即使看不见，他也知道自己这个妹妹有多毛躁。

匆忙地收拾好东西后，乔晚开车去了机场，她刚下车便看见了站在不远处的乔楚，而在她看见他的同时，乔楚的目光也转了过来。

乔楚勾唇一笑，乔晚刹那间觉得千树万树的花儿都开了。

"哥。"乔晚伸开双臂，向乔楚冲了过去，她一下子扑在了乔楚身上，引得路人频频侧目。

乔楚也伸手环抱住乔晚，笑着打趣道："又沉了。"

"……"

"哥，我好想你。"

"我也想你。"乔楚腾出手揉了揉她的脑袋，宠溺地笑了。

乔晚抬头看着乔楚，她一直觉得乔楚长得实在太祸害女同胞了，瞧瞧一身当红韩剧男主角的气质，想忽略都不行。

两人驱车回到乔家，由于乔晚也有几个月没回家了，所以两人进屋的时候，着实惊到了乔母。

"妈，哥回来了。"乔晚笑着对简素珍喊道。

简素珍把果盘端出来，放在茶几上，她看到乔楚心情出奇的好，热络地说道："还站在门口干什么，快进来坐。"

"简阿姨。"乔楚脸上带着好看的笑意。

简素珍脸上立刻笑靥如花，她见乔晚直接拿水果吃便狠拍了一下她的手："臭丫头，也不知道让让你哥。"

乔晚哼了一声，妈就知道偏爱乔楚。

"妈，我爸呢？"乔晚好不容易有时间回来一次，大周末的，她爸竟然没在家。

"别提了，一大早公司刘秘书就给你爸来了电话，说是最近和祝氏合作的一个工程出了点小情况，让你爸过去看看。"

祝氏。

整个海城只有一个祝氏。

简素珍看到乔晚担忧的神色，连忙安慰道："你别担心，你爸走的时候说不是什么大问题。"

乔晚点点头，嘴角扯出一抹笑意，仍有些放心不下。

吃过中饭，一家人其乐融融地聊着天，时间不知不觉地过去了，等到天黑了，乔爸也回来了。

乔爸回来之后，乔晚就和乔妈进厨房忙活了。乔晚拿过生菜去洗，乔妈用胳膊碰了碰乔晚的胳膊。

"你去打电话叫靖寒过来吃晚饭。"

"妈，靖寒忙。"乔妈并不知道她与祝靖寒目前是水火不容的状态。

乔妈看了乔晚一眼，这回倒没像以前那样接着说了，她切好菜擦了擦手就出去了。

"想什么呢？"乔楚高大的身子走进厨房，伸手接过她手里洗好的生菜放在旁边的盘子里。

"没。"她笑了笑,关了水龙头。

"小晚。"乔楚突然叫住乔晚。

"嗯?"她抬头看向乔楚。

"给你带了礼物。"

乔晚本来看乔楚一脸的严肃,还以为他有什么重要的事情要她说呢,结果竟然是礼物的事。她的眼角弯了弯,伸手拍了一下乔楚干净的白T恤,一个湿漉漉的掌印瞬间就印在了他身上。

"算你没忘了我。"

乔楚宠溺地笑了笑,他刚才终究是想把要说的话给咽了下去。

乔妈回头看了两人一眼,柔和的脸色泛上一抹惆然,随即又摇了摇头,不愿去想了。

6

就快要开饭的时候,家里的门铃响了。乔妈在厨房里喊乔晚去开门,乔晚正用牙签叉了一块西瓜,她边吃边去开门。可她一开门看见外面的人,嘴里的西瓜没来得及咽下去,就呛得她猛咳了两声。

"你,你怎么来了?"

祝靖寒神情倒是别无他样,脸色显得特别温和:"妈叫我来吃饭。"

"你要是忙就回去吧,不用……"

"靖寒来啦。"这边乔晚还没把话说完,乔妈就已经看到祝靖寒了。

"嗯。"祝靖寒笑着点点头,揽上乔晚的腰,两人便走了进去。

乔晚不知道祝靖寒是怎么想的,不过如此境地,想来他应该不会乱来。

这么想着,乔晚便也安下心来,这样也好,正好让妈放心,以后她就不会多想些什么了。

祝靖寒进屋,对上乔楚的目光。乔楚眼神温和,对着祝靖寒点了点头。

菜上齐后,几人依次落座,乔家人吃饭一般是不会多说话的,所以这顿饭吃得很安静。只是祝靖寒时不时地给乔晚夹菜,让乔晚有些估摸不清他葫芦里卖的到底是什么药,心中有些忐忑。

"时间也不早了,你们就在家里住下吧。"乔妈收拾着东西,对两人说道。

乔晚敛下眸色,她倒是没有问题,可是祝靖寒呢?她悄悄地拉了一下祝靖寒的胳膊,小声说道:"要不你先回去,我在家住一晚上。"

"我不要。"他坏笑着拒绝。乔晚抿唇,瞬间无语了。

祝靖寒的声音不大不小,刚好能让所有人都听清楚。

乔妈乔爸对视一眼,心照不宣地笑了笑,而乔楚则蹙起俊眉。

"行了行了,咱家的房间还是够你俩住下的,我先去收拾收拾,收拾好了你们两个再上来。"乔妈说完,面带笑意上楼去收拾房间了。

祝靖寒伸手扣住乔晚的手,动作亲昵到让乔晚有些脸红心跳。

乔爸见状,不打算当电灯泡,他和乔楚也有话要说,所以两人一起上楼去了书房,一时之间客厅内就剩下两个人了。

祝靖寒的"宠溺"还不至于让乔晚自信过头产生错觉,刚才祝靖寒那样对她无非是心情好,配合着她演戏而已。乔晚毫不费力地将自己的手从他的掌中抽出,便足以证明他也没有用力握紧。

"刚才谢谢了。"她的内心趋于平静,谢谢两个字说得很认真。

祝靖寒伸手,将她额前溜下来的一缕头发掖在耳后,表情异常柔和。

乔晚的耳根一下子就红了。

见她可爱的样子,祝靖寒狭长的凤眸一挑,低沉一笑。

两人一前一后地进了乔母收拾好的卧室,祝靖寒顺手将屋门关上后,回身看着乔晚,一脸高深莫测。

"你睡床,我睡地上。"乔晚利落地安排好睡觉的地方,这间卧室是她嫁给祝靖寒以前一直住的地方,可以说是她的闺房。

祝靖寒嘴角勾起一抹笑意,没有答应她的提议,也没有否定她的提议,而是慵懒地仰面躺在床上。乔晚本就没打算与他同床共枕,不过她见祝靖寒毫不犹豫就选择了床,心里还是忍不住念叨了一句小气。

床上只有一床被子,她清秀的眉眼蹙起,心里有些不畅快,她不可能什么也不铺就躺在地下吧。

她咬了咬牙,准备出去拿一套被子和枕头过来。祝靖寒却伸手拍拍自己身侧的位置,笑道:"过来。"

乔晚别扭着,挪不动脚步。

祝靖寒见她不过来,便一跃起身走到乔晚的面前:"床够大,你睡得下。"

乔晚当然知道床够大,这是她从小长大的地方,她能不了解吗?麻烦的是祝靖寒的存在好不好。

祝靖寒的眼角挑起,他看着她吃瘪的样子,扬唇一笑:"你该不会是不好意思吧。"

不好意思你个大西瓜!

乔晚翻了个白眼,心想反正这是她的家她的床,祝靖寒也是她的男人,她躺躺还犯法不成?就算是她睡了他都合情合理合身份!

乔晚这么一想瞬间神清气爽,她越过祝靖寒直接翻身躺在床上。这触感,不愧是她的床,简直不要太软太舒服啊。

祝靖寒平静地看着乔晚,他好看的嘴角勾了勾,迈步走到床边开始解衬衫的扣子。一颗,两颗,直到他完全解开衬衫,露出蜜色的胸膛和性感的腹肌,乔晚才忍不住坐了起来。

"你能不脱吗?"

祝靖寒淡淡地打量着乔晚:"你睡觉不脱衣服?我还真不知道祝太太你有这么个习惯。"

祝靖寒嘴上这么说着,手上也没停止脱衣服的动作。

乔晚再次制止道:"可是这里没有你能换的睡衣。"

上天保佑,他就别脱了,委屈一晚上行不行。

"没事,我喜欢裸睡。"

乔晚的脑子"轰"的一声炸开了,脸红得透彻。她慌忙起身,准备开门出去,胳膊却被站在面前的男人一把拽住了。

"你去哪儿?"

"我去妈那儿睡。"

祝靖寒听到答案后,只觉得好笑,他松开手,眸中灿如星河。

"乔晚,你觉得我今天来的目的是什么?"

乔晚身子一僵,抿了抿唇说道:"我不知道。"

祝靖寒笑了,嘴角扬起完美的弧度,好看到诱人:"如果你可以跟妈解释分房睡的理由,你就尽管去。"

乔晚抬头对上他魅惑的墨瞳,瞬间就想明白过来。祝靖寒说得对,这的确不好解释。而且她看得出来,母亲是盼着她和祝靖寒一起在家吃饭的,要不然也不会偷着去叫祝靖寒过来。

她暗叹了一口气,他们结婚了,一起睡是合法的,还能有什么事,反正以祝靖寒的性子也不会对她做什么。她早该放下心了,不是吗?

"我去换衣服。"乔晚说完,便打开门走了出去。

祝靖寒眼里的笑意渐浓，流光闪烁，他的薄唇笑意浅凝，先前乔妈打电话叫他回家吃饭的时候他是觉得意外的，只是这种意外的感觉似乎并不坏，反而让他心情很好，最重要的是他不讨厌这样。

7

祝靖寒还记得上高中的那会儿，他来过乔晚家。那天学校社团活动结束后，乔晚拉着顾珩，邀请他们去她家吃饭，当时在一起的几个朋友也一块儿来了。

就在祝靖寒思绪万千时，房门被打开了。乔晚穿着一身丝质的睡衣走了进来，他一眼望去，心跳不禁一顿，眸光波澜流转，乔晚长得漂亮，他一直都知道。

他眯了眯眸子，淡淡地打量着站在门口有些局促的女人。丝质的睡衣不长，刚好遮住她的臀部，他可以清晰地看到她精致的锁骨和修长的美腿。

乔晚从进门开始便一直害羞地拽着衣服边缘往下扯，主要是家里的衣橱只剩下这一件睡衣了，她又没有勇气什么都不穿。

乔晚见祝靖寒眼睛眨也不眨地盯着她，不禁有些脸红。她低着头慢慢地往床的方向挪着步子，却没看到祝靖寒嘴角弯起一抹弧度微妙的笑意。

乔晚掀起被角，还未来得及钻进去，男人便身形一动，把被子扯了过去，抢先一步躺在了床上。

幼稚。

乔晚白了他一眼，还别说，祝靖寒不和她针锋相对的时候，两人的关系就好像回到了从前，只是这样的气氛又能维持多久呢？

她不知道，也不想知道。

乔晚敛下眸子，上床后轻扯了一点被子盖在自己身上。她紧靠着床边躺下，拿起遥控器关上了卧室的灯。一瞬间整个空间都陷入了深沉的黑暗之中，可乔晚一点也不困，清明的眼神在黑暗中熠熠生辉。

过了一会儿，她感觉身后的男人似乎有些不安分了，然后她感觉一只大手搭在了她细软的腰上，将她整个人揽入了胸膛。

乔晚闻着他身上淡淡的清香，感受着他鼻间均匀的呼吸，有些不自在了。她伸手把他的胳膊推开，可祝靖寒似乎有感知一样，一个翻身手臂又再次搭在她的身上。如此反复了好几次，祝靖寒的手臂越来越靠前，手掌心几乎都快贴到她的胸口了！

乔晚郁闷地咬咬牙，一张白皙的脸涨得通红。室内的温度很高，他这么紧紧地抱着她，她真的快要热死了。

她抿紧嘴唇再次将他的手给拿下去，谁知这次他的手一下子揽在了她的小腹处，直接将她给转了过来。

黑暗中，男人睁开了眼睛，眸色暗沉，嗓音沙哑："别动了，你有完没完。"

此时，祝靖寒浑身也是燥热得不行，乔晚一直动一直动，他好不容易沉下的睡意被她搅得一干二净，这个女人是不是在故意勾引他！

乔晚蓦地有些心虚，说话也有些没有底气了，弱弱地说道："你把手拿开好不好，不然我睡不着。"她说着，试图再次挣脱他的钳制，却没想到这一动不但没缓解此时尴尬的姿势，反而是火上浇油。

祝靖寒沉下眸色，性感的喉结上下涌动，他抓住她不老实的双手，将她压在了床上。祝靖寒不由自主地靠近身下的女人，他的呼吸灼热，薄唇划过她的脸颊，然后重重地吻在了她的唇瓣上。

乔晚对这突如其来的接触有些慌张，她也不知道自己是怎么了，就是想推开他。可当她的手指触及他灼热的胸膛时，她整个人就被那炙热的温度给灼烫了，瞬间失去了反抗的力气。

祝靖寒的大手撩起睡衣的边缘，乔晚心里一凛，立刻清醒过来，她肚子上有疤，绝对不能让祝靖寒看见。

慌乱中，乔晚伸出手摁住了祝靖寒欲图向上的温暖手掌，她弓起腿准备踢开身上的男人。

她的动作祝靖寒自然有所察觉，他勾唇一笑，冷眸倏地眯起，温润的唇猛地离开了她的唇瓣。他用腿紧紧地压制住乔晚想要袭击他的双腿，随即伸出手紧紧地攥住她两只手的手腕，压制于头顶之上。

祝靖寒俯身，眼中的冷意被涂抹上了火热的颜色："你不是想要孩子吗？"

乔晚闻言，身体瞬间紧绷起来。黑暗中，她抬眼看向祝靖寒深沉的眸子，一脸不可置信，而祝靖寒看着乔晚微微闪动的眼神，眼底闪过一丝冷然。

两人僵持片刻后，乔晚权衡之下很快就做出了决定，她紧绷的身子渐渐软了下来。

没错，她是想要一个孩子，一个她和祝靖寒的孩子。

祝靖寒看着女人一副准备妥协的架势，瞬间没了兴致，他刚刚竟然想和这个女人耳鬓厮磨？

祝靖寒眸中闪过一丝愠怒，他松开了钳制住她的手，转身冷眸紧闭，强压住了身体的燥热。

看着祝靖寒的反应，乔晚突然觉得特别耻辱，到了这份上他还能稳住不碰她，她是该说他毅力好，还是该说她对于这个男人根本就没有吸引力。

乔晚轻轻地笑了，她收回被扯得生疼的手臂，转头看向他的方向。

薄凉的月色下，祝靖寒的脑袋深陷在柔软的枕头中，他的头发略微凌乱，精壮的肩膀半露着，她甚至可以看到他完美的肩胛骨。

一次是冲动，二次是侥幸，三次就是傻了。

乔晚闭了闭眼，忍下心中的汹涌的情绪，她没想到，祝靖寒会讨厌她到这个地步。

"祝靖寒，你爱慕安宁，对吧？"乔晚轻声说道，嘴角勾起一丝悲伤而无可奈何的微笑。

祝靖寒紧闭的眸子倏地睁开，他看着她，心里闪过一丝异样。

"嗯。"他慵懒地回应道。而这简洁的一个字，却让乔晚的心犹如浸在一盆冷水里，她扯了扯嘴角已经不能再僵硬的笑容，浑身微微颤抖。

原来他这次真的不是随便玩玩。

乔晚很清楚祝靖寒没必要跟她撒谎，因为他不屑于对她撒谎。

得到答案后，乔晚不再出声，她只是将目光从他身上收回，侧身换了个姿势躺着。

她想着以前祝靖寒虽然不爱搭理她，却也从未像最近这样频繁地提及离婚的事，也不会这么喜怒无常。

他是因为心爱的人回来了，不想让她受委屈，所以想给她一个名分吗？

乔晚心中一阵刺痛，她本来以为自己早已习惯了他的冷漠无情，却发现这次她怎么也无法做到像以前那样完全忽视了。

乔晚自嘲地笑了。

她多想好好和他一起过日子，怎么就这么难呢？

他和她在一起，难道就那么难受吗？

乔晚啊乔晚，你这又是何必呢？

何必去问那些心里明明清楚却不想要的答案，让自己再一次心如死灰。

Chapter 03
思及必殇

1

第二天，乔晚起得很早，可是等她起床的时候发现祝靖寒已经换好衣服下楼了。

客厅里，祝靖寒与父亲相谈甚欢，乔晚站在一旁看着，神情有些恍惚。

有时候，她宁愿祝靖寒身上没那么多牵绊，没有那样豪华的身世背景，只是一个普普通通的人，那样该有多好。

从一开始，她喜欢的就是他单纯清澈的灵魂。

"小晚，傻站着干什么呢，快下来吃饭。"

乔妈穿着围裙，招呼着站在一边呆愣愣的女儿。乔家虽然家大业大，但是从乔楚出国到乔晚嫁人，家里从来没有请阿姨照顾过，一日三餐都是由简素珍下厨做饭。

"我不吃了，公司有事情，我得马上去一下。"乔晚笑着摇了摇头，她还没想好怎么去面对祝靖寒。

乔妈看了乔晚一眼，温柔的眸子里闪过一丝担忧。是她想多了吗？她总觉得女儿和女婿的关系，并不像她所看到的那么好。

"我送你吧，我正好有事情要出去办。"乔楚主动说道。

"不劳烦大哥了，我送晚晚就好。"祝靖寒起身，走到乔晚的面前主动拉过她的手。

乔晚的手心有点出汗，她抿紧嘴角，下意识地有些抗拒他的接触，可是她的家人都在这里，她什么也不敢做。

乔妈看着女儿一脸心事的样子，虽然担心，可终究是没开口挽留。

乔晚是自己开车来的，她走出大门便挣开了祝靖寒的手，向着自己的车的方向走去。她伸手打开车门，看到放在后座的阿玛尼的袋子，神情一怔，随即毫不犹豫地将袋子拿了出来，向送她出门的乔楚跑了过去。

"哥，送你的。"

乔楚伸手接过袋子，站在台阶上的他比乔晚高出很多，他微微俯身，揉了揉乔晚的脑袋，眼中带着宠溺。

"你的礼物，我下次给你。"

"嗯。"她点了点头，伸手抱了一下乔楚，眼中闪过一丝潋滟。乔楚的身体好暖，她真庆幸有这么一个哥哥陪她长大。

乔楚嘴角扬起，眼中温柔的微光一闪而过，他拍了拍乔晚的肩膀，觉得她清瘦的小身板让他有些心疼，他可就这么一个妹妹。

"记得多吃点东西，看你瘦的。"

"知道啦，你比妈还啰唆。"乔晚虽然嘴上是这么说，心里却觉得特别温暖，全天下乔楚对她最好了。

乔楚笑了笑，眸光掠过一旁坐在布加迪威航里的男人，也不知道是不是他的错觉，他好像感觉到了一丝来自男人的敌意。

"那我走了。"乔晚跟乔楚告别后，转身一路小跑到车前，打开车门上了车。

"路上小心。"乔楚多少有些不放心地叮嘱着她，毕竟在他眼里乔晚还是个小女孩。

"知道啦。"

红色雅特一个漂亮的转弯驶出乔家别墅的院子，祝靖寒发动黑色布加迪威航快速地跟在了她的车后面。

乔楚薄凉的目光看着两辆车相继消失的方向，眉宇淡淡地皱了一下。他低头看了一眼手中的袋子，随即勾唇一笑，这东西想来一开始并不是打算送给他的。

一路上，乔晚将车开得飞快，而后面的祝靖寒也是紧跟不放。雅特的性能本就不如布加迪威航，若是比速度后者简直就跟开了挂一样。

乔晚咬了咬牙，一边寻思着祝靖寒今天是不是吃错药了，一边在前方红绿灯交叉路口还有两秒变红灯时，猛踩油门冲了过去。

"乔晚你疯了！"祝靖寒看到本该刹车的雅特不仅没有减速反而加速之后，眼中闪过一丝慌乱，下意识地也加快车速。

这时，谁也没想到，乔晚前面的一辆奥迪突然刹车，导致乔晚来不及刹车眼看着就要撞上去了。电光石火间，乔晚猛地右打了一下方向盘，车子蹭着前面奥迪的车尾滑出去，"砰"的一声撞在了马路牙子上。

祝靖寒见状，猛地打转方向盘把车刹住，才避免和乔晚再次冲撞。他猛地打开车门，一脸的阴鸷，脚步飞快地跑到车头已经变形的雅特旁边，伸手用力地拍打着车窗。

"乔晚，你把车门给我打开，你是不是疯了？！"可无论他怎么喊里面都没有动静。

祝靖寒心里咯噔一下，仔细一看才发现乔晚的脑袋抵在方向盘上毫无动静。他慌忙绕过车身跑到另外一边，伸手用力地拽车门，可车门却纹丝不动，这让男人本就焦急的脸色看起来更加不善了。

祝靖寒松开手，一咬牙，一脚踹向车门，"哐"的一声把车门踹到变了形。他再次伸手，车门直接被他被拽开来。

祝靖寒半个身子钻进去，把趴在里面的女人给抱了出来，然后，伸手打开布加迪威航的副驾驶车门，把乔晚小心翼翼地放了进去。他给乔晚系上安全带后也不耽搁，迅速上车发动引擎，一脚将油门踩到底，生猛地奔向医院。

当乔晚感觉脑袋眩晕感加重，迷糊睁眼时，窗外极速后退的风景让她心里一惊，她偏头看到开车的男人后，才发现自己坐在了祝靖寒的车里。

"你开慢点，我晕得慌。"女人的声音有些有气无力。

祝靖寒见她醒了，目光越加冰冷瘆人："你开这么快是想死吗？"

"要不是你在我后面追得那么紧，我也不至于撞车。"乔晚心里多少有些怨气，他喊什么喊，难道他还有理了？

乔晚伸手摸了一下疼的地方，有些黏稠的触感她不用看都知道是出血了。

"我又不是狼，我追，你就跑啊。"祝靖寒有些恼怒，没好气地说道，当他侧目看见乔晚用手擦血时，更是气不打一处来。

"别用手擦，会感染的你知不知道！"

乔晚别过头去，不去理祝靖寒的怒火，她晕沉的脑袋此时也有些支撑不住了。

车子很快就行驶到了海世医院，祝靖寒解开了乔晚身上的安全带，把她直接从车里抱了出来。

乔晚迷蒙地睁开眼睛，看到男人脸上乌云密布的表情，有些无奈，撞车疼的人是她好不好,他一脸煞气做什么。

"祝靖寒你放我下来吧,被别人看见就不好了。"乔晚小声说道。他和她的关系一直是个秘密,外界的人几乎不知,但是此番动作难保不会让有心之人看见。

祝靖寒恶狠狠地瞪了她一眼,眼中的警告之意溢于言表,就差说一句闭嘴让她老实地待着了。

"我可以自己走。"乔晚咬了咬牙,声音细弱蚊呐,可祝靖寒完全不理会她,抱着她疾步往医院里面走。

"找医生来,做全身检查。"祝靖寒布满寒气的脸色把前台的小护士给吓了一大跳。

护士的声音有些抖:"先生,急诊科在三楼,你要不先挂号?"

乔晚眼见着祝靖寒又要发怒,拧了拧眉道:"你先放我下来吧,我没事。"

祝靖寒低头,难得平静了下来,然后依着乔晚的意愿把她放了下来。

乔晚脸色苍白,有些难受地一手扶住头。祝靖寒见状,正欲伸手揽住她的腰,却被她不着痕迹地避开了。其实,乔晚没别的想法,她只是怕祝靖寒头脑发热过后,会对她更加厌烦。

"我排队挂号就好,你有事情就先去忙吧。"

祝靖寒看着她逞能的样子,心里没来由地闪过一丝烦躁。

他什么时候说过他有事情了?明明是她说公司有事情要出来的,如果他现在就这么丢下她,那他成什么了。

祝靖寒掏出手机,绷着俊脸拨打了一个号码,然后很没耐心地说了几句便直接挂断了。

片刻后,舒城一脸担忧地跑了过来,身后还跟着几个急诊科的医生。

舒城直接给乔晚安排了检查,连挂号签字的流程都不用走,效率高得让人咂舌。检查结果是乔晚除了脑部有轻微的脑震荡和皮外伤之外,别的地方都没问题。

乔晚在舒城的安排下,进了普通病房,输液后睡着了。她额头上的伤口此时被纱布包着,而纱布占了脸部好大一部分面积,使她的脸看起来更小了。

祝靖寒冷着脸站在病床前,紧紧地蹙着眉。这个女人都脑震荡了还不让他扶,倔起来的时候简直能气死人!

他打电话交代东时去处理一下车祸现场,然后拉了一把椅子坐在床前等着乔晚醒来。

他见乔晚脸色苍白，秀眉不安地蹙着，便伸出手指轻按住她的眉心，顺着两边慢慢地移动，直到她的眉头逐渐放松，完全舒展开来。

舒城站在病房外，沉默地看着里面祝靖寒的动作，他的眼神深邃而复杂，终是没有推开门，转身走了。

2
乔晚醒来的时候天已经黑了，她侧目看见祝靖寒正站在窗边打电话。

"安宁，怎么了？"

乔晚听见这句话，准备起身喝水的动作瞬间顿住了，呼吸也下意识地放轻了。

祝靖寒会走吗？

她敛了敛眸，心中存留着一些微小的期待，可转念又觉得慕安宁的要求，祝靖寒怎么可能会不答应呢？

乔晚趁祝靖寒还没发现她已醒来，快速闭上了眼睛，就如同没有醒来一样。祝靖寒结束通话后，迈步走到乔晚的床前，他沉默地站了一会儿，墨眸凝视着乔晚熟睡的脸庞，眸色微动，然后转身打开了房门，静悄悄地离去了。

乔晚听着门"咔嗒"一声被关上后，疲惫地睁开了双眸。

他还是去陪慕安宁了，离开得毫无留恋。

乔晚缓慢地从床上坐起，她下意识地伸手摸了一下伤口处，绵绵的触感让她知道伤口已经包扎好了。

这时，病房门突然被人从外面推开，乔晚惊得猛然抬头，就在那一瞬间她还以为祝靖寒回来了。可是当她看清来人后，眼中的光芒瞬间熄灭了。

"阿城，你来了。"她咧嘴笑了笑，跟走进来的舒城打了个招呼。

舒城清晰地看到她略微失望的眼神，嘴角抿了抿，随即装作很开心的样子，笑着晃了晃手中的东西。

"饿了吧？"他把饭盒放在一边的柜子上，伸手制止了乔晚要下床的动作，"你现在还是躺着比较好，要是想喝水我去给你拿。"

乔晚点头，顺应地躺在了床上。舒城俯身把床头调高之后，便拿着杯子去倒水。

乔晚看了舒城一眼，担忧地问道："我什么时候能出院？"

"没大问题后天就可以了。"舒城把杯子递给乔晚。

乔晚接过,拿在手里却没喝。

"到底是怎么回事,你跟我说说看。"舒城想起昨天的事还心有余悸,乔晚怎么会出事来医院呢?

"没事,开车的时候不小心蹭到了。"乔晚轻描淡写地一语带过,不愿多说。

舒城见状也不忍苛责她,他把床桌的支架支起来,把刚拿来的饭盒打开,空气中立马飘起鲜香四溢的味道。

"你不是怕疼吗,多大的人了还这么不小心。"

乔晚笑笑,她也不是故意的,谁想让自己疼呢。

舒城因为有工作安排没待多久就出去了。病房内特别安静,乔晚一个人坐在床上,没了食欲,她放下筷子,静静地看着白色的窗帘随着风摇曳。

过了一阵,开门声再次响起,乔晚转头过去,看见祝靖寒手里提着一个大袋子走了进来。他不是找慕安宁去了吗?

祝靖寒对上乔晚疑惑的眼神,然后目光从她的脸上转移到了剩下一半的白粥上,他的脸色瞬间有些不悦,不用想也知道这碗粥是谁送来的。

祝靖寒走到床前,将大袋子一下子放在床桌上,本来挺大的床桌被这么一占,瞬间就没地方放东西了,更何况是一碗白粥。

乔晚眼疾手快地护住了舒城带过来的饭盒,要是粥都洒在被子上了,那她还怎么休息。

祝靖寒见她护着白粥,眼神瞬间凝固了。他的薄唇紧紧抿起,薄凉的声音难辨喜怒:"那饭盒就那么金贵?"

金贵到她不怕粥洒在自己身上,也要这么抱着?就因为它是舒城送来的?

乔晚把饭盒放床桌上,她并未察觉出祝靖寒的不悦情绪,解释道:"不是粥金贵,而是粥洒在被子上我就没法睡了。"

听到这话的祝靖寒的脸色明显缓了缓,他把袋子里面的东西一样一样拿出来。乔晚瞪大眼睛看着那些东西,有鸡蛋,有烧鱼,最夸张的是还有一个羹状的不明物品。

"祝靖寒,这是啥东西?"乔晚指了指那个碗状的盒子。

祝靖寒挑了挑眉,嘴角弯起一抹笑意,伸手把那不明食物推到她的面前。

"猪脑,给你补补。"

乔晚的嘴角忍不住抽了抽,她用猪脑补?呵呵!

"你不想吃?"祝靖寒看乔晚迟迟不动筷子,眸色微深,"还是说,你想让我喂你。"

"不是。"乔晚郁结。

"那你是喝粥喝饱了?"

乔晚抬头,对上祝靖寒温和的目光,心里的郁结一下子就烟消云散了。

"还没吃饱呢。"乔晚嘴上这么说,其实早就撑得要死了。可是祝靖寒给她买东西简直就跟天方夜谭一样,这次不吃下次可能就吃不到了。

祝靖寒把勺子递到她的手里,绅士得令乔晚有些惊讶,她看了一眼祝靖寒,又看了一眼那碗猪脑羹,怎么也不想去动勺子。

祝靖寒拖了把椅子坐在床边,双手抱臂,好整以暇地看着乔晚郁闷的脸色。他的嘴角挑了挑,莫名觉得心情很好,薄唇微启。

"不难吃。"

他说得这么堂堂正正,怎么着也应该是尝过味道了吧。

乔晚半信半疑地舀了一勺送进嘴里。

天!这是什么味道,简直难吃死了!

乔晚下意识就想吐出来,可是迫于祝靖寒瘆人的目光她只能艰难地咽下去。这猪脑当真是补啊!吃了第一口绝对不想吃第二口!

乔晚紧皱着眉,边吃边问:"你真的尝过了?"

"没有。"祝靖寒回答时气定神闲的样子让乔晚有点蒙。

没吃过?那他还告诉她不难吃,她刚才当真是信了猪了!

祝靖寒看乔晚一边用极快的速度吞咽着猪脑羹,一边还老瞟着舒城送来的那半碗白粥,眼神一冷。他修长的手指伸了过去,拿起饭盒,毫不犹豫就将它哐当一下子扔进了门口的垃圾桶里。

乔晚这下子郁闷了,这猪脑羹一股子中药味,简直又苦又难吃。她本寻思着快点吃完,好喝粥解解苦,谁知道祝靖寒竟然把粥给扔了,她现在真是苦得有点想哭了。

祝靖寒直接忽略了乔晚幽怨的眼神,他伸手拿起一个鸡蛋在桌子上滚了一圈。蛋壳被磕得啪啪直响,然后他手指轻轻一捏,鸡蛋壳就稀里哗啦地被扒掉了。

祝靖寒把手中白滑光洁的鸡蛋送到了乔晚的碗里,乔晚的眼神都是直的。

猪脑羹配鸡蛋黄会是什么味道,嗯,怎么形容呢,就跟藿香正气水配黄连上清片的味道差不多……

乔晚心里权衡了一下生命与食物的重要性，最终放下了勺子。

她不想吃了，实在吃不下去。

祝靖寒看她放下了勺子，以为她是吃饱了，便起身给乔晚倒了一杯水。乔晚端着水像是得到了救星一般，几口下去一杯水就见底了。

乔晚喝完水之后把杯子放在桌上，开口道："你不去忙吗？"

她没忘记祝靖寒走之前接的那个电话，而祝靖寒被她这么一说才记起安宁的胃病犯了。

男人好看的眉宇紧蹙，他刚才本来是要去找慕安宁的，可是他又觉得乔晚应该快要醒了，所以才去买了饭。他没想到自己这么一耽搁，一个小时就过去了。

想到这儿，祝靖寒英气的眉宇冷得透彻，他刚刚竟然把安宁给忘了，想的是乔晚！

乔晚见他一副心不在焉的样子，愣了愣道："你有事情就去忙吧，我撞车和你也没多大关系……"

祝靖寒眸子闪过一丝寒气，语气也不是很好："不用你说我也知道。"他说完起身，神色有些恼火地走了。

门砰地被关上后，一阵冷风从窗外吹了进来，乔晚下意识地打了个寒战，她看向门口的方向，好像刚才祝靖寒的存在只是一个幻觉。

她看了一眼桌上他带来的东西，眨了眨干涩的眼睛，大概只有这些东西能证明他来过吧。他会留下来陪她，也是因为愧疚吧，除此之外，她想不到别的理由。

乔晚叹气，她盯着祝靖寒坐过的椅子，眼中似乎还能看见他高大的身影。她失神了一会儿，又重新拿起了勺子，大口大口地吃着剩下的猪脑羹。

这东西就算难吃，好歹也是他亲手买的。

3

海城的天色已经完全黑了下来，医院外面的路边上停着一辆黑色的布加迪威航。

此时，一个男人正站在车旁，他高大的身形立于车前，骨节分明的手指间夹着一支香烟。他掏出打火机手指用力一擦，一撮淡蓝色的火光便"刺"的一声便钻了出来。火光像极了困在方寸间的蓝色小兽，虽然微弱，却极其不安地闪烁着。

男人将香烟点燃后，肆意散开的烟雾萦绕在他的眼前，而这些烟雾使男人坚毅的面庞变得有些朦胧。

这时，手机铃声突兀地响起，他大步走到路边的垃圾桶前，把烟头捻灭扔了进去，然后接听了电话。

"祝总，慕小姐已经睡着了。"

电话那边是东时轻快的声音，他本来是准备和朋友出去喝酒的，却没想到祝靖寒一个急电打给他，让他去看一下慕安宁。

"嗯。"祝靖寒拧紧的眉头舒展开来，他伸手揉了揉眉心。

"祝总，谁脑震荡了啊？"东时摆出一副八卦的样子，就在祝靖寒通知他去照看慕安宁的前一个小时，祝靖寒问了他很多关于脑震荡患者的问题，尤其是应该吃什么。这着实让他惊了一把，他本着谁是老大谁就是上帝的本质，特别尽心尽力地去百度学习了一下，得到了一个可靠的秘方，猪脑和天麻熬成羹，搭配低脂胆固醇，鸡蛋等食磷类的食物可以进补，而且还是大补。

"关你屁事。"祝靖寒冷冷地回了一句，直接结束了通话。

东时一阵恶寒，看着被挂断的通话，默默猜测了一下，该不会是乔总监吧？总裁除了慕小姐和乔总监之外，似乎没有别的女人了。

另一边，祝靖寒将手机揣在兜里，他抿了抿唇，在原地站了一会儿，看到一些病房已经开始熄灯了，才往住院部走去。

这个时间，医院内已经很少有人走动了。前台的值班护士歪着脑袋昏昏欲睡，祝靖寒睨了她一眼后，径直走了过去。

走廊里静悄悄的，男人的脚步也放得很轻，节奏平稳。

病房内，乔晚眉头紧皱，脑袋上有细汗渗出，她伸出手胡乱地抓着，然后，她好像抓到了什么值得依赖的东西，伸手将他抱得死死的。

"别怕，没事了。"男人伸手擦了擦她脑袋上的汗，温声安抚着。

乔晚猛然张开眼睛，神色慌张不已，她的目光猝不及防地撞进了一个在黑夜中熠熠生辉的眸子。她的脑海一片空白，怔了许久才战战兢兢地说出话来。

"阿城，我梦见他了。"

乔晚口中的他，让舒城惊了一下，他随之伸手揽住她的肩膀，轻轻地拍了拍。

"别怕，我在。"

此时，病房外的脚步声陡然顿住了。稀薄的月色下，两个相拥的身影落入了男人的眼底，他漆黑而深沉的眸子冷得似乎能冰封一切。

053

门"砰"的一声被推开了，动静之大几乎让整个空寂的走廊都为之一震。乔晚的神经在看到来人的那一刹那猛地一紧。而祝靖寒的目光还停留在两人交握在一起的手上，他的表情更加阴沉，薄唇扬起冷漠地说道："她的事，就不劳烦舒医生了。"

祝靖寒薄凉的目光让乔晚心跳漏了一拍，她连忙松开与舒城相握的手，一脸余惊未消。舒城转过身来对上祝靖寒凌厉的眼神，眼中似是妥协又似是无奈，他转头对着乔晚叮嘱道："早点睡吧，晚安。"

舒城走后，病房内的温度骤然下降。祝靖寒薄唇紧紧地抿着，眸色幽深地看着乔晚，半晌没说话，他向前靠近了一步，乔晚垂着眸子，等待暴风雨。

"你知不知道现在是几点？"祝靖寒锋锐的眼神直视着她毫不畏惧的眸色。

"知道。"她回答得很快，面色平静无波。

伴随着她的回答，祝靖寒随之冷笑一声，她既然知道还敢大半夜的和别的男人在病房里卿卿我我。

"乔晚，我记得我警告过你，只要你一天是祝太太，就别想着和别的男人勾三搭四。"

乔晚眸子一怔，嘴角扯出一丝苦笑："祝总何必把话说得这么难听。"

乔晚的这声祝总终于彻底惹恼了祝靖寒隐忍着不发的怒气。他快速地逼近乔晚，将她整个身子困于床头，双眸深沉如潭地盯着她发白的脸色。

"你刚才叫我什么？"

"祝总。"

"有能耐你再说一遍。"

周遭的温度又降了一些，乔晚抬头看着那张近在咫尺的俊脸，刚才睡着时出的细汗现在已经蒸发干了。她此时只觉得身子很冷，仿佛置于冰冷的地窖之中，她不由自主地瑟缩了一下，而这一动作自然没逃过男人的眼睛。

男人薄唇弯起，脸上带着让人难以捉摸的怒意，他伸手擒住她精巧的下巴。

"你抖什么？"

下巴被捏得有些疼，乔晚不禁拧了拧眉，她拧眉的动作让祝靖寒薄凉的目光中闪过一丝别样的情绪。

"我只是冷。"乔晚凝了凝神，不想跟他顶嘴。

祝靖寒盯着乔晚，薄唇紧抿，倏地松了手，他墨眸倾侧，发现病房的窗户的确是开着。他站直了身子，见乔晚不再与他顶嘴，情绪也缓和了不少。

"以后，你不在公司的时候，可以不用称呼得那么形式化。"半晌后，祝靖寒就说了这么一句话，他觉得祝靖寒和靖寒随便哪个都比祝总这个称呼听着顺耳。

"好。"乔晚顺从地回答了，脸上毫无表情，她现在已经不敢对祝靖寒抱有太大的期待了。

她看着眼前男人那被天工巧匠精心雕刻而成的轮廓、深邃的眼睛、浅薄的双唇，感受着他身上散发的独特魅力，不禁有些恍然，她不知道有多久没这么静静地看着他了。

乔晚见祝靖寒没有离开的意思，便敛下眸子，拉上被子转身躺下，她的手掌放在脸的一侧，虽然合上了眼睛却心绪难平。

刚才那场噩梦是她最不想揭开的一段回忆，是让她懊悔了一辈子也埋葬了她一辈子的不堪往事。所以，她此刻一点也不想看到这个男人，这个足以刺痛她的伤疤，让她暗无天日的男人。

祝靖寒低下头去，看见乔晚紧攥着被子，将它扯到了肩膀处，一贯清冷的模样微动。他迈动步子走到窗前，伸手关上了窗户。

4

第二天，乔楚一大早就赶到了医院，他进来的时候，乔晚正抱着书有些昏昏欲睡，就在乔晚的脑袋快要磕在书上的时候，她猛地睁开了眼睛。

"哥，你怎么来了？"乔楚的出现让乔晚感到意外，她明明跟祝靖寒说过不要把这件事情告诉她的家人。

乔楚平时温润的脸色此时有些清冷，他目光低沉地看着乔晚。

乔晚咬咬唇，琢磨着乔楚是不是生气了。

"还疼吗？"乔楚的语气十分关切，他本来因为乔晚的隐瞒和毛躁而生气来着，可是见到她之后，这些情绪终究抵不过担忧。他若不是跟舒城联系了，恐怕也不知道乔晚出事了。

乔晚见乔楚似乎没特别生气，便一下子把脑袋凑了过去，她伸手指着伤口处，一个劲儿地摇头。

"不疼了，你看，其实一点事情都没有。"

"怎么弄的？"乔楚见她还能嬉皮笑脸地和自己说话，心里也好受了许多，"你不是和祝靖寒一起走的吗？你们虽然不是一辆车，但一前一后也不应该出事啊。"

"开车溜神了,一不小心就蹭到了。"乔晚噘起嘴,眉眼弯弯像一道月牙,她此时的样子简直是要多乖就有多乖。乔晚其实是有点怕乔楚的,在她还小的时候乔楚对她可狠心了,她一犯错误,乔楚就少不了和她冷战一阵。

乔楚见乔晚跟小猫似的,轻叹了一口气。如今,她已长大了,他也不舍得骂她了。

"祝靖寒没管你?"

"他昨天守了我一晚上,今天早上有急事才走的。"乔晚急忙说道,她生怕乔楚往歪了想。

乔楚抿了抿唇,鹰眸沉了沉,他这个妹妹他还不了解,说谎的时候,手指就会不安分地捏东西。而现在,她手中那本绿皮书的硬边都要被她捏变形了!

乔楚伸出手把书给夺了过来,眼神有些薄凉。

"我是你哥,有些事情你不必骗我。"他把书放在一旁的柜子上。

乔晚咬唇,低下头,许久后才苍白地辩解了一句:"我没骗你。"

乔楚因乔晚对祝靖寒的过分袒护而异常气恼。他承认祝靖寒的确优秀得令一般男人发指,祝靖寒从初中起就蝉联校草之名,到大学的时候,身边的小女生也是只增不减,赶也赶不走。可那时的祝靖寒就像千百个豪门大少中的一点绿,从不跟女生有什么瓜葛。

祝靖寒原本对女生的态度不温不火,淡漠疏离,可自从他和乔晚结婚后,他的花边新闻就没断过,还好乔家父母不太关注这些娱乐时事,否则他和乔晚的婚姻早就散了。

乔楚记得当年乔晚一毕业,祝家就来说婚约的事情。乔妈因为特别欣赏祝靖寒便同意了,而乔晚在婚约上也出乎意料地听父母的话。乔楚永远也忘不了那时候,乔晚听到她要和祝靖寒结婚的消息后满心欢喜的样子。

在那之前,乔楚一直以为乔晚喜欢的不是祝靖寒,但是事实证明他对于他这个妹妹还是有太多不了解的地方。

乔楚的眸子动了动,薄唇紧抿,却终究没说什么。他看得出乔晚心里的纠结,所以他不想再说些什么去揭她的疤,伤她的心,他不允许自己这么做,因为他会心疼。

病房中的沉寂过于冗长,缄默的乔晚让乔楚心口发闷,他简单地带过话题道:"你检查完,医生怎么说的?"

"没大事，休息两天就好了，你千万别告诉爸妈我在医院，要不他们都该担心了。"乔晚不放心地对乔楚叮嘱着。

乔楚自然是明白的，他抬起手腕看了一下时间，对着乔晚说道："我下去给你买吃的，马上就回来。"

乔晚跟他摆了摆手，在乔楚转身向外走的时候，她才发现乔楚身上穿的西装是她给祝靖寒买的那件。两个性格迥异的男人，穿起衣服来自然是不同的风格，不过，毋庸置疑的是他们穿上都出奇好看。

乔晚接触过很多性格让人捉摸不透的男人，祝靖寒位居榜首，哥哥乔楚也是其中之一。乔晚自认她和乔楚即使相处这么久，她都没能猜透乔楚一丝半点的心思。要知道她买衣服的时候，多少也是猜测过祝靖寒的态度甚至是表情的，只是她没有机会把衣服送给他。

乔晚勾起嘴角，笑意却不达眼底，她的身子慢慢地后仰，脑袋倚在床背上。

她在想慕安宁究竟是一个什么样的女人，竟可以让祝靖寒这般珍惜地放在心上，是因为慕安宁的身上恰好有她缺少的那种能让祝靖寒心动的荷尔蒙，还是慕安宁和祝靖寒有过只属于两人，而她不曾参与过的过往。

乔晚越想越有些头疼，干脆便不去想了。

5

乔晚出院的这天，天色阴沉，闷得让人讨厌。

病房内，舒城一言不发地看着乔晚收拾东西，他有意让她多住院观察几天，但是她坚持要出院，他也拦不住。

等她收拾完了，舒城敛着眉说道："我送你吧。"

乔晚摇摇头，她哪敢麻烦救人命的医生。

"不用了，医院怪忙的，我自己打车回家就行了。"

乔晚虽然不知道她的车已经撞成什么样了，但她可以肯定祝靖寒一定派人去处理了。出院的事情，她也没有告诉乔楚，她知道乔楚现在应该正忙着熟悉公司业务。三年前，乔楚不声不响地出了国，乔晚听乔妈说得最多的便是乔楚去进修企业经营管理学科了，乔氏未来也要由乔楚接手。

舒城看着她拒绝的样子，整个人都透着无奈。

轰隆的雷声响彻于灰黑色的天空中，噼里啪啦的雨水倾泻而下，透明的雨滴用力地拍打在窗户上，水雾模糊了窗外的景致。

"你出院的事情，他知道吗？"舒城试探地问。他看到乔晚正对着窗户发呆，手中沉沉的包也几乎要垂到地上。

乔晚回神，嘴角弯了弯，而后摇头。

自从那天之后，祝靖寒就没来看过她了，他整个人就跟消失了一样，而她也没有问他行程的习惯。

早上，她本来是想告诉他她要出院的消息，可她拿出手机翻来覆去地看了好久，最终也没有勇气去拨通那个烂熟于心的号码。

有些人，想到就会觉得心酸，被他们拒绝得太多，心也不会变得更坚强。

如今，她竟然也有些抗拒他的拒绝了。

舒城看着乔晚的样子，神情复杂："晚晚，你有没有想过和他离婚？"

乔晚愣了一下，目光看向说出这话的舒城，心中一凉。

是不是在所有人的眼里，她和祝靖寒的这段婚姻就是不该存在的。

"阿城，我……"乔晚苦笑着低下头，眼中有一闪而过的悲戚。

我爱他。

门被人从外面踹开，一个男人带着一身寒气走了进来，他干净的发丝有些湿润，宽阔的肩膀上还有一层未来得及渗进西装的小水珠。

"我都不知道舒医生对我们的家事竟然这么关心。"男人薄唇轻启，雕刻般的轮廓在这灰暗的世界中显得更加冰冷。

东时跟着一身戾气的男人走了进来，这两天祝靖寒一直在忙与一家东南亚跨国公司的商品合作案，几乎没怎么休息。他一直派人盯着医院这边，所以在得知乔晚要出院的消息后，便匆忙赶过来了。

东时看着眼前这一幕，着实为乔晚提心吊胆了一把，他在门外听到那些话的时候，看见祝靖寒开门的动作有那么一瞬间的迟疑。

舒城抿唇笑笑，眼神有些漫不经心。祝靖寒没再看他，迈步走到乔晚面前接过她手中的大包，然后，伸手揽住她的腰一起离开了。

外面的雨势毫无减小的趋势，两人下了电梯便听到外面哗啦哗啦的雨声。东时的手里只有一把雨伞，刚刚祝靖寒下车时，他还没来得及撑伞，祝靖寒便冒雨冲进了医院。

医院门口，东时看了一眼手中的伞，特别有自觉意识地递给了乔晚。

祝靖寒冷峻的眸子淡淡地看了他一眼，伸手拦住东时递过去的伞，他修长的手指缓慢向上推起伞，"哗"的一声，伞呈圆状撑开来。他将女人搂在怀中，把伞撑在两人的头上，向着车的方向走去。

东时无语，敢情闹了半天，他是为了这一出啊！啧啧，他家总裁太有心机了，这不是分分钟吃乔总监的豆腐吗？

乔晚身子靠在他温热的怀里，虽然这疾风骤雨的天气有些冷，但是她现在一点都感觉不到凉意，单单只是因为他陪在她身旁。乔晚微微侧眸抬起头，她的碎发轻轻地拂过他俊朗的下巴。祝靖寒低眸，一双墨眸熠熠生辉，他勾唇一笑，刹那间，整个世界都遗失了黑暗。

乔晚的脸上一红，迅速地低下了头，她的心里咚咚咚地乱跳，这男人笑起来简直好看得要人命啊。

祝靖寒将车后门拉开，让乔晚先坐了进去，然后他迅速地上车挨在她的身旁坐下。东时噔噔噔地跑过来，坐上了驾驶位，他拍打着身上的雨滴，偏头清楚地看见祝靖寒特别嫌弃地看了他一眼。

车内冗长的寂静，让空气都有些凝滞了，东时的眼睛时不时地偷瞄着后面两人的动静。

敌不动，我不动；我不动，敌不动。

东时觉得，这气氛得缓解一下，他家总裁以后的幸福还是要靠乔总监的，而他家总裁幸福了，他也就跟着幸福了。他乐颠颠地开了音乐，歌手独特而性感的嗓音缓缓溢出，静静地流淌在这安静的空间内。

我说了所有的谎。

你全都相信。

简单的我爱你

你却老不信。

乔晚听得入迷，却心绪起伏，平静不下来。

这歌词完全就是她和祝靖寒的真实写照。

"关掉。"祝靖寒薄唇微启，冷冷地出声道。

东时心里一哆嗦，赶紧关掉了音乐，但这并没让乔晚觉得好受一点，反而有些憋闷。

"不忙吗？"乔晚打破沉静，侧头看向祝靖寒。

"忙。"

与东南亚跨国公司的合作很重要，所需的商品原料也十分金贵，所以很多事情他都得亲力亲为。

乔晚听到回答后，不知道怎么接话了。

祝靖寒薄唇微挑，俊逸的眉眼缓缓地收紧，他反身单手撑在玻璃窗上，呈半包围的姿势打量着眼前这个一脸不知所措的女人。

"乔楚来过了？"他身上独特的男性气息充斥着整个狭小的空间，淡淡的清香萦绕在她的鼻尖十分好闻。

"嗯。"乔晚点了点头，不知道祝靖寒问这个干什么。

乔晚抬眸不经意地对上祝靖寒的墨眸，她看不出他眸中的情绪，却能感受到他灼热的气息。

祝靖寒伸手捏起她脸庞的一缕碎发，轻轻地掖在她的耳后。

"带你去个地方。"说完，他便离开了让人脸红心跳的范围，正常地倚在一旁。

他双腿交叠，轻轻地闭上了眼睛。乔晚侧眸，微光下他整个轮廓被暖光包围着，长长的睫毛安静地覆盖，温暖得不像话。

外面大楼上的大屏幕正在播放关于祝靖寒的新闻，乔晚一手撑着下巴，一手轻轻地摇下车窗，她从自己这边的窗户往外看，看着大屏幕上那张熟悉的俊颜，有些愣怔。

在乔晚的记忆里，祝靖寒很少出现在这些合作项目的新闻发布会上，除非这个项目真的很重要，否则他不可能会亲手督促这个项目。原因正如他所说的，他很忙。

车速并不快，却足以把静止不动的大楼一下子甩得老远。这时，乔晚似乎是看到了什么，突然快速地把头探了出去。

"乔晚！"身旁的男人一声冷呵，乔晚的头顶很快就被男人温暖的大手盖住，随即她整个人都被扯进了车厢里。

乔晚微微蹙着眉头，她刚才好像看见那个人了，难道是错觉？

祝靖寒见她思绪都不知道飘到哪里去了，寒眸一凛，他捧着她的脸，让她转过头来。

"你干吗？"乔晚有些不满祝靖寒粗鲁的动作。

"你不要命了？"男人看到她抗拒的样子，声音不由得沉了沉，他疑问的语气以及不悦的眸色，无一不透露出他对她行为的不满。

"谁不要命了，我比谁都惜命。"乔晚简直要郁闷死了，她怎么一出院就和这个冰块脸吵架。乔晚在心里狠狠地鄙视了自己一下，她怎么会喜欢上一个如此暴躁的男人，一定是脑子里进水了。

"还敢顶嘴。"祝靖寒墨眸紧锁住乔晚脸上有些不耐的样子，心里很是不爽！

"我这是在回答你的问题。"乔晚一想到祝靖寒给她买的什么猪脑，她就来气，那天吃完整个人都不好了。

"乔晚你是能耐了啊！"

"我能耐多了去了，祝总你不知道的还多着呢。"

"你叫我什么？"祝靖寒咬了咬牙，黑眸里波涛汹涌。

"祝总！"

"你再说一遍！"

"……"

6

乔晚有些心虚，她估计自己再说一遍，祝靖寒就把她扔下车了。

这男人怎么这么别扭呢？不准她那么喊他，是良心发现？还是突然对她的美惊为天人，所以改了心思不喜欢慕安宁，喜欢她了？

"我叫你再说一遍！"祝靖寒显然不想就这么放过乔晚，他黑眸微眯，瞬间将两人之间的气氛提升到了剑拔弩张的程度。

"祝靖寒，你该不会是喜欢上我了吧？"乔晚学着他的样子眯眼，一句话顶了回去。

祝靖寒冷哼一声："就你这样？你哪里来的自信？"

"祝靖寒，你个烂西瓜。"乔晚当场就抓狂了。

东时本来只想安安静静地做一个美男子司机，可乔晚这句话让他一下子没忍住，扑哧一声笑了出来。

"不许笑！"后排的两人同时喝道，声音和语调出奇整齐，目光也直戳他的后背。

东时："……"

等祝靖寒回想起自己刚才做了什么的时候，他一脸寒气地撇过头去，平时淡定稳重，风度翩翩的样子完全不见了踪影。

乔晚咬了咬牙，不喜欢就说不喜欢，什么叫哪里来的自信！

她又高又瘦也算有钱，怎么看也算是个清秀的大美女。虽然她和祝靖寒在一起，貌似吃亏的是祝靖寒，可他嫌弃就嫌弃，还三天两头地抽风，她能不多想吗？！

过了许久，东时特别小心翼翼地叫了一声"祝总"。

"说。"男人利落地吐出一个字，锋锐的眸光瞥向他。

"地方到了。"东时被祝靖寒的气势给吓得一口气没提上来，差点吓成小结巴。他将车安稳地停在路边之后，祝靖寒率先下了车。

乔晚气势汹汹地从另一侧下车，在她面前，正东方的位置上是一栋十八层高的商业楼，"帝安"两个金光闪闪的大字几乎都要闪瞎她的眼睛了。

她知道这是祝氏主要的商业购物楼，以前她和广告部的同事跟着上头的经理来看过两次，所以里面有多豪华她是见识过的。

乔晚见祝靖寒大步走在她前面，完全没有等她的意思，便深吸了一口气后告诉自己不要跟他计较，好歹这是祝靖寒第一次带她来这地方。

再一次进入帝安，乔晚还是深深地感叹了一番，她算是明白"没有低调的土豪"这句话是怎么成为经典名句的了。这设计装潢简直甩了其余的商业大厦十八条街了。

乔晚的目光从商场设计移向阔步走在前方的男人，她看到周围那些女人的眼光都齐刷刷地往男人身上飘之后，便狠狠地白了他一眼。

走在前面的男人似是感知到了她的白眼，高大的身形猛然顿住，他转过身凌厉的目光大喇喇地对上乔晚的目光。乔晚嘴角勾起笑意，笑得灿烂无比一脸无辜。

祝靖寒深深地看了她一眼，冷哼一声后，不理会她，转身继续往前走。

乔晚刚下车的时候身上淋了不少雨水，头发更是湿答答的。她伸手随便弄了下乱糟糟的头发，样子看起来有些狼狈不堪，这让周围不少人看着她议论纷纷。

乔晚听见耳边充斥着小声的议论，偶尔还有一两句入耳猜测她是谁。也是，祝靖寒是他们的顶头上司，他们会好奇也是情有可原，不过对外她也和他们一样，只是祝靖寒公司里的一个小职员而已。

乔晚下意识地放慢脚步，她离前面稳步而行的男人的距离也越来越远。

祝靖寒走着走着，只觉得后面清脆的脚步声越来越小了。他回头才发现乔晚正低着头，落了他后面大概五六步远的位置，这个女人刻意疏远的模样让他觉得莫名心烦。

祝靖寒沉默着，薄唇抿起，幽深的眸子如一汪泓潭。

乔晚走着走着就看见祝靖寒站在前面好整以暇地看着她，似乎是在等她的样子，于是，她加快了脚步，走到祝靖寒的面前，恭敬地说道："祝总，去哪儿？"

祝靖寒的眼睛眯起，萦绕在心头的火气难以下咽。

"难道你伤的不是脑袋是脚？"祝靖寒的语气带着火气，十分不爽。

乔晚摇头否定道："祝总，这是你名下的商场，我得离你远点，我这是在执行你我婚后的约法三章。"

公共场合，能离多远是多远，尽量装作不认识，不要惹上不必要的麻烦。

"对于我的要求，你很生气？"祝靖寒的眼神莫名暗了一分，他没想到乔晚竟然这么听话。

"当然没有。"乔晚瞬间否定了，她有什么可生气的，说到底，当初是她没有信守承诺。

"最好是这样。"祝靖寒身形岿然不动，他率先走进了电梯。

乔晚也不磨叽，直接跟了上去，直觉告诉她，他带她过来肯定有事。

祝靖寒按了十六层的电梯键。出了电梯后，乔晚才发现此层卖的全是名品女装。祝靖寒看也没看，直接走进一家店在里面坐了下来。他薄唇轻启，对着乔晚说道："挑你喜欢的，换好出来。"

"不用了，祝总。"

"你身上穿的那是什么东西！"祝靖寒薄怒的目光看得乔晚心里发冷。

乔晚忍着怒气，紧咬了咬牙。

"你出去。"祝靖寒冷声对着一旁有些战战兢兢的店员说道。

那店员因为害怕，马上踩着高跟鞋嗒嗒嗒地跑了出去，这让本来就冷清的店里只剩下了祝靖寒和乔晚两人。

"挑你喜欢的进去换。"

"我说了，我不换。"

乔晚因为生气脸色涨得通红，她身上穿的这身衣服是乔楚在她住院的时候送来的，虽然她不知道值不值钱，但绝对也不像祝靖寒说得那么一文不值。

祝靖寒的眸子里覆上浓浓的火光，他伸手拽住她的衣服领子，用力地扯开了她的衣服。

"祝靖寒你疯了！"乔晚伸手攥住他的手，但是她哪里敌得过男人的力气，祝靖寒双手一扯，衣服菲薄的料子立刻撕开了一个大口子。乔晚伸手护住胸口的方向，气恼地看着祝靖寒。

"你是自己换，还是要我帮你换？！"

"不劳烦你了。"乔晚心里憋着一股火，她咬牙切齿地说完后直接转身随便扯了一件进了换衣间。

她伸手脱下被祝靖寒撕开了口子的衣服，心疼地看了两眼。她这是第一次知道有人是这么带着别人买衣服的，不就淋湿了一点吗，这还没到给他丢人的地步吧。

祝靖寒双手抱臂坐在沙发上，他黑眸沉着，脸色非常难看。不过就是一件破衣服，她那么宝贝干什么，也没见着她为了别的什么事跟他这么翻脸。

祝靖寒越想越生气，心里积攒的火气已临近巅峰值，他伸手扯了扯衣服领子，刚想舒缓一下情绪，便看见乔晚换好新衣服后，手里还拿着那件破的。

"乱七八糟的东西不许带上车。"祝靖寒脸色不善。

"嗯。"乔晚点头，一副老实不顶嘴的样子，祝靖寒拧了拧眉，转身就走。

外面的雨依旧没有减小的趋势，东时坐在车里等待着，好久之后，他才看到两人一前一后地从帝安里面出来。

东时拿着雨伞，下车去给两人撑伞时，发现两人间的气氛有些不对劲儿，心中有些郁闷，下车前不是还好好的吗？

祝靖寒没有理会他手中的雨伞，东时没办法，只好先帮祝靖寒撑伞，将他送进车里，然后又跑去接乔晚。

"乔总监，走吧。"

乔晚抱紧手中的衣服，随即摇了摇头。

"我打车回去，你们先走吧。"

"这……"东时回头看了一眼车的方向，只能依稀地看见里面的男人一个冷酷的侧影，他抿唇劝解道，"雨下得这么大，不好打车，还是一起走吧。"

"我待会儿打车走，你们先走。"乔晚摇头，态度很是固执。

东时犹豫了，他知道这两个人百分之百又闹僵了，但是他毕竟是给祝靖寒工作，所以他只能把乔晚扔在这里了。

祝靖寒冷漠的眉眼看向抱着衣服站在那里的女人，俊眉拧起。

"祝总，乔总监说她等会儿自己打车回去。"

东时没发动车子，小心翼翼地对后面脸色有些沉的男人说着，他见男人的眼睛眯起，整个人散发出生人勿近的薄寒。

"既然她那么想冻着,就如她所愿。东时,开车。"祝靖寒收回目光,不再去看乔晚。

祝靖寒的车开走了,乔晚站在台阶上,阵阵冷空气吹在她的身上冻得她有些发抖。

帝安的规模庞大且繁华,是上流社会人群的首选,所以平时订送衣服和商品都是专车送上门,他们都不用亲自来。加上现在又是雨天,来这儿的人自然就更少了,几乎打不到出租车。

乔晚站在那里,并未伸手拦车。她的手心朝上,豆大的雨点啪嗒啪嗒地砸在她的掌心溅出一抹涟漪。

乔晚觉得事情不该这样,如果当初她不那么自私地把祝靖寒绑在身边,也许现在两人还可以是朋友。可现在如果父母知道她要和祝靖寒分开,又会是什么样的神情?

她低头沉思了一会儿,打了乔爸的电话,乔爸接通后,两人约定中午一起吃饭。乔爸派司机亲自接她去了乔氏,乔晚走进乔爸的办公室,发现里面还是一如既往的简约单调。

见乔晚来了,乔爸放下文件,摘下老花镜,招呼着乔晚一起出去吃饭。

乔晚看到父亲有些花白的双鬓,心里一酸,记忆中扶着她的自行车后座,教她骑车的父亲再也没有当年年轻气盛的模样了。

乔晚和乔政中并未去很远的地方,就在乔氏一楼的餐厅点了餐。乔爸点的都是乔晚一直爱吃的东西,但是乔晚今天却并没有胃口。

"爸,你和祝氏的那个项目进行得怎么样了?"许久后,乔晚踌躇地问出这个问题。

乔政中想了想后说道:"还是起步阶段,不过这次还真是多亏了祝氏的协助。小晚啊,你回头替爸谢谢靖寒。"

"好。"乔晚点头,微叹了一口气,这个项目才刚起步……

"丫头,你是不是有什么事要跟我说?"乔爸放下手中的筷子,他觉得乔晚有心事。

乔晚摇头,可乔政中纵横商场那么多年,各种人心都看得透透的,怎么会没发现在自己亲生女儿的异状?乔爸蹙眉,心里隐约有些猜到了什么。

"是不是和靖寒吵架了?"

"没有的事,爸你想哪儿去了。"乔晚笑笑,伸手拿起筷子给乔爸夹了一块肉过去，多少有些心虚。

"要是在祝氏工作不开心就回家来，咱们乔家虽然没有祝家有钱，但是好歹也养得起自家的女儿。"乔爸考虑过了，当初乔晚进祝氏工作的时候他虽然开心，但是多少有些担忧，生怕乔晚在祝家受到什么排挤。

乔晚嘴角扯出一抹笑意，她的心里似是有一根细刺不偏不倚地横在那里，有些难受，可她必须忍着。

再等等，等到乔氏和祝氏毫无利益牵扯的时候，她就和祝靖寒分手。

乔晚低眸，轻轻叹了一口气。

7

晚上十点，暴雨倾泻，祝氏高层的高级办公室内一片灯火通明。

祝靖寒坐在椅子上，骨节分明的手指握着一支精致的钢笔。办公室内安静得只能听见男人唰唰签字的声音，他的头微低，发丝微乱，额前的刘海顺着一个方向肆意地分散着，看起来随意俊逸。

"总裁，这是明天的行程。"东时推开门，拿着iPad走了进来，打开行程表放在祝靖寒的面前。男人抬头，一双黑白分明的眸子瞬间被头顶明亮的灯光狠狠地刺了一下，他魅瞳紧缩，黑眸熠熠生辉。

东时见状，忙跑到一边拿起灯光控制遥控器，把灯光亮度调低了一点，随后室内瓷白的灯光变成了橙黄色，气氛也温和了许多。男人的眸光落在行程表上，俊眸敛起，安排好的行程中有一项便是与东南亚跨国公司Hermi老总的见面会谈。

"你先下班吧。"祝靖寒让东时下班，东时点头离开了。

他揉了揉眉心，脑中再次浮现出大雨中抱着衣服不肯一同离去的倔强的女人身影，他的眉宇蹙起，薄唇轻抿。

乔晚回家后发现祝靖寒还未回来，她舒服地洗了个澡后，又在床上看了一会儿书，半困半醒间，指针已经指向了十一点。

乔晚有些担心祝靖寒的情况，她拨通了东时的号码，而东时此刻也是刚下班回家。

"东助理，我想问一下靖寒现在还在公司吗？"

东时想了想说道："祝总还在加班呢，连晚饭都没吃。"

"没吃晚饭？"乔晚蹙眉。

"可不是。"东时轻叹，声音里透着一抹惆怅，可通话结束后，他的眉角一下子就扬了起来。

嘿嘿嘿，总裁，我只能帮你到这儿了。

乔晚身上随意套了一件长外套，拿起雨伞便开车出了门。

大雨天的夜里，这个时间段还开门的餐店不多，乔晚跑了好几处，也只在公司附近唯一一家营业的饺子店里，买到了一份水饺。

高耸的大楼只有最高层还有一抹亮光，乔晚知道祝靖寒就在那里。

路面上积了好几厘米的水，海城下雨的时候，要么温细，要么暴躁，所以像今天这样一整天都毫不停歇的雨势也比较常见。

乔晚撑着伞下车，她小心翼翼地把饺子盒护在怀里，然后迈着步子跑到公司门口，把伞收好之后，她的裤腿处已经冰凉一片。

夜晚的办公楼，安静得瘆人，角落里的摄像头红灯一闪一闪的，让乔晚心里突突直跳。她的手臂紧紧地圈住怀中的盒子，粉嫩的唇抿得紧紧的。

电梯门开合的声音此时显得尤为刺耳，她的心里多少有些慌，经历过那件事情之后，这些年她多少有些怕黑怕又狭小的空间。她好不容易乘坐电梯到了顶楼，可电梯外黑漆漆的走廊看着却并不比电梯里安全。

大楼的走廊灯全部被关闭了，她向着前方唯一有光亮的办公室走了过去，她的步伐越来越快，仿佛有人在追赶她一般。

她走到办公室门口，下意识地回头，看见后面空荡荡的一片，心里才舒了一口气。可她下一秒回头，发现身前站了一个人时，紧绷的神经一下就断了，手中的袋子"啪"的一声掉落在地上，她被吓得直接失声了。

"大半夜的你怎么在这里？"

祝靖寒俊眉微皱，他低头看着地上破裂的盒子里摔出来的东西，黑眸缓了缓，而乔晚捂住惊吓过度的胸口，脚步都有些虚浮了。

他不知道人吓人会吓死人吗？！

"我给你带了饺子。"乔晚说完，瞥了一眼掉在地上根本没法再吃的饺子，叹了口气。她蹲下身子准备清理，祝靖寒却制止了她收拾的动作，把她拉了起来。

"没想到祝太太还挺关心我的。"

祝靖寒挑着眸子，乔晚没回答他略带挑衅的话语，手心被吓得一片冰凉，这冰凉的温度传递到男人温热的手掌上，他好看的眉皱起。

祝靖寒一把把她拉进明亮的办公室内，这才看见她裤腿都湿了，几乎大半条裤子湿答答的，样子十分狼狈，和她平时清冷的模样完全无法联系在一块。

"休息室里有衣服，去换吧别感冒了。"一听这话，乔晚心里多少有些别扭。

"我不穿别的女人的衣服。"

祝靖寒瞄了她一眼，薄唇弯起，轻笑出声："想什么呢，是我的。"

乔晚瞬间就尴尬了，灰溜溜地直往总裁办公室的休息室里冲，门被她"哐"的一声关上后，世界都清净了。

祝靖寒单臂撑在办公桌上，单手抄入兜里，略带戏谑的眸子轻睨着紧闭的休息室门，脸上若有若无的笑意看起来心情并不坏。

乔晚在里面翻来翻去的，真的全部都是清一色男人的东西，衬衫、领带、西装、休闲装，真是应有尽有，果真没有女人的衣服。她伸手挠了挠头，不知道该穿什么，所以就先把裤子先脱了，紧身的牛仔裤湿了贴在身上怪难受的。

终于，皇天不负有心人，让她看见了一件还算大的T恤，她把衣服从柜子中拿出来准备换上。

此时的祝靖寒在外面等得没了兴致，女人就是麻烦，换个衣服都快换了十分钟了。于是，他不耐烦地问道："乔晚，里面好看吗？"

乔晚听到话后脸色一僵，她手忙脚乱地脱掉上身的衣服，并冲着在外面的男人大喊："我马上就好。"

乔晚迅速地把T恤套在身上，随便扯了一条黑色的西装裤子开始穿。

突然，门口响起渐渐走过来的脚步声，伴随着男人转动门把手的声音，乔晚都要哭了。

休息室的门哐地被打开，祝靖寒俊眸往里面一扫，床上除了一堆换下来的衣服外，并没有乔晚的身影。

"出来。"他沉下声音说道，她躲他做什么。

乔晚躲在门后，手里还抱着他的裤子，纤细的手指紧紧地握住门里侧的把手。

"我还没穿完呢，你先出去好不好。"

祝靖寒再也没那个耐心了，他大手用力一扯，乔晚便被拽了出来。

女人上身只穿了一件宽大的白色T恤，就算再大，也就是件T恤，长度就只够遮到大腿根部。雪白的肌肤，婴儿般的肤色，她的双腿微曲，将手里抱着的那条黑色的西裤一下子展开，遮住了祝靖寒的视线。

祝靖寒眼中闪过一抹异色，乔晚的神色也多少有些不自然。

一生向晚

"赶紧穿完出来。"祝靖寒正了正脸色，转身出去了。他还以为乔晚只是在敷衍他，没想到是真没穿完。

祝靖寒一想到刚才那一瞬间他的心跳快了好几拍，眸色突然有些冷峻，但转念一想他是个男人，一个女人在他面前穿成那样心跳不快才奇怪。

乔晚飞快地套上裤子，别扭地从休息室里面走出来，她看到祝靖寒背对着她站在办公桌前，觉得有些迷茫。

祝靖寒听到乔晚极轻的脚步声，蓦然回头看着她的模样，他觉得衣服虽然是大了点，可是穿在她的身上竟然有一种说不出的柔和。男人冷峻的脸色好转了些，他越过乔晚去了休息室，等到再出来的时候，乔晚发现他的手里拿着一双未开封的白色拖鞋。

她这才惊觉自己光着脚，怪不得刚才觉得地板很凉，原来没有穿鞋，只不过她在看到祝靖寒后什么事都忘了。

祝靖寒将拖鞋拆封后扔到她的脚下，和那些亲自为她穿在脚上的绅士行为大相径庭，好在她也不是那种矫情的人。

"谢谢。"

毕竟人家给她拿鞋了，礼貌还是要有的，只是她有些后悔今晚过来了，饺子摔烂了，自己还在他面前弄得这么狼狈。

祝靖寒走到她面前，伸手将她身上的T恤底部塞到略宽大的西装裤里，动作如同行云流水，乔晚却连大气都不敢出。

祝靖寒将她的衣服整理好后说道："一起去吃饭吧。"

乔晚拉住他的胳膊后摇了摇头："算了，怪丢人的。"她穿成这样怎么出去吃饭？

等她说完话后，她才意识到自己正抓住他的胳膊。乔晚动作一僵，迅速地收回了手，她的动作并没有逃过他锋锐的眸子，祝靖寒墨眸闪过一丝不悦，语气有些冷。

"先回家吧。"他直接越过乔晚先行出了门，乔晚跟着他的脚步跑到门口并顺手关了灯。

安静空旷的走廊里，女人略带拖沓错乱的脚步追赶着男人沉稳的步伐。这要是大白天，她就算和祝靖寒保持十米的距离也OK，可是现在不行，这黑漆漆的走廊，总让她觉得有点瘆得慌，她的心里这么一想，不禁就更害怕了。

乔晚脚上的拖鞋有些不合脚，所以跑起来也不是很顺当。等她抬头发现祝靖寒的身影已经走过那条玻璃窗式的走廊，没入一片黑暗之中，她瞬间就慌了神，不由自主地跑了起来，就这么几步远的距离，却仿佛隔着千山万水。她的头脑一片空白，直到脑袋砰地撞入一个坚硬温暖的胸膛，她紊乱的呼吸才渐渐平稳。

"你跑什么？"黑暗中，男人紧皱着眉头，低头看着把脑袋像鸵鸟一样窝在他怀里不出来的女人。

从出门后乔晚就小跑追着他，他可以听见她脚上拖鞋不搭调的声音，甚至不转身，都能感觉到她有些莫名的紧张。

乔晚不出声，祝靖寒眼神一凛道："你怕黑？"

乔晚不敢点头，结巴着说着不怕，可祝靖寒的脸色却是刹那间沉了下来，一声伤人的冷笑在这黑暗中尤为清晰。

"乔晚，如果是因为那件事，那你活该。"说完，他猛地推开身上的女人，眼神要多冷有多冷。乔晚整个人跟跄了一步，脸色隐隐泛白，她此刻真的想反驳一句，可是祝靖寒说的的确是事实，就是在那天后，她才有了幽闭空间恐惧症。

"我不怕。"她一咬牙，说出这三个完整的字，可是祝靖寒听到后，脸色更加不好了。

不怕？这比怕还要可怕，怕可以证明她还有心，可是不怕证明了什么！

"既然不怕，你自己坐着电梯下去。"祝靖寒站在那里，嗓音薄寒，话语中毫无商量的痕迹。

乔晚咬唇，只觉得脸上发麻，她沉默着不出声，绕过祝靖寒往电梯门口走去。

黑暗之中，她按了下键，赤红色的小三角亮起。

"叮"的一声，电梯门应声而开，里面亮着光，虽然电梯空间很大，可是依旧消除不了她对里面的恐惧感。

乔晚硬着头皮走了进去，祝靖寒却没有动身的意思，他站在那里，冷冷地看着电梯门关上，两个人彼此隔绝。

乔晚一个人向下而去，她的身子紧紧地靠着电梯壁，眼神直直地看着一层一层向下的楼层，心跳几乎要溢出嗓子眼，没过一会儿便觉得眩晕还伴随着强烈的恶心感。

终于，仿佛过了一个世纪般的漫长，电梯在一楼停住，电梯门一打开，乔晚猛地就冲了出去，连放在一层大厅里的伞都没拿。

她径直冲出公司大门，冲进雨里俯身干呕，冰凉刺骨的骤雨拍打在她的身上，才让她清醒了些。她浑身哆嗦着，唇色苍白，路边是飞驰而过的各种私家车，出租车几乎看不见一辆，她就那么站在路边，不知所措的样子落入了他冰冷的眸中。

保时捷缓缓地停在路边，乔晚看见了祝靖寒冷酷的剪影，逆在黑暗中，冰冷得可怕。

她打了个哆嗦，眼中氤氲，突然有些绝望。

这就是她当时拼死救出来的男人；这就是那个她明明知道没可能，却还一直默默守护的男人；这就是那个她借着各种理由，只为了多见他一眼的男人。

可是就算祝靖寒这样，她也不想说出当年是她把他从大火中救出来，因为她怕他对她的感情从不爱变成恩情。

乔晚低着头，脸上的泪水混着雨水，今晚不会有人知道她在哭。

街边静得仿佛只剩下了这一人一车，不知过了多久，车子才缓缓驶了过来，男人打开后面的车窗，眸色不带一丝情绪，周身薄寒。

"上车。"

他冷漠地扔出这两个字，刚才办公室残留的旖旎和温情瞬间消失殆尽，两人之间只余下陌生和压抑。

她绕过车尾从另一边车门上了车，浑身湿漉漉地紧挨着窗边坐下。她低着头，散开的墨发依稀可以遮住她苍白的轮廓，头发向下滴答着水，很快就弄湿了车里昂贵的地毯。

"乔晚，你为什么嫁给我？"

他冷酷的眉眼直视着前面，没去看旁边女人狼狈的样子。

乔晚唇边的血色一点点消失殆尽，许久后她笑了，侧眸看向右面男人刀刻一般的轮廓，嘴角颤抖着，声音微哑。

"不知道。"

听见她颠覆了以前的答案，祝靖寒脸上的冷漠褪尽，转过来的脸上带着愠怒。他大手一伸，捏住她的下巴，逼着她的眼睛直视着他。

"终于肯说实话了？嗯？"

乔晚内心翻江倒海般难过，那种难过上涌，疼得心里抽搐，仿佛下一刻眼泪就会喷薄而出。

"是。"她回应道，躲闪开他盛怒的眼神。

祝靖寒的手劲儿更大了，仿佛要把她的下颌捏碎般。

"钱、权、顾珩,究竟哪一个是你嫁给我的原因?"

乔晚冷笑,哪一个?只可惜哪一个都不是,可是祝靖寒信吗?!

她不语,他心里翻涌上来的怒气便越来越重,那怒气中竟然还夹杂着丝毫的慌乱感。

乔晚感到无力,算起来她喜欢祝靖寒整整八年了,从一开始不敢和他说话,不敢与他对视,到后来说上一句话就能开心许久,她因为他变得自卑,那种喜欢、单纯与无奈,她怕被他知道,又想被他知道。

祝靖寒不爱她并没有错,谁也没规定他必须爱她,她只是遗憾,如果当初勇敢一点,会不会就不是现在这样的状况了。

"我同意离婚。"乔晚推开他捏住她下颌的手,目光坚定地看着他。

她的话让他冷酷的表情突然一滞,连他自己都没意识到此刻他的眉宇是皱着的。

"条件呢?"

祝靖寒冷笑,他不认为乔晚会这么心甘情愿地离开。他在等,等她的狮子大开口。

"祝氏和乔氏这次合作案结束后,我们就去办手续。"她深吸了一口气,强忍着眼中的氤氲。

"好。"

祝靖寒利落地应了下来,乔晚会提这个条件八成是怕离婚后他反悔和乔氏的合作,他同意是因为这些也是她该得的,至于以后的事情,包括财产分割,自然会有代理律师跟她谈。

乔晚点头,表情没刚才那般坚韧,整个人的情绪都隐藏在心里,她知道他们也许真的结束了。

车子缓慢地行驶到两人的家,她下车后便直接开门进了屋,祝靖寒撑着伞慢慢地走在后面。他走进玄关,客厅的灯是亮了,却不见她的身影。

外面的雨也终于停了,湿漉漉的路面在月光下闪烁。

祝靖寒洗完澡后,穿着睡袍躺在床上却无一丝睡意,他静静地看着头顶的天花板,心中感到有些烦躁,脑海中闪过乔晚在黑暗中害怕的样子。

Chapter 04
当年明月

1

早上八点半，乔晚像往常一样去上班，办公室内十分热闹，三五个人聚在一起讨论得热火朝天，尤其是周敏敏，兴奋得跟股市赚满了一样。

见乔晚来了，周敏敏飞快地跑到她身边将她拉到了八卦人群中心："我跟你们说一个大消息，简直不要太劲爆。"

每次周敏敏说大消息的时候，无非是哪个明星的八卦或者谁谁谁又出轨了、分手了、离婚了，再者就是公司来了个长得还不错的男同事。

她放下手中的东西，坐在周敏敏的旁边，周敏敏的小手搭上她的肩膀后，一脸神经兮兮跟要爆多大的料一样。

"你们猜我刚才看到什么了？"

"不知道哎，说来听听。"

"快说快说。"整个办公室的女人八卦神经都不浅。

"总裁的女人！"

周敏敏的一席话无异于火中投炸弹，祝靖寒虽然花边新闻很多，却从没有一个女的可以堂而皇之地进入公司。

"晚晚，你认识那女人对吧？"周敏敏清楚地记得，那天那个女人管她叫乔姐姐来着，虽然过程有点让人耐人寻味，不过还是可以看出她们是认识的。

乔晚面色平静，淡淡地摇头："不认识。"

"不认识吗？"周敏敏使劲儿地回忆，"可是我记得她跟你打招呼来着。"

周敏敏不死心，因为她实在是太好奇了，想从乔晚身上套出些祝靖寒的女人的独家八卦。

"她认错人了。"乔晚捏了捏她的脸，嘴角带着清浅的笑意，只是笑意不达眼底。

"这样啊。"周敏敏挠了挠头，多少有些不好意思，她还以为乔晚知道些什么呢。

叽叽喳喳地讨论八卦的职员们回到了各自的工作岗位。乔晚突然就想起那天祝靖寒接她出院，她所看到的商业大楼大屏幕上播放的画面，如果她没看错的话，那里就有慕安宁的身影。

那么重要的一个商业会议他竟然带了慕安宁。

她的身子靠在椅背上，脸上并无表情。过去的几年，爷爷不知道多少次向祝靖寒提及给她升职的事情，但结果就是她被发配到了广告部，从一个普通职员熬到了现在的位置。而那种会议，是只有跟在祝靖寒身边的人才可以跟着去参加的。

她侧头看向外面，雨后的天气太阳微亮，这时，她的身后传来一阵女人的脚步声，然后桌上便多了一杯热水。

周敏敏坐到她的旁边，伸手摸了一下她光洁的额头有些担心。

"你好像有点发烧。"她刚才就看乔晚的脸色有些发白，白中带着病态的红，仿若生了大病的模样。

乔晚自己摸了摸，倒是无感觉出什么，估计只是淋雨后着凉了。

"没事，多喝点水就好了。"

"要不要我送你去医院？"周敏敏还是不放心，每次看乔晚独来独往惯了，也从没有见到她身边有什么男人。

"不用，有这个就够了。"乔晚拿起她刚才倒的热水，焐在手里，然后喝了一口，脸上笑意明媚。

"我见你病了，还以为待会儿总部开会你去不成了。"

"总部开会？"乔晚蹙眉，什么时候宣布的总部开会的，她怎么不知道？

"早上的时候开会的事情通过手机通知了，你没看到吗？"

周敏敏眼神诧异。乔晚摇头，她根本就没时间去看手机。

"也不是什么大事，听风声说是任职仪式什么的。"周敏敏看乔晚一副什么都不知道的样子，就把自己从别人那里听来的跟她说了。

"哦。"乔晚应着，倒也没什么兴致。

一生向晚

074

此时，偌大的会议室里几乎已经挤满了人，乔晚走到后面不显眼的位置上坐下。她低头看了一下时间，刚好九点整，会议室的门打开，祝靖寒带着东时走了进来，跟在他身后的还有一个女人。

乔晚红唇紧抿，眼神盯着跟在祝靖寒身后进来的女人，一丝苦涩咽下。她早就该想到的，从周敏敏早上说的时候便该察觉到的。

女人明媚地笑着，清纯的样子无疑让在座除乔晚以外的人都觉得赏心悦目。

慕安宁的美无可比喻，但是几乎所有人都疑惑，一个女人的任职而已，总裁怎么会这么大费周章？不过明眼人都知道，两人的关系怕是不简单。

祝靖寒看了一眼四周，眼神掠过低着头不知道在想什么的乔晚，冷漠出声：“这位是广告部的新任总监。”

这个宣布，无疑就是把乔晚直接拉下水，如果慕安宁是新任总监，那么乔晚呢？

周围人一片哗然，作为当事人的乔晚倒是平静得多，慕安宁进来的时候她就想到了。她刚同意离婚，他就让慕安宁来接替她的位置，按照这个速度而言，兴许当天签下离婚协议，慕安宁第二天便能嫁进祝家。

周敏敏在一旁自是不服气，稍微圆润的脸上也是十分恼怒。

"这不公平！"周敏敏猛地站起来为乔晚鸣不平，乔晚兢兢业业在底下的位置摸爬滚打多久才有了今天的位置，怎么这个走后门的女人一上来就把她给顶走了，这个世界还有公平而言吗？

周敏敏的样子似是惊吓到了慕安宁，女人一张娇艳如花的小脸上带着些胆怯，开始往祝靖寒的身边靠拢，直到站在他身边的位置。

周敏敏超级生气，虽然知道面前那个清纯可人的女人和总裁关系可能不一般，但她就是气愤看不过去，更何况在这么多人面前宣布这个替换的消息，这让乔晚多下不去台面，她真不服。

"请祝总给一个解雇我的理由。"一直沉默不语的乔晚开口了。她可以离职，但是不能走得不明不白。否则她以后再去别家公司任职的时候，不清不楚被解雇这一条就足够引起别人猜测的。

祝靖寒俊眉一挑，寒薄的眸子盯着乔晚白皙的脸上。

"谁说我要解雇你了？"他沉声反问。乔晚站在那里，感觉到周围好多道目光齐刷刷地向着她看过来。

"那请问祝总您是什么意思？"

"从今天起，你来66层上班，会议结束后的半个小时之内来报到，迟到扣工资。"

　　他说完后便站了起来，睨了乔晚一眼后，带着东时离开了，只留下一脸苍白的慕安宁站在那里，眼里多少有些怨恨。

　　这回周敏敏不气了，一脸的兴奋："晚晚，66层，你直接升职成首秘了。天哪，我简直要开心得哭出来了。"

　　比起周敏敏的兴奋，乔晚真的是要哭了，他该不会是想变着法子整她吧，无缘无故升她的职，这不对劲儿啊。

2

　　总裁办公室内，祝靖寒慵懒地坐在办公椅上，神情闲适。

　　慕安宁瘪着嘴赌气地坐在一旁的沙发上，眼神颇带怨念，却还是敢怒不敢言。她见祝靖寒实在没有搭理她的意思，便站起来走到祝靖寒的面前，双手搭在他结实的肩膀上。

　　"靖寒，我能不坐那个广告总监的位置吗？"她一双素手轻轻地帮祝靖寒揉着肩。

　　"不能。"祝靖寒睁开眼睛，墨眸一片深沉。

　　慕安宁转身靠在他的胳膊上，多少有些委屈。

　　"可是广告部离你办公室太远了。"一想到乔晚和祝靖寒之间的距离更近了，她能不着急吗？

　　"安宁，你那个位置很重要。"祝靖寒脸色温和地解释着，祝氏的广告部总监主管着公司走向大众的命脉。

　　慕安宁瘪着嘴，赌气得一个字都不想说。

　　见她一副泫然欲泣的样子，祝靖寒笑了笑，伸手轻轻地捏了捏她的脸蛋。

　　"不许哭，听见没。"

　　听完这话，慕安宁"哇"的一声就哭出来了，她突然抱住祝靖寒的腰，把脑袋埋在他的脖颈处，声音特别委屈："三年前你说要娶我的，我哪里不如她了，我就是难受，我怕失去你。"

　　祝靖寒一怔，大手放在她的背上轻轻地拍着，却并未把乔晚提出离婚的事情告诉慕安宁。而慕安宁哭够，乔晚就抱着大箱子不合时宜地进来了。

　　乔晚以为祝靖寒不在办公室，所以没敲门就直接进来了。她要是知道两个人在办公室里面暧昧,打死她她都不会进来。瞧瞧慕安宁那娇滴滴小鸟依人的样子,她要是个男人她也喜欢啊,更何况祝靖寒本来就喜欢人家。

祝靖寒眼神锐利,眉心微微蹙起,却并没有因为乔晚进来的动作而有一点掩饰的意味。

"不好意思啊。"乔晚迅速退了出去,并替两人带上了门。她双手抱着箱子站在走廊上,没几秒钟后,一脸泪花的慕安宁推门出来了。慕安宁瞪了她一眼,然后大步跑远了。

乔晚秀气的眉毛挑起,以前祝靖寒冷落她的时候她觉得可委屈了,现在也要离婚了,她也就不想那么多了,既然人家郎情妾意她管那么多干什么。

她伸手敲了敲门,等着祝靖寒叫她进去。

"进。"

祝靖寒还维持着刚才的姿势,俊眸一眨不眨地盯着缓慢走进来的女人。

"你还知道敲门啊?"他话里带刺,乔晚倒是不以为然,她利索地走到自己的位置上开始收拾东西。

"祝总,虽然我们是要离婚了没错,但是我现在好歹还是祝太太的身份,你就不怕我狗急跳墙?"乔晚多多少少有些调侃的意味,手上却是有条不紊地做着事情。

祝靖寒起身走了过来,将她半抱在怀里,他低头给她整理着袖子,乔晚觉得有些不自在,打算从他右胳膊下往外钻。祝靖寒见状,轻轻挑眉,手臂落下去将她紧紧地圈在了怀里不让她跑。

"狗急跳墙?这个词倒是挺适合你的。"

乔晚嘴角微微抽搐,他这是堂而皇之地骂她是狗吗?

"就一天的工夫,祝太太竟然学会威胁我了。"祝靖寒脸上带着似笑非笑的神色。

"我越想越不合理,这个时候让慕安宁代替我的位置,直接把我清理出去不是更好?你祝总首秘这个位置我有点担待不起。"乔晚想起前几天的大合同是慕安宁陪着他去的,就知道在她住院的那几天两人已经发展成什么样了。

"我乐意。"祝靖寒松开她,身子倚在她的办公桌上,一脸玩味地笑了。

"让我猜猜。"她整个人都放松了下来,开始思考,"爷爷的意思?"

"你倒是聪明。"祝靖寒挺直了身子,向着乔晚的方向逼近,高大的身形十分有压迫感。由于他的迫近,乔晚不得不后退了一步。

"你躲什么？"祝靖寒蹙起眉头，脸色有些不悦。

"时间站长了脚麻，我动弹动弹。"

"……"

她才站了几分钟，就脚麻了！祝靖寒气结，上前一步把她整个人包围在臂弯里，从透明的玻璃窗向下看，有种从高空俯视地面的感觉。

乔晚的腿脚有些打战，不为别的，因为她所靠着的窗户正开着，这意味着如果她再向后仰，那半个人就都悬空了。所以现在的乔晚一动也不敢动，生怕升职的第一天就去和阎王爷报到了。

"脚还麻不麻？"祝靖寒挑眉，看着她略微紧张的神情微微勾唇。

"不麻了。"她要是再说麻就死定了。

"我要喝咖啡，你下去买。"祝靖寒好整以暇地看着她，逐渐收回了脚步，转身坐在了沙发上。

"你是喝速溶的还是现磨的？"

"你说呢？"他没好气地看了她一眼，那样子显然就像是在说她是白痴。

乔晚咬牙，首席秘书的工作不是各种重大事件吗，怎么到她这里就成冲咖啡的了？祝靖寒这么挑剔不可能屈尊喝速溶的，可如果从这里坐电梯下去到外面去买现磨咖啡，来回起码得二十分钟。

"去啊。"他跷起二郎腿，饶有兴致地盯着她有些不情愿的样子。

"是，祝总。"乔晚应着，开始往外走。

"对了。"祝靖寒叫住即将出门的女人，手指支在下巴上补充道，"不加奶昔，一勺糖。"

"是。"乔晚回头，面似恭敬，内心已经扒了千百遍他的皮。

乔晚走后，祝靖寒玩味的眼神变得严肃了，他拿起手机拨通了一个号码。

"查到了吗？"

他的脸色薄凉，那边的人小心地回答着："昨天早上十点，顾先生入境。"

听完结果之后，祝靖寒锐眸闪过一丝凌厉，乔晚提出离婚，究竟是巧合还是有预谋？他不是没怀疑过乔晚嫁给他的目的，为了钱其实是不成立的理由，不过她要是想找个靠山逃避顾家就说得通了。他冷然一笑，起身走到窗前，俯视地上如蚂蚁般的车与人。

接到内线电话的东时，三分钟之后进来了。

"总裁，你找我？"

祝靖寒回身，整个人的气势让人不寒而栗，他冷着眉眼一字一句地交代东时："暂停和乔氏合作的项目，明天让乔氏负责人来见我。"

"祝总，那乔小姐那边……"

东时有些忧虑，就算两人夫妻关系不好，可这么突然停止两家公司的合作，必然会引起轩然大波。可他一看到祝靖寒薄寒的眉眼平添一抹煞气，瞬间就不敢说话了。

乔晚下到一层后，刚好碰见去移交文件的慕安宁，慕安宁别扭地看了她一眼，拦住了她的脚步。

"有事吗，慕总监。"乔晚微低头，看着比她矮了一点的女人。

慕安宁脸上扬起笑意，对着乔晚说道："别以为你还能挺多久，一个连碰都不愿意碰你的男人，他的心里有没有你可想而知，识趣的话就知难而退，也许靖寒可以给你点钱呢。"

乔晚笑了笑，一脸嫌弃地后退了一步，嘴角略带讽刺："下次慕小姐还是离我远一点为好，我对脏东西过敏。"

"乔晚我看你能得意到什么时候。"

慕安宁脸色煞白，要不是当初乔晚趁她不在的时候死皮赖脸地嫁进去，现在哪里会有乔晚的位置。

"那就拭目以待。"乔晚嘴角漾起笑，那笑意看得慕安宁觉得十分刺眼，她狠狠地瞪了乔晚一眼，转身走了。

乔晚脸上的笑容瞬间消失殆尽，心里仿佛横了一根刺，她能有什么资本得意，一个就要净身出户的女人她都不知道自己有什么可得意的。

乔晚走进公司旁边的一家美式咖啡店，她按照祝靖寒的要求点了单，坐在窗边静静地等待，一勺糖不加奶昔，他的口味什么时候变成这样了。

乔晚拿着咖啡回去的时候东时刚从总裁办公室里面出来，他拦住乔晚不让她再往前走。

"乔小姐，总裁现在正忙，要不你和我下去一起熟悉一下基本的业务？"

乔晚眉眼笑意如春，柔声地说道："我知道了，慕安宁在里面对吧。"

"不是。"东时赶忙摆手，生怕乔晚误会了些什么。

乔晚没理会东时的话，直接绕过他推开了总裁办公室的门，只是看到里面的人之后，乔晚有些后悔进来了。

高芩一身名贵的衣服，手中的包包放在一边，她一双好看的丹凤眼睨了一眼站在门口不动弹的乔晚。她没有和乔晚说话，而是把目光转向祝靖寒。

"你不是说她没在公司出去谈业务了吗？"

祝靖寒墨眸眯起，眼神投向站在乔晚身后的东时。东时一脸的无奈，他拦着她来着，可是没拦住啊。祝靖寒的母亲进来以后，没一会儿他就收到了祝靖寒发给他的短消息，让他出去把乔晚带下去，总之不要进来就是了。

"小晚，你过来坐。"高芩语气略带不悦地叫着还呆站在那里的女人。

"是，妈。"她将带来的咖啡放在祝靖寒的办公桌上，然后乖巧地走到高芩身边坐下。当初进门的时候高芩虽然不太喜欢她倒是也没为难她，可是自从在生孩子的问题上产生分歧后，高芩对她的态度就开始大大转弯。

"妈就问你一句，今年能怀上还是不能怀上？"高芩每次都委婉或者借机提一下，但是两人的态度在她看来就是没当回事。她每次叫乔晚单独回家，她这个儿子就会回来把人带走，如今她想明白了，还是几人在一起说明白为好。

乔晚脸色煞白，红唇紧抿。别说今年，就算明年后年她都怀不上祝靖寒的孩子，更何况现在都要离婚了，怀孩子更是不可能的事。

"妈，这是我们的事。"祝靖寒眸中带着不悦。

"靖寒，我是为了谁啊，还不是为了你好。"高芩看每次她说这个问题的时候，祝靖寒都十分护着乔晚。她就想不明白了，已经结婚了生个孩子能怎样，都说新婚夫妻你侬我侬的不愿意要孩子，可是这都三年了怎么能连个消息都没有呢？这也不怪她一直都怀疑乔晚哪里有问题才不能生。

"算了，我不管了，你们爱怎样就怎样吧。"高芩感觉心里特别难受，她想要个孙子，这愿望奢侈吗？

高芩起身气冲冲地往外走，乔晚打算去追却被祝靖寒一把拦住，她突然有些后悔没听东时的话，如果她没进来，就不会有现在的状况了。

祝靖寒的脸色有些阴沉，他牵着她的手往外走。乔晚则一言不发地跟着他，直到进入电梯后，他才把手松开。

"要不，我们和妈说了吧。"

"说什么？"祝靖寒昂着头，目光有些冰冷。

"离婚的事。"

他冷笑一声，神情讥讽："不知道的人还以为你迫不及待想从祝家出去。"

乔晚没理会他讥讽的语气，心中有些不解，这不是他一直想要的吗？还是说，她这样提出来是伤了他的面子。

3

为了公司的合作案，两人一同去临安验货。

半路上，祝靖寒接到了一个电话，他将车停在一边，一个人下了车。乔晚睡得迷迷糊糊的，听到声音后才睁开眼睛。

他凉薄的目光投向她道："你开车按着导航去工厂仓库，检样的单子在仓库那边的负责人那里。"

乔晚见状，一下子就清醒了："那你呢？"

"急事。"

"好。"

祝靖寒将事情交代好后，拦了一辆出租车离开了，乔晚则按照导航开车去找工厂。

祝氏的原材料工厂很偏僻，几乎在城市的另一端，位置靠海，人烟稀少。负责人见乔晚来了少不了说几句客套话。

因为货品还没到，所以乔晚得在这里等一阵子。也许是因为远离市中心这里的空气特别好，乔晚倒也不急着回去，她将车停到仓库后，便去看海了。可这一等就从上午十点半等到了下午四点，眼见着火红的太阳都渐渐地变成了橙红色，慢慢西斜了，乔晚才知道着急。她和负责人又在仓库等了将近两个小时后这批钻石才到，不过就算是很晚了，东西也要核对检查好才行。

乔晚听负责人说这批货是最新产品制作时所需要的原材料，所以绝对不能出一丝纰漏，而这个时间除了主负责人之外，其他的员工都下班了。

乔晚手里拿着单子一件一件地检查，她见那负责人时不时地看时间，就便让他回家去了。

灼热的阳光渐渐消失，天色一下子黑了，乔晚为了去仓库门口开灯，拿着单子的手已经浸出了一层薄汗。

她看了一眼材料，发现需要核对的已经没有多少了，心里松了一口气之余，还是觉得紧张。仓库的灯忽闪忽闪的，一阵暗一阵亮怪吓人的，她寻思着自己该不会这么倒霉吧，可是事实证明，她就是这么倒霉，一阵晃眼的闪烁之后，灯就再也不亮了。

乔晚靠着货物蹲在地上，紧张到嗓子眼发干，但她知道不能这么干等着，于是摸索出手机打开手电筒，咬牙检查完了最后的两箱。

将箱子封好后，乔晚疯了一样跑了出去，她回身将仓库门锁上，对着黑漆漆的仓库比了个胜利的手势。然后她搓了搓双手快速上车发动引擎，脚踩下油门车子飞一样地冲了出去。

车速快如闪电，可前方却是个岔路口。乔晚想刹车却发现踩刹车就跟踩棉花一样毫无用处，她立刻意识到刹车坏了，但如果不减速她就只有死路一条。

乔晚咬紧牙将车子拐向围栏处，车身蹭着围栏擦出红黄色的火光，刺啦的声音十分慑人，可车子还是一下子冲断了围栏，撞进了海中。

车子冲入海里的那一刹那，她脑中闪过祝靖寒的面容，她有些庆幸他现在不在车上。

车子进了水，开始渐渐地下沉，她的呼吸也越来越难以控制，就像有人扼住了她的喉咙一般。神志尚清醒的她看到被水冲出来的安全锤后，用力抓住后将锤子猛地敲向窗户。但是为时已晚，水已经漫延到鼻口，她敲在玻璃上的力道因为在水中的缘故软绵绵的，根本使不上劲儿。

乔晚呛了几口水后，意识渐渐涣散。她手指一松，手中的锤子便被水流冲向了后座，女人一头如瀑布般的墨发在水中散开，如同美到窒息的海妖。

迷蒙中，她隐约看见有一个人向着她游了过来，砰砰砸着玻璃，"哐"的一声，玻璃碎碴儿在水中四散开来。一只修长的手伸了进来，解开她身上的安全带之后猛地拽开车门，带着她往上游。

祝靖寒抱着乔晚游上岸后，心里特别慌张。

"乔晚，乔晚你给我醒醒。"他单腿支起，将乔晚背朝上放在腿上，伸手按压着她的后背。

大约过了几十秒，乔晚猛咳了两声，将强行灌进去的水都吐了出来。

祝靖寒把身上的外套脱下套在她的身上，又将浑身湿漉漉的女人抱在怀里。乔晚的意识模糊，抬头看到祝靖寒的脸时，觉得有些不现实，她虚弱地伸手抱住他的腰。

"乔晚，能听到我说话吗？"祝靖寒的眸子里满是焦急与无措，声音也在不可抑止地颤抖。

"嗯。"乔晚窝在他的怀中应了一声，意识昏沉，本就有些虚弱的身体在落水之后，感觉就像是在地狱里挣扎。

"我背你。"祝靖寒敛下眸子，语气温和，他拉着乔晚的手让她趴在他的身上，他背着她站了起来顺着路往前面走。

"乔晚。"

"嗯。"

"乔晚。"

乔晚脑袋晕沉,不再回答。

"你知不知道你毁了我一辆车,回去之后钱从你的工资里扣。"

祝靖寒见乔晚还不出声,大手背过她的腰,捏了一下,乔晚"嘶"的一声倒抽了一口凉气。

"疼吗?"

"疼。"她睁开眼睛,嗓子眼火辣辣的。

"冷吗?"

"冷。"

"别睡,睡了更冷。"

"嗯。"

4

不知道走了多久,两人终于在不见尽头的路上遇见了一辆去市里的私家车。车主好心地载两人回市里,而乔晚早已经不省人事了。祝靖寒坐在后面,感觉怀里的女人热得像一块烙铁,呼吸所触及的地方都是灼热的。

他从兜里掏出手机,想打电话给海世医院,但是他一想到舒城,就立刻把海世医院拉入了黑名单的行列,然后打给了市医院,让他们紧急安排病房。

祝靖寒身上的衣服也是湿答答的,他沉着眸,脑海中是她连人带车冲入海里的场景。今天他接到合作公司经理来访祝氏的消息后,中途下了车,他想着仓库虽然偏僻,但是检货最多只需要一个小时。

当公司的员工都下班了,乔晚还没回来的时候,他就隐隐觉得不对劲儿,打电话过去问才知道是到货延迟。

东时出去办事,他不得不拦了一辆出租车去仓库,可出租车行驶到半路,他就听见刺耳的摩擦声,他循着那声音看过去便看到乔晚开的车猛地冲入了海里,要是他没及时赶到的话,后果不堪设想。

祝靖寒觉得这事件的原因不简单,可乔晚现在还没苏醒的迹象,他也无法问她什么。

祝靖寒俊朗的眸色暗沉,锋锐的眸子带上一抹凌厉,拿出手机编辑了一条短消息发给了东时。消息刚发过去东时就立马看到了，他刚回家洗完澡，现在正准备舒舒服服地喝点红酒呢，但是他家总裁的一条消息直接把他的计划打乱了。这大半夜的竟然让他去货物仓库边上岔路口的海里捞车，但是下一条消息就让他觉得一点都不轻松了。东时的神情陡然变得很严肃，原因是必须警方介入，而且要调动仓库边上的摄像。

祝靖寒觉得要是车出问题了，应该就出在仓库那里，因为从公司出来的时候，都是他一直驾驶的，并未觉得异样。

行驶到市医院车程总共用了三十分钟，祝靖寒抱着乔晚奔向医院，因为事先已经准备好，所以乔晚一到就被送入了急诊室。她的呼吸道内并没有呛入海水和不干净的东西，而本身着凉了才是最大的问题，所以直接转入VIP病房进行输液。

医生详细地给祝靖寒讲着乔晚的情况，他敛着眸子不说话，医生所说的话使他有种陌生感，过去他从未把体质虚弱这个词联系到乔晚的身上，在他的记忆里她一直都是活蹦乱跳的。

"对了祝总，乔小姐以前发生过事故吗？"那中年医生似是想起来了什么。

"前几天出过车祸，怎么了？"祝靖寒皱眉。

"那伤口不像是车祸里留下来的，反而……"

"祝靖寒！"伴随着一声怒喝，一阵利落的拳风呼啸着冲了过来，祝靖寒利落地躲开并且抓住了那只手。

"大哥。"祝靖寒看到来人后，墨眸紧了紧。

"谁是你大哥。"乔楚脸上带着恼怒，甩开他的手后怒道，"告诉我，小晚怎么会出事？"

他晚上打给东时，本来是因为祝氏突然把与乔氏的合作叫停，他觉得疑惑才打电话过来询问的，可是却意外得知他这个妹妹出事了。

"我正在查。"祝靖寒直视着乔楚，这件事情他一定会查清楚。

"祝靖寒，我知道你从来就没有喜欢过小晚，但是做事不要太绝了。上午停掉与乔氏的合作，晚上她就出事了，你敢说这件事情和你没关系？"

祝靖寒眸色薄寒，他不敢肯定这件事情和他到底有没有关系，那辆车是他的，所以并不排除那人对车做手脚是想针对他，乔楚自然看得出他正在思虑，薄唇勾起嘲讽的笑意。

"还是，我妹妹差点做了你的替死鬼。"替死鬼这三个字让祝靖寒心里咯噔一下，隐隐有些不安。

"哥……"病房门被推开，脸色苍白的乔晚出现在门口。

"你怎么出来了？"乔楚看到乔晚后，眼中是抑制不住的担心，刚才只顾着和祝靖寒吵了，也不知道她什么时候醒的，到底听到了多少。

"和他没关系。"乔晚站在那里，没去看祝靖寒。

"我知道。"乔楚伸手揉了揉她的脑袋，不想在乔晚的面前说别的什么。

乔晚难受地咳了两声，他就要得到他想要的了，不至于这么赶尽杀绝，而且祝靖寒也不是那样的人。

"哥，你先回家吧，这件事情别告诉爸妈。"

就在前几天，乔晚刚刚这么叮嘱过，乔楚忍着心中的恼怒，语调平和："那我明天再来看你。"

"好。"乔晚笑着伸手抱了乔楚一下，心里泛酸。

乔楚走后，乔晚准备回病房里面，祝靖寒神情不悦，轻轻地牵住她的手说道："谁让你出来的？"

她的手背因为擅自拔了针头，肿得跟猪蹄一样。

"我听到我哥的声音了。"

祝靖寒心里泛起怒火，他背着她的时候跟她说了那么多话，也没见她理会他几次，结果乔楚刚来她就听见了他的声音。

"没想到乔楚还有这种效果。"祝靖寒心里极其不平衡地说了一句。

"你这话怎么这么损？"乔晚一听祝靖寒这么说乔楚，就有些不乐意了。

祝靖寒冷笑，她现在冷漠的样子让他眸中映出火光。

"我不仅说话损，我还无耻呢，要不要给你见识一下？"祝靖寒直接将她拉进病房内，顺势将她压在了病床上。乔晚脑袋"轰"的一声，愣是晕了半天没反应过来，等她意识到的时候，他已经开始伸手解衬衫的扣子了。

"你给我滚！"乔晚坐起来，把枕头砰地扔在了他的身上。

祝靖寒本来就生气，身上的衣服来医院后一直都没换，他不耐地把湿衣服扔在地上，捡起乔晚扔在地上的枕头，一下子掀开被子将她刚坐起来的身子压倒。然后把枕头压在她的肚子上，他的手臂放在枕头上，死死地将她揽在了怀里，祝靖寒身上冰凉冰凉的，让人几乎一下子消了火气。

"你松手。"

"闭嘴。"这么近距离的接触让她浑身不舒服，他要是身上热也就算了，关键还冰凉冰凉的，浑身上下她就只有肚子那有点热气，还是因为他把枕头放在她肚子上了。

乔晚躺了一会儿，一点睡意都没有，因为他的动作她连翻身都翻不了，许久后她听见他说："车怎么会翻进海里？"

"刹车失灵。"她当时一脚踩下去跟踩在棉花上似的，车子一点停下的痕迹都没有。当时她感觉跟世界末日了一样，可笑的是她那时候还庆幸他没在车上，现在看他的样子，真想干脆拉着他一起跳海算了。

"晚上在仓库的时候见到什么可疑的人吗？"男人的一双黑眸在黑暗中熠熠生辉。

"货来的时候工厂的工人都下班了，就只有我一个人在那里，要非得说奇怪的就是后来灯突然坏了。"乔晚仔细回忆了一下，怎么早不坏晚不坏，偏偏她在的时候坏呢。

"还有呢？"

"没了。"她所记得的就这些而已。

祝靖寒愣了愣，随即把她拢紧了些，脑中思考了一下。他现在几乎可以肯定是有人对刹车动了手脚，这辆保时捷他上周才去整车检查修理过，所以根本不会存在自身坏掉的问题，更何况上午他驾驶的时候还没问题。

身边的女人身上香气四溢，他眼神一暗不禁有些心猿意马。

"乔晚。"他声音沙哑低沉地叫了一声她的名字。

乔晚应了一声，等待着下文。

"你回忆一下最近有没有得罪过什么人。"

乔晚闭上眼睛，好半天后才出声："倒是有一个。"

"谁？"祝靖寒听到这话瞬间神经紧绷了起来。

"你。"

祝靖寒真要爆炸了，他翻身将她压在身下，差点把她压断气了。

"有能耐你再说一遍。"祝大总裁开始烦躁了。

"你下去。"乔晚推搡着他，然后还不满地嘟囔了一句，"沉死了。"

祝靖寒脸上划过三条黑线，他伸手捏住乔晚的鼻子。乔晚无法呼吸之后张开嘴，祝靖寒低头顺势吻了下去。当意识到自己做了什么之后，祝靖寒决定不管了，反正亲都亲了，不亲够本怪吃亏的。

这个女人，她怎么就不知道服软呢？

"祝靖寒,你给我滚下去。"乔晚得了空当撇过头,这话成功地让本来脸色就不太好的男人彻底黑了脸。

"我睡了你都天经地义,亲你一下又不犯法。"

"不要脸。"这是亲一下吗,明明是一个深吻。

"我还就不要脸了。"现在的祝靖寒,短发肆意地乱着,光洁的胸膛压在她的身上,哪里有一点沉稳的样子,分明是无赖加流氓。

"我们要离婚了。"她马上就要喘不过气了,寻思着拿这么正当的理由来赌一下。

"不是还没离吗!"

乔晚一下子被哽到了无话可说,她瞪大眼睛盯着祝靖寒,胸膛上下起伏着,她伸手想往祝靖寒的身上招呼,可是手触到哪里都是硬邦邦的,根本无从下手。

"你摸哪儿呢?"祝靖寒突然擒住她乱动的手,声音低沉,眼中带着烧灼的气息,他的呼吸紊乱不已。

他接下来的话直接让乔晚红了脸,恨不得找条地缝钻进去。

"想摸你跟我说,千万别乱摸,摸起来了是你负责还是我负责?"

"……"

祝靖寒见她把头转过去了,眸子映出一抹笑意。他伸手把她的脑袋转了过来,女人一张素白的小脸带着些绯红,白皙的脖颈,性感的锁骨,这个女人怎么越看越诱人,他以前怎么就没发现呢。

他的鼻息间满是她身上好闻的味道,淡淡的香气并不是那种价格高昂的香水味,而像是自身散发出来的诱人的少女香。他低头将脑袋埋在她细嫩的脖颈间,光明正大地吃着她的豆腐。

乔晚的心里有些乱,为了避免不必要的后果她假装困意地说道:"祝靖寒,我困了。"

"我不困。"男人好听的嗓音带着磁性,魔性般地卷起她的心思。

"感冒会传染的。"

"我不怕。"

"我是病人。"

"我知道。"祝靖寒修长的手指顺着病号服的下摆滑了进去,她白皙的皮肤泛着好看的嫩红。因为不正常的体温,温度本来就很高,他手掌心的温度使她一个哆嗦,她猛地清醒,铆足了劲去推他。

只是男女间的力气悬殊实在太大,她所做的动作就像给狮子挠痒痒,全都是无用功。

祝靖寒犹如盯着美味的猎物一般盯着她的眼睛,他伸手按动床头的开关,由于乔晚的眼睛正朝着光源,突然间亮起的白光刺得她紧紧地闭上了眼睛。

他的嘴角弥漫出笑意,大手遮住她的眼睛,她长长地睫毛颤动在他的手掌心里,掌心内传来的酥痒在此时的气氛中无疑更平添出一抹暧昧。

"乔晚,你对我了解多少?"他没头没脑地问出这么一句话,乔晚本来紧张的心情一滞。

"大概很多吧。"其实她也不确定,如果她真的那么了解他怎么还会到现在都得不到他的心呢。

他的手还放在她的肚子上,乔晚不敢乱动,身体紧绷着连呼吸都变得缓慢。祝靖寒不知道的是,就在他右手一厘米处,有一条蔓延了五厘米长的烧伤痕迹。

"那我问你,我的生日是哪天?"

"七月八日。"

"我喜欢的颜色。"

"黑色。"

"我喜欢的女人。"

乔晚心里狠狠地一疼,她红唇轻启缓慢地倾吐出三个字:"慕安宁。"

祝靖寒眼中没有笑意,手掌从她眼前拿开。

乔晚眯着将眼睛睁开,她看到祝靖寒俊朗的面容带着些生人勿近的冷气。

"最后一个问题,我最好的朋友。"

乔晚脑海中闪现过一个人的样子,她手指攥紧,尖锐的手指甲在掌心抠出印子,都说十指连心,却没有祝靖寒一步一步地迫近让她更感到疼。

乔晚眼中带着一抹脆弱,却在看到他冷峻的表情之后陡然心凉。

"别说你不知道。"

乔晚感觉到他正在一步一步地用温柔陷阱将她圈在里面,让她毫无防备,最后再狠狠地将她从云端上推下来。

"顾珩。"她轻声开口。这两个字仿佛深埋在心底,从毫不见光的阴暗角落一下子被人赤裸裸地拽了出来,就像刚才她的眼睛突然被光刺激后那般毫无防备。

"没想到你还记得他,你知道他现在怎么样了吗?"祝靖寒显然是不打算放过她，一双墨眸越加犀利，锋锐的目光像是能看到她的心底，没有一丝的躲闪余地。

"死了。"乔晚闭上眼睛，嘴角颤抖，泛上青白色。

只是，祝靖寒又怎么会这么轻易罢手，他伸手点上她的唇瓣，室内的旖旎气氛早已经消失不见。

"你确定？"他嗤出一声冷笑。

"是，我确定，他死了，那是我亲眼看到的。"乔晚不知道哪里来的力气将祝靖寒推开，她下床直接光着脚跑出了病房。

祝靖寒坐在病床上，眼神讳莫如深，等到他下床追出去的时候，走廊里早已经不见乔晚的身影了。

她光着脚顺着楼梯跑到了一层后直接冲出了医院，无论时间过去多久，顾珩都是她心里无法揭去的那道疤。

5

乔晚跑去了舒城那里，也许因为他是医生的缘故，也可能因为他是她最好的朋友，她在极度压抑的时候只有他才能帮助她从内心的枷锁里面逃脱。

舒城看着乔晚的样子，好半天无法说出话，她的身上穿着市医院的蓝白色病号服，不知道是因为她太瘦了还是病号服不合身，套在她的身上一点都不和谐。

"怎么弄成这样了？"舒城半晌只说出这么一句，乔晚的脸色跟生了大病一样。乔晚低着头一句话都不说，直接走到沙发前蜷曲在上面就睡了。

舒城这才发现她没穿鞋，脚底一片红色的血迹，看起来挺可怕的，她该多疼啊。他拿着盆打了一盆热水，然后拿了急救箱放在茶几上，蹲着身子拿干净的毛巾蘸水轻轻地一点一点地把她的脚给擦干净，动作轻柔得仿佛是在对待一个新生儿。随着脚底被清理干净，她白皙的脚掌心开始显现出大大小小的伤口。

舒城从急救箱里拿出棉签和酒精，把医用酒精倒在棉签上，轻轻地涂在伤口上消毒，在这过程中乔晚不自然地抖了一下，舒城目光看向她脸的方向，她的手半遮在眼前，让人看不清神色。

等到用纱布包扎好后已经是半个小时以后了，他看乔晚气色不好，伸手摸了一下她的额头后才发现着实是烧得厉害。

"你发烧了，我送你去医院。"

乔晚将手移开，一把抓住站着的舒城的手，可怜兮兮地看着他。

"我不想去。"

舒城没有说什么，他看着乔晚，薄唇抿紧。

乔晚无力地松开手。舒城有些无奈，回身把东西装好后去卧室拿了一条毯子出来盖在了她的身上。

他还顺带着配了两颗感冒药，乔晚吃过药之后他拿了一张小椅子放在沙发前坐下。

"出什么事了？"

"没事。"

"和我说也没关系，晚晚，我是舒城。"从小一起长大的两人心里本没有什么芥蒂，以前的乔晚什么都不瞒着他的。

"阿城，你说顾珩他有没有可能还活着？"乔晚呢喃出声，她多希望他活着。

舒城心里一沉，伸手安抚地拍着她的后背。

"我知道你希望他还活着，可是晚晚，希望永远是希望。"顾珩当初是舒城父亲亲自宣布的抢救无效死亡，怎么可能会活着？烧伤程度百分之八十以上，面目全非来医院的时候就抢救无效了。

"阿城，我对不起他。"她的眸光潋滟，神情黯然。

"这不是你的错。"

当初那件事情让临安顾家几乎翻了天，家里长子丧生，顾父顾母受了莫大的打击，使顾家企业一下子沉寂了下去。

也不知道是谁透露的消息，她和祝靖寒要结婚的事情被顾家知道了，没有人知道本该欢喜地结婚那天她在新娘等待室里被顾母泼了一脸水，大哭着质问她怎么还有胆子嫁给祝家，怎么还有脸嫁给祝家。

其实祝靖寒会问她那个问题她一点都不奇怪，钱、权、顾珩，到底哪一个是她嫁给他的原因？因为那时候就连她自己也以为，有了祝靖寒便不会那么害怕顾家了。

舒城内心复杂，乔晚、祝靖寒以及顾珩，他们三个的事情并非很简单就可以说完，恐怕她唯一做错的事情，就是爱错了人。

这一晚，乔晚胡言乱语了好久，顾珩、祝靖寒甚至是他的名字都无一例外地出现在她的梦魇，他听到的最多的一句话就是——

"阿珩，对不起。"

乔晚跑走之后，祝靖寒沿着街边一直找，她的手机不知道沉在了几百米深的海底。找不到人的他只能颓废地坐在街边公交车等待处的长椅上，心里乱糟糟的不能平静。等到东时开车过来的时候，祝靖寒已经在那里坐了很久。

他出去找乔晚的时候，身上穿的是先前被他扔在地上的湿衣服，现在已经被风吹得差不多干了，衣服上不少褶皱，看得东时瞠目结舌。在他的印象里祝靖寒就没这么邋遢过，要知道这男人是无比注意自己的外在形象的。

"结果怎么样了？"祝靖寒疲惫地揉了揉眉心。

"已经让他们去查了，监控的事情也交给了警方，要明天才能出结果。"

"车呢？"

"检查后发现刹车线被剪断了，连油刹构造也被破坏掉，不知道是谁干的，但是目的一定是要置车里的人于死地。"

祝靖寒起初只是怀疑，现在几乎可以确定了，如果是破坏掉刹车的话，那么作案地点一定就是仓库。

只是，背后的人到底是想针对他还是乔晚？

他起身绕过车头开门上了车，还没等东时反应过来便将车子飞快地驶离。

东时呆坐在那里半晌，看了一眼附近空旷的街道，大喊了一声："我去！"公德心呢？公德心呢？也是，那玩意儿对他家总裁来说太奢侈了。

祝靖寒将车开到了一个地处清净的小区才停下，下车后他站在车前，深沉的目光掠过黑漆漆的一片高层，一家亮灯的都没有，可见这个时间都睡了。

他将手中的香烟点燃，优雅地吸了一口，薄唇吐出的轻薄烟雾旋即如纱般地散在他的眼前。祝靖寒俊朗的眸子微眯，颀长的身形倚在车上。

不知道过了多久，天亮了，而他站过的地方散落一地的烟头。

第二天早上，当舒城开着玛莎拉蒂离开小区后，祝靖寒就下了车，迈着稳健的步伐走进了这个管制比较严的小区。他打开手机，里面安静地躺着一条简讯："28层。"

祝靖寒抿唇，将手机顺势抄在兜里，径直走了进去，直达地方后他站在门前，半晌都没有伸手去按门铃或者是去敲门。

许久后，门"啪嗒"一声开了，乔晚看到祝靖寒之后脸上平静又淡定的神情，礼貌又疏离地跟他打了个招呼。

"祝总，早。"

祝靖寒微低头，这个消失了一晚上的女人现在身上穿得很整洁，唯一不搭的就是她脚上的那双拖鞋，他嘴角动了动，没说话。

乔晚不再理他，往几步远的电梯方向走，祝靖寒抓住她的手，几乎是同时她回过头来。

"乔晚，为什么不回家？"

乔晚一愣，随即笑道："你说家？"

那微扬的语气让人完全看不出一点端倪。祝靖寒有些恼，总觉得她现在好像只刺猬一样浑身是刺。

乔晚甩开他的手，转身站在电梯前。电梯门一打开乔晚就走了进去，祝靖寒也大步跟了进去，电梯一直下到一层两人都没说话，空气流淌着寂静。

玛莎拉蒂猛地滑了一个好看的弧度停在了小区门口，舒城从车上走了下来，他早上开车去医院的时候觉得家门口对面马路上那辆车很眼熟，车开到半路就想起来那好像是祝靖寒的车，于是他又赶回来了。

事实证明他的记忆力果然没错，他看见乔晚和祝靖寒一前一后地下楼，便主动拉开车门道："我送你去上班。"

乔晚对舒城投以微笑后准备上车。

"我的女人就不劳烦你送了。"

祝靖寒脸色一寒，抓住乔晚的手，舒城飞快地抓住乔晚的另外一只手，脸色不太好看。

"祝总，你不要太过分。"按照现在的情况来看，乔晚昨晚的状态与祝靖寒绝对脱不了干系。

男人墨眸聚敛起寒气，沉声说道："舒先生请你放手。"这句话细听之下是很礼貌，可是明眼人都知道祝靖寒动怒了。

"够了。"乔晚挣脱开祝靖寒的手，抬头间眼中平静无波，"祝总，我请假一天，阿城你送我去医院吧。"

两个称呼，一个祝总，一个阿城，直接区分开了亲密度。

祝靖寒深沉的眸光寒气闪动："我不准。"

"那就算我旷工好了。"说完，乔晚便直接坐进了舒城的车。

祝靖寒站在那里，薄唇紧抿，金色的光晕镀在他的身上，看起来却十分清冷。

舒城发动引擎，将一身冷峻的男人甩开好远。

乔晚松了一口气，闭上眼睛，可祝靖寒看着那辆玛莎拉蒂消失在视线内，心里像是燃了一团火,她对他就那么避之不及!而且还把旷工说得那么堂堂正正!

6

乔晚补卡买了手机之后去了医院,舒城因为要准备手术所以没待一会儿就离开了。

昨天说今天来看她的乔楚随后就来了,他来了之后摸着她的额头关切地问道:"还难受吗?"

"不难受了,权当春泳了。"乔晚语气放得很轻松,笑意明媚如花。

乔楚眼神紧了紧,看样子她还不知道祝靖寒已经叫停了两家公司合作的事情,不过不知道也好,何必给她平添烦恼。

乔楚和乔晚聊了一会儿,就回公司开会去了。

可她刚安静地没待多久,病房里就拥入了一堆人,最前面的是卢天、周敏敏,以及他们身后各种熟和不熟的同事。

"晚姐,听说你得了破伤风,现在感觉怎么样?"卢天一脸天真无邪地说着,自打乔晚不任职总监之后,他就自动地把称呼改成了晚姐。

"差点晚节不保啊。"乔晚拍开周敏敏那只向着她脑袋伸过来的魔爪,一句话把所有人都逗笑了。

卢天脸一红,寻思着乔晚不愧还是乔晚,该正经的时候比谁都不正经,他明明叫的是晚姐,能和"晚节"挨上边吗?

"哎哟我的小宝贝。"周敏敏见吃豆腐未得逞,便捧起乔晚的脸颊一下子亲了上去,"一天不见,甚是想念,啵。"

"⋯⋯"

门口"哐"的一声响起,吓得周敏敏心肝颤抖,回头一看,天哪,总裁来了!乔晚也是被响声吓了一跳,她望过去之后发现祝靖寒身子斜倚在门扉上。

"祝总,你怎么来了?"乔晚礼貌地笑了笑,就当什么都不知道似的打着招呼。

"慰问下属。"祝靖寒单手抄兜。东时从他身后走了出来,把手中的保温饭桶放在了旁边的桌上,然后他看了一眼祝靖寒,总结起来就一个字——装!

明明是祝靖寒煽动他去告诉所有人乔晚得了破伤风的,现在又死皮赖脸地跟着一堆人来"慰问",傲娇得真是够了。

屋里的人面对这么一尊大佛怎么还敢留，纷纷说了几句"祝你早日康复啊"什么的就都散去了。

周敏敏走的时候，总觉得祝靖寒面色凶狠地看了她一眼，弄得她觉得脊梁骨都嗖嗖进了冷风。但是卢天是个例外，他刚想走就被东时拦下来了。

"有哪里不舒服吗？"祝靖寒开口。

"没有。"乔晚看了一眼卢天，有卢天在这里她便不能直接把他赶出去了，祝靖寒是不是觉得这样折磨她很好玩？

"祝总，您那么忙，您的体恤我感受到了，我非常感动，那么现在您能离开了吗？"乔晚委婉地下了逐客令，她就不信祝靖寒听不出来她要撵走他的意思。

"我不忙。"祝靖寒坐下亲自将保温桶里的菜都弄了出来，放在支起来的折叠桌上，一份一份地摆放好。摆好之后他看着乔晚，大有你不吃我不走的意思。卢天在那里简直是如坐针毡，他们总裁这是要追乔晚的意思吗？怎么看都像是要追，可是让他在这儿杵着做什么啊？

"那个，东助理，我还有事……"

"再待会儿。"东时死死地按住他的肩膀，开玩笑，要是卢天走了，他家总裁怎么待在这里。

卢天无语，脚都要站麻了。

"东助理……"

"让你在这里待着就待着。"

"我想去厕所……"他也憋了有一会儿了，去厕所的时候还可以开溜，实在是一举两得啊。

"憋着。"东时整个人面无表情，他是不会放卢天走的，一旦走了总裁要是在这里待不下了，他就是唯一的电灯泡了，他这么聪明的人才不会让自己处于那种境地呢。

祝靖寒听着后面两人叽叽喳喳的声音，眉头蹙起，冷眸回头看了两人一眼。东时和卢天立马就不说话了，卢天也不想去厕所了，比起去厕所，当然是保住工作重要，于是两人站在那里，静静地待着就仿佛不存在一样。

乔晚狠狠地白了祝靖寒一眼，他绷着脸色说道："吃饭，我看你吃完就走。"

乔晚一听有机会让他走，那她还等什么，吃饭动作比谁都利索。

就在此时东时收到了一份邮件，他松开卢天掏出手机查看，是警方那边传来的小视频。视频中可以清晰地看到出事的那辆保时捷车后，有一个人快速地走了过去，他穿着黑衣服戴着黑帽子，一身全副武装，看起来是早有预谋。

东时看完后将手机递给了祝靖寒。祝靖寒接过，目光凝重。

乔晚看祝靖寒严肃的脸色之后，瞥了一眼他手中的手机屏幕，这一看不要紧，看了才知道是仓库的摄像头拍摄到的画面。而画面刚好有作案人作案的场景，那人用两分钟利落地完成了动作，然后在她出来的时候就跑了，再后来就是她开车离开的画面。

这一幕看得乔晚胆战心惊的，她差点就这么进了鬼门关，现在想想还脊背发凉，原来这根本就不是意外而是有预谋的。

祝靖寒将手机递还给东时，然后起身准备离开，看到乔晚呆怔的神情后，祝靖寒给了她一个安心的眼神。

"我去一趟警察局，晚上来接你出院。"

乔晚点头没再说什么。

一瞬间所有人都离开了，整个病房就剩下了乔晚一个人。凉风从窗户外吹进来，她突然浑身发冷，这个人到底是要害谁？是她还是祝靖寒？

乔晚觉得不能这么待下去，她将东西都装进袋子里，换好衣服后跑出病房并给祝靖寒打了电话。

接到乔晚电话的男人觉得心情很好，就连声音都是愉悦的。

"怎么了？"

"你能不能回来接一下我，我也去。"

祝靖寒墨眸深沉，说道："好。"

东时掉转车头去医院门口接了乔晚，乔晚上车后一阵凉风吹了进来，祝靖寒往中间坐了一些。

"视频中的那个人看着眼熟吗？"

乔晚摇头，身影一点都不熟悉，视频里的男人看起来很矮的样子好像还没她高，不知道是角度问题还是错觉，而且脸什么也看不清。她想着就发愁，既然有第一次，难保不会有第二次，她突然有些担心祝靖寒了。

祝靖寒沉眸，心里想的和乔晚差不多，车是从海里捞出来的，指纹识别几乎不可能，况且作案人还戴着手套。

到了警察局，祝靖寒下车后将身上的外套脱下来披在乔晚的身上。乔晚坐在椅子上陈述着状况，按流程进行着，祝靖寒和东时听着警察的分析，就如他们所想的，除非查看其余摄像头，否则很难找到那个人。

祝靖寒一言不发地站在那里，气氛有些凝滞。

乔晚做完笔录之后走到他的身边，突然感觉好像又回到了那个时候，顾珩出事后去警局的过程。这样的感觉一点都不美好，说实话她真的不愿意感受第二次。

回家的路上祝靖寒直接联系了那个仓库的负责人，但是就如乔晚所说，她在那里的时候所有的员工都下班了，而这个负责人走得最晚。

"应该不是他。"乔晚开口说道。那个负责人至少有一米八左右，而视频中的男人分明很矮，一眼就看得出不是他。

乔晚到家后，先进房间去了，祝靖寒盯着乔晚进去的身影，好久才回神。

"东时，查一下那个人。"宁可错查一万，不可放过一个，祝靖寒眼神寒薄，还好乔晚没事。

"好的，祝总，对了，乔氏总经理乔楚昨天打电话来询问过停止合作的事情。"

"给乔氏发封邮件过去，就说这次合作延期三个月，不会停止。"

"好的，祝总。"东时点头，同时也松了一口气。

乔晚坐在沙发上，她抬起头看着天花板，脑中是祝靖寒昨天说过的话，他问她确定顾珩死了吗？

乔晚轻笑，要是顾珩没死该有多好。

就在她感到难过的时候祝靖寒走了进来，他身上是干净整洁的白衬衫，黑色的西裤，精致的皮鞋，无一不显示出这个男人的整洁与高贵。

乔晚抿唇说道："有头绪了吗？"

"调查得等两天，这几天你都和我一块上下班，别自己走。"不管怎么样，他现在觉得乔晚只有跟他在一起才是安全的。

"祝靖寒，我好像想起来了。"乔晚看向他的眸子，声音有些沙哑。

"嗯？"

祝靖寒看着她，女人的眸中流露出一抹认真的神色。

"我知道我得罪谁了。"乔晚说着，然后补充道，"慕安宁。"

她一下子就感觉到祝靖寒本来认真听着她说话的目光瞬间变得凌厉。

"不可能。"慕安宁是骄纵了一些，但是不会这么做的，这种事情她根本就做不来。

一生向晚

"怎么不可能？"乔晚反问。慕安宁眸中的野心祝靖寒看不出来，不代表她也看不出来。

"安宁不是那样的人。"

乔晚不说话了，她知道多说也无用，人家在他的心里是什么地位，她在他的心里是什么地位？她刚才说出来的时候就已经想到了这种结果，祝靖寒是何其护短的一个人啊，就算是她这个挂名妻子，他也曾经悉心地维护过，更何况是他心爱的女人了？

"算我白说。"乔晚起身向着楼上走去。

"你站住。"祝靖寒起身，眼神凝重，看到她站住了之后，他走了过去，真挚地承诺，"不管是谁，我都会查清楚。"

言下之意便是，就算是慕安宁他也会查个彻底。

"嗯。"她应了一声，然后越过祝靖寒去了二楼，她实在没有力气再应付他了。祝靖寒恶劣的一面让她有些害怕，现在的她根本惹不起祝靖寒，同样也躲不起。

祝靖寒目光沉着，是安宁做的吗？

他的脑海中闪过那天慕安宁和乔晚见面的情形，眉头皱起，气氛瞬间凝固。

Chapter 05
灰色童话

1

翌日，乔晚抱着需要祝靖寒签字的重要文件去了顶层。他办公室的门开着，乔晚走进去的时候，祝靖寒正在低头细细翻看着合同，乔晚将手里的文件放在桌子上后，就去自己的位置上坐下了。

祝靖寒看了一眼乔晚，只觉得这女人怎么那么瘦呢，仿佛一刮风就能吹倒她似的。

"乔晚。"他放下手中的钢笔，叫了她的名字。

"在。"

"你想吃点什么吗？"

乔晚现在没什么想吃的，她摇了摇头，祝靖寒随后又把头低了下去，随手抽了一份文件打开签字。

"祝总，十点在外海有个会议需要出席。"东时拿着行程表进来后跟祝靖寒报备。

"推了。"男人头都未抬，直接给了结果。

"星空杂志希望可以做我们公司的一期专辑，祝总您看……"

"推了。"

这个东时倒是不意外，祝靖寒一向不喜欢这些，有他在祝氏就是个活招牌。东时站在那里不走，祝靖寒抬头说道："还有事吗？"

099

东时下意识地看了一眼乔晚，寻思着这下子完蛋了，总裁把乔秘书安排在自己的办公室内的决定完全是不利状态。

"刚才碰见慕总监，她说等会儿要上来找你一起吃午饭，问你有没有时间。"东时多希望此时祝靖寒说一句推了。

祝靖寒侧眸看了一眼乔晚，她低头安静地看着报表，脸上一丝表情也没有，祝靖寒敛眸，有些咬牙切齿。

"告诉安宁我等会儿下去找她。"

"……"东时这回有些蒙，这不是有碍于夫妻关系的发展吗？

东时走后乔晚依旧两耳不闻窗外事，只安心地只看公司报表，也没有和祝靖寒说话的意思。

"乔秘书。"祝靖寒放下手中的笔，一双清冷的眼睛挑起。

"在。"乔晚抬头，旋即站了起来。

"我热。"男人颇为无赖地说出这两个字，偏偏还一脸的正经。

乔晚是一点都没觉得热，她拿起放在一边的遥控器，将空调温度调低。

"我渴了。"他单手敲了敲桌面，乔晚忍着怒气去茶水间给他倒水，回来的时候祝靖寒依旧是那个姿势。

乔晚走到桌前，一不小心绊在了桌脚上，杯子中的热水哗地就泼了出去，全都洒在了祝靖寒的手背上。她向天发誓，她绝对不是故意的。

祝靖寒蹙眉，眼中沾染上怒气，手背处一片火辣辣的。

乔晚将杯子放在一边，眼底闪过一抹心疼，她出去拿来冰块和纱布，将冰块包在纱布里并伸手握住他的大手，把包着冰块的纱布贴在他烫红了的手背处。

"乔晚你是故意的吧？"祝靖寒盯着她的眼睛恶狠狠地开口道。这女人报复心够强的，这叫什么来着？绝对是谋杀亲夫！

"对不起，我不是故意的。"她哪里舍得烫他啊！乔晚低头给他冰敷着。

祝靖寒轻哼了一声没再说话，只是眼睛一眨不眨地盯着她。

乔晚感觉自己的脸都要被他的目光给烧出洞了，她有些受不了地将手中的东西塞在他的手里。

"你自己来吧。"

"你这是不打算负责了？"祝靖寒冷然出声，乔晚一怔。

"放在手背上就行了。"

祝靖寒不满她如此轻描淡写，直接站起来把手伸到她的面前。

"你就说这是不是你弄的。"

"是。"乔晚如实回答,样子十分乖顺,祝靖寒挑眉。

"然后呢?"祝靖寒把纱布递到乔晚的眼前。

乔晚知道他的意思了,不就是不想自己动手嘛。

真是傲娇的男人。乔晚接过他手里的纱布,极其不情愿地替他处理着。

"祝总,你要是不愿意让我在这个位置待着,可以随便分给我一个职位,我绝对不会告诉爷爷的。"乔晚觉得他真没必要这么一会儿热一会儿渴地来折腾自己。

祝靖寒低头看着乔晚,没回答她的话,他手背上的灼热感缓慢地消失,只是还有点疼。

这时,门口响起一阵哗啦的声音,女人走进来大喊道:"你们在干什么?"

慕安宁大步走到祝靖寒的身边并抱住了他的手臂,他的手被抽出后一阵刺痛,慕安宁一脸防备似的看着乔晚,生怕她抢了自己的什么。

"靖寒,我们去吃饭吧。"慕安宁小声地说道。

东时压根就没把祝靖寒说的话传达给慕安宁,他就是看不惯慕安宁的那副样子,一副"我有男人我牛逼,我抢男人我自豪"的骄傲样子。

乔晚收回手后说道:"等会儿要是实在疼的话,就去医院看看。"

祝靖寒脸色微微不悦。

"靖寒……"慕安宁见祝靖寒一直看着乔晚,有些吃味。

"乔晚,去吃饭。"他扒开慕安宁的手,直接握住乔晚的手臂带着她走了出去。乔晚也不是那种会成全别人膈应自己的人,所以当机立断地就跟着祝靖寒走了,看慕安宁吃瘪她心里其实也是很爽的。

祝靖寒一低头,便看见她眼底狡黠的样子,唇畔扬起一抹笑意,甚至连她自己都没察觉到。

东时见状,一下子躲入转角不出来了,他觉得这个时候还是让两人独处比较好。但他怎么也没想到半路杀出个程咬金,慕安宁从祝靖寒办公室内冲了出来,一脸委屈地拦在了两人的面前。

乔晚停下脚步,叹了一口气,把手从祝靖寒的手中抽出。

"我和敏敏说好一起吃饭了,你也按照你的约定来吧。"她转身进了员工电梯,碰见了正躲着的东时。

东时尴尬地招手:"哈哈哈,乔小姐你也去吃饭啊?"

"嗯。"乔晚点头。

"那正好，顺路顺路。"东时和乔晚挤进了一部电梯，祝靖寒站在那里，心里面感觉空落落的，手中也仿佛缺了点什么，细想起来应该是乔晚手上那滑嫩的触感。

他看着面前的慕安宁，俊眸中闪过一丝不耐，不知为何，他觉得慕安宁并不像以往那般善良大方了。

"我还有文件没处理，你和同事一起去吃吧。"祝靖寒转身回了办公室。

慕安宁瘪着嘴心里觉得特别委屈，她知道祝靖寒最讨厌不讲理的女人，也知道自己有些操之过急了，她自我反省一阵后，抬脚离开了。

2

乔晚和东时一起下了楼，发现一楼大厅特别喧嚣，围观了不少人。而大厅中央站着一个长得非常帅的男人，帅到简直能诱惑少女犯罪。

周敏敏噌地就蹿到了乔晚身边，抱住她的胳膊，心情看起来超级好。

"乔晚你看，是不是帅炸了？"比起总裁的美颜盛世，这男人也算得上是一个腊肉级别的男神，周敏敏就像发现了新大陆一样，花痴女直接附身，乔晚推开她的脑袋一脸嫌弃。

乔楚看到乔晚后唇畔笑意绽开，这一笑不要紧，立刻引起大厅里的女同胞们的一阵惊呼，他迈步走向乔晚这边并伸手钩住乔晚的肩膀。

这一动作完全惊诧到了周敏敏，她看了一眼乔晚，又看了一眼眼前英俊高大的男人，这场面出奇的和谐。

为了避免同事们的情绪过激，乔晚拉着乔楚就往外面走，直到离开包围圈之后她才问道："你怎么来了，不忙吗？"

"带你去见一个人。"他揉了揉乔晚的脑袋，和煦一笑。

两人走后周敏敏的八卦细胞仿佛又活跃了，随即整个公司盛传，刚才来了一个超级厉害的男人，貌若潘安，帅得人神共愤。

东时站在那里扬唇一笑，他决定让流言肆虐一把。

祝靖寒在办公室里面待了好久，也没见乔晚回来，他看了一眼时间，早已经过了吃饭的点，她吃个饭吃去了帝都吗，于是他决定出去看看。

热闹的茶水间内，有两个女人边冲咖啡边大肆地议论。

"你听说没，那个刚升职的乔总监被一个超级有钱的男人接走了。"

"平时还真没看出来,该不会是被包养了吧?"这女人话音未落,就感觉到身后有一大片阴影,两人回头看到来人,直接吓了一跳后噤声不敢说话了。

"祝总。"两名女员工并排站着,战栗地跟他打着招呼,难道他也喜欢听八卦?

"把刚才的话再重复一遍。"

他俊朗的眉宇间带着冷漠,薄唇轻启,说出的话让两人一愣,寻思着什么时候总裁开始管私底下八卦的事了。

"总裁,您指的是……"

"乔秘书!"祝靖寒咬牙切齿地复述了这三个字一遍。

两人你看看我我看看你都不知道该怎么开口,终于在祝靖寒脸色更加讳莫如深的时候,右边那个长相偏圆润的女员工终于开口。

"刚才听下去吃饭的人说,乔秘书和一个男人走了。"她没加任何形容词,总觉得要是加了会死得很惨。

"按原话复述一遍!"他站在那里,表情更加冷淡,这让站在那里的两个人有些不知所措。

"刚升职的乔总监被有钱的男人接走了。"

那女员工快哭了,她怎么觉得眼前的男人很吓人呢。

"下一句!"

祝靖寒站在那里,一个字一个字地说着,非要揪出来的架势。

女员工欲哭无泪:"也许是被包养了。"

祝靖寒好像得到了答案,冷眸扫了一眼两人面前的胸牌,薄唇扬起一抹肆虐的笑意,看起来十分阴狠。

"你们被开了。"他霸气侧漏的话,可是让那两个人想死的心思都有了。当初她们进祝氏的时候可是经过层层选拔,通过紧锣密鼓你死我活的实习期才转正,结果因为谈论八卦被开了!

祝靖寒转身,薄唇绷成一条线。

很好,她胆子大了。

东时从员工餐厅吃完饭进到一楼大堂的时候,就看见他家总裁目光深重地看着他的方向。他的头皮一阵发麻,硬着头皮走了过去,要是装作看不见走开的话一定会死得很惨,他以前就有过深深的体会,所以哪怕借他一万个胆子他也不敢。

男人身上冷漠的气息随着他的接近而越加明显，身上自带着排山倒海般的压倒性气势。

"祝总是要去吃饭吗？"东时觉得这个时间在一楼大堂里看见他了，应该是准备出去吃饭吧。

祝靖寒目光锁紧东时，抬手搭在他的肩膀上，他一个心惊胆战，随即想了想自己好像没做什么对不起他家总裁的事情，又有些安心了。

"总……总裁，我觉得餐厅的红烧鸭掌挺好吃的，要不我带你去尝一尝？"

祝靖寒听了，冷笑着挑起眉头。

"好吃？"

不好！气氛不对！

"啊，总裁你不喜欢吃鸭掌对不对？"东时的声音无比真挚，但他不知道他此时的表情在祝靖寒的眼里有些娘。

"乔晚去哪儿了？"祝靖寒脸上一副"小样，别以为我不知道"的架势。

东时添油加醋地说道："我刚才看见乔小姐和一个男的出去了，非常帅，帅到惨绝人寰的那种。"

"去哪儿了？"祝靖寒的声音里已经有了一丝怒气，她竟然在烫伤他之后，跟别的男人出去了！

"具体情况我没看见，只知道他们出门右转了。"东时这话说了跟没说一样，祝靖寒打心底有点想辞掉这个没心眼的助理了。

"十分钟后有个会议，让乔秘书赶紧回来，不许迟到。"

"祝总，我怎么记得没有会议，是不是你……"记错了三个字还没说出口，就看见祝靖寒狠狠地剜了他一眼，东时瞬间噤声。

3

乔晚肚子都要饿瘪了，也没等到乔楚约的人，她有点内急所以起身去了卫生间。

乔楚的目光看向窗外，来往的车流穿梭不断，独独没有一辆停在这家餐厅的门口。乔晚放在桌上的手机响起，他看了一眼，来电显示是"东助理"，乔晚才刚去卫生间一时半会儿也出不来，所以他替她接了电话。

"乔小姐，十分钟后有个会议，需要你马上赶回来。"东时说着自己都觉得脸红，再看一眼坐在那里悠闲地坐着并好整以暇地看着他的男人，东时就觉得祝靖寒实在是太邪恶了。

"不好意思,她去卫生间了。"

男人悦耳的声音通过扩音清晰地传达到了祝靖寒的耳朵里,他眸子中的寒气越聚越多,东时看着他的样子下意识地离得又远了一些,免得殃及池鱼。

乔晚从卫生间出来的时候,乔楚还没把电话挂断。

"找你的。"他扬了扬手机。

乔晚接过轻声地说道:"喂。"

东时听到是乔晚的声音后心里终于松了一口气,他心里都要煎熬死了。

"乔小姐,十分钟之后有个会议,需要你马上赶回来准备资料。"

她看了一眼时间后觉得有些诧异,怎么在这个时间开会?

"现在恐怕回不去,我能晚点到吗?实在不行你帮我跟祝总请半个小时的假。"她现在所在的地方离公司大概是二十分钟的车程,十分钟百分之百是赶不回去的。

祝靖寒把手中的笔一下子拍在桌上,他起身走到东时面前夺过他手里的手机。

"立马回来,right now!"这中气十足的声音,谁都听得出来他是生气了。

"那我尽量吧。"乔晚没办法,只能这样回应他,祝靖寒的脸色一点都没缓和。

"不许迟到。"喊完之后,他直接挂断电话,然后将手机啪地扔向了一旁茶几的方向。

东时眼睁睁地看着自己的手机,以一个完美的抛物线落在沙发旁的地毯上,然后他仿佛听见了屏裂的声音,顿时心肝脾肺疼得啊。他迈开腿以迅雷不及掩耳之势跑到手机壮烈牺牲的所在地,看到灾难现场后他整个人都不好了。

什么叫摔得有水平,眼前手机屏幕裂得就是有水平,整个屏幕特别和谐地被摔出来了无数裂痕。东时双手捧起手机,心疼地按了一下开机键,没反应,再按,还是没反应。

东时可怜巴巴地看了一眼罪魁祸首,但是此时那罪魁祸首好像心情还不错的样子,整个人闭着眼睛整个身子后仰着躺着,阳光打在他的侧脸上。

东时感受到了这个世界对他深深的恶意,这男人长得太为祸人间了!但是,他也不是那种受了委屈就忍气吞声的人。

东时拿着手机气势汹汹地站起来大步走到男人的桌前,直接将手机放在祝靖寒的办公桌上。

"祝总,报销!"

祝靖寒睁开眼睛看向东时，随即看了一眼桌上的手机。

"怎么弄成这样了，够技术啊。"祝靖寒看了之后也觉得，能摔成这样也算是人才了。

东时多想喊一句，这是你随手弄出来的艺术，你这么个无辜的样子是要撇清责任吗？！

"祝总，你觉不觉得它很眼熟？"东时脸上冒出黑线，拿起手机在祝靖寒的眼前晃了晃。

"眼熟。"祝靖寒点头，"iPhone6都长这样，不过你这个比较特别，可以珍藏了。"

东时心肝抖动，分分钟可以赚回几个亿的男人怎么这么无赖！成天除了惦记乔晚，就是坑他。想到这儿，东时突然灵机一动，向前凑了一下。

"总裁。"

祝靖寒睨了他一眼，发现他一副要实行奸计的表情，觉得有点恶心。

"说。"祝靖寒别过头，伸手挡住眼睛。

他的这个动作让东时受到了一万点伤害。

"总裁，我们玩个游戏吧。"

"你给我滚。"祝靖寒伸手拿起文件啪地砸在了桌子上，然后就听见"哗啦"一声，刚才壮烈牺牲的iPhone6的屏幕开始掉玻璃碴儿了。

东时忍着心痛不去看手机而继续说道："我知道中午那个男人是谁。"

祝靖寒一下子就不觉得东时恶心了，反而觉得他是一个人才。他将手肘支在桌子上，挑起眉毛，俊眸闪过似笑非笑。

"说对了，我就给你换新手机，随便你要几部。"

"真的？"

"嗯。"

东时得到保证后，心里突然有些敬佩自己，还好他中午绷住没去告诉总裁，乔晚和她哥走了，要不现在拿什么来跟他谈条件啊。

"乔氏现在的负责人，乔总经理。"

祝靖寒听完后，心里豁然开朗。他深深地看了一眼东时，单手敲了敲桌子，这小子竟然学会知情不报，拿情报跟他谈条件了。

"学会威胁我了是吧。"男人如墨般的眸子带着邪笑，东时不知为何觉得脊背发冷。

东时目光有些躲闪，总有一种总裁要报仇的感觉。

"总裁，那手机……"

"买，我向来说话算数。"祝靖寒脸上的笑意璀璨。

"咳，既然这样，那我去监督一下工厂的情况，就先出去了。"东时嗖地把摔得惨烈的手机拿在手里，正准备从办公室溜出去，祝靖寒又不疾不徐地说道："今天晚上你跑一趟C市，我包了一块地皮在那里。"

东时一听，咦，差事还不错。

"没问题。"东时开心地应下，怕他反悔所以跑得比谁都快。

祝靖寒看着他的背影，嘴角扬起，他知道东时他肯定想不到，那块地皮现在是一个巨大的垃圾处理厂，要拆建之后才能投入建设。

后来，东时站在祝靖寒包的那块地皮上，看着巨大的垃圾场，再看着身后的铲车和两个工人，深深地沉默了，他真是低估了他家总裁的报复心。

乔晚从餐厅出来后打车回公司，她没让乔楚送她，他还得等客人不是吗？

她到公司的时候，时间早就超过十分钟了。她气喘吁吁地跑到祝靖寒的办公室门口敲门，却没有得到回应，乔晚心里哀叹，他该不会已经开会去了吧。

她直接推开门走了进去，发现办公室内空空的，她刚打算联系东时问问状况，谁知道……

"整整迟到了十五分钟。"

"哗"的一声，祝靖寒的椅子旋转过来，男人冷峻的面容便呈现在了她的眼里。

乔晚站在那里，一下子就愣住了。

"会议结束了？"乔晚看了一眼祝靖寒，祝靖寒却不理会。

"去哪儿了？"

"去吃饭了。"乔晚略微心虚，这听起来像是兴师问罪的前奏啊。

"和谁？"

"我哥。"

祝靖寒骨节分明的手指错开，他站起身手指在桌面上滑动，然后稳步走到乔晚面前，嘴角微微一弯："陪我去吃饭。"

乔晚顿时有一种被耍了的感觉，她现在才反应过来哪个公司会在饭后休息的时间里开会。

祝靖寒看着她沉思的样子，觉得安静的乔晚还挺美的，于是，他心里也跟着柔软了下来。

乔晚跟着祝靖寒去楼下餐厅吃饭，途中她尽量和他保持一段距离。而祝靖寒心情似乎很好，有时候见乔晚落后了，还偶尔停下脚步等一等。

祝靖寒让乔晚点东西。

乔晚听到他请客也开始收不住了，她半路被祝靖寒骗了回来，早就饿得前胸贴后背，她点了一堆东西，也不再保持矜持，拿起筷子自顾自地吃了起来。

祝靖寒将一个鸡腿放在她的碗里："多吃点，以后走路就不会像现在这么磨蹭了。"

他这一举动让乔晚没来由地就想起了那碗猪脑，以后可千万不要生病，生病也不能让这个男人知道，否则他指不定要给她吃什么呢。

另一边，乔楚依旧在餐厅等人，门口的铃铛丁零丁零地响，一个男人走了进来，他的头上戴着一顶黑色的帽子，消瘦俊逸的侧脸宛若天工。

乔楚坐在里桌的位置，他下意识地抬头看过去，却在看清男人后猛地起身，久久说不出话来。

男人长腿迈开，走到乔楚的面前然后停住，他的手指长得十分好看，圆润的指甲干净，手指骨节分明。他修长的手指摘下帽子，栗色的短发肆意张扬，微微一笑间，倾国倾城。

4

公司无疑是一个八卦传播最快速的地方，现在整个公司盛传一个老板的绯闻，那就是祝靖寒在追乔晚。

总裁先是破格把乔晚从总监升职到首秘，然后又亲自去医院带吃的给乔秘书，甚至还有传言说总裁亲自喂了乔秘书。另外加上有两个女人因为说乔秘书的闲话被炒，公司半数的人目击两人一起吃饭，总裁给乔秘书夹菜。这一系列的暧昧举动瞬间让八卦如同十里春风般地散播开来，速度之快简直就是烈火燎原的架势，整个公司就没有不知道这件事的人。

慕安宁知道后整个人都要气炸了，她甚至害怕乔晚是祝靖寒妻子的事情被爆出来。而远离周敏敏的乔晚，却不知道自己已经成了人们口中被老板幸运看中的女主角。

乔晚的工作很轻松，只是偶尔去处理一下事情或是接个电话什么的，祝靖寒也不像之前老是支使她做什么事情，整个人都投入工作中。

乔晚伸了个懒腰，目光看向一旁认真工作的男人，觉得他又多了一分男人的魅力。她想，哪怕就这么看着他，她一辈子也不会觉得腻。

乔晚觉得有些渴，拿着杯子去茶水间接水，却碰见了舒城。她将他带去了员工休息室，给舒城冲了一杯咖啡。

"你怎么有时间来这儿？"

舒城不经意地看了她一眼，心想这女人恢复得还挺快的，他将药箱打开，里面都是急救的东西，少不了酒精药棉这些。

乔晚不禁失笑，她认识舒城这二十年，从来都没有想到过有一天他能成为一个正经的医生。舒城从小就是出了名的吊儿郎当，同时也是出了名的聪明，从来不学习但是每次考试都是第一。这让每次都徘徊在年级一百名以后的乔晚气得牙痒痒，同时又好奇得要死。

每次考完试，舒城去她家吃饭，乔爸乔妈就是一副"这才是我儿子"的样子。

他就是一个活脱脱的正面教材，而她就是一个反面例子，然而，乔晚不知道的是舒城会选择医生是为了她。

自从那次乔晚出事后，他便毅然转了专业进了医学系，那时候他便发誓，以后自己一定会是最先帮上乔晚的那个人。

"脚心还疼不疼？"

乔晚吸了吸鼻子，使劲儿地点头。

"疼。"

舒城真想揍她一顿，原来还知道疼啊，光着脚在大路上跑，又是血泡又是伤口的，不疼才怪。

"活该。"舒城嘴上不饶人，他将药棉从箱子里面拿出来，还有要换的药物也一并拿了出来。

"把脚伸出来。"舒城往矮桌子上放了一块毛巾，用来给乔晚垫着脚。虽然他的语气听起来不好，但是乔晚却觉得无比温暖，一辈子能有这么一个朋友足矣。

"我自己来吧。"乔晚拒绝着。这员工休息室随时都会有人进来，风险太大了，被人撞见之后要是祝靖寒知道了，她就又给舒城找麻烦了。

"你难道觉得你比我专业？"舒城挑眉。他好像是和别人有点不一样，就喜欢看她生气的样子，他有时候就觉得原来女生生气起来还能那么好看。

他这辈子最后悔的事便是没早点告诉乔晚，他其实不想做她的朋友了，他想和她一起过一辈子，做她的男人，只对她一个人好。

直到那个人出现，乔晚如漩涡中的浮漂，一下子就毫无余地地陷进去了。几乎所有人都不知道，乔晚打着一个不爱的幌子，默默地在那个人身边守候太久太久。

世界上没有那么多的童话，嫁给了心爱之人的灰姑娘，也只是灰姑娘而已。

"就你专业行了吧。"

"那不就得了。"舒城冷哼一声，把她的鞋脱掉，托着她的脚踝将她的脚放在毛巾上。上面包裹的纱布被揭开，乔晚倒吸了一口气，昨晚她老是想着刹车线的事情就忘记换纱布了，这会儿纱布蹭着伤口了还真有点疼。

舒城觉得心里有点不是滋味，他拿起事先配好的药，轻轻地涂抹在她的脚掌心上的伤口处，他的动作很小心，乔晚反而不觉得怎么疼。

身后的门被人推开，乔晚感觉到强烈的压迫感，她下意识地回头发现祝靖寒冷着脸站在她的身后。

乔晚被吓了一跳，祝靖寒是怎么找到这儿来的，该不会是觉得在超级豪华的休息室待够了想来普通员工休息室休息吧。

舒城抬头看到祝靖寒后不小心手劲儿一重，棉签就一下子戳在了她的伤口上，这给乔晚疼得龇牙咧嘴的。祝靖寒眼神凉薄，直接将舒城推到了一边，目光触及乔晚脚底的伤口时，才咬牙道："你这是怎么弄的？"

乔晚收回脚笑着说道："没事，又不疼。"

舒城嘴角动了动，伤口都发炎了还说不疼，他起身冷着一张脸对男人说道："现在她的伤口已经感染了，要是弄不好可能一个月都不能走路。"

舒城将药箱往祝靖寒那边推了推："这里面就一种药，直接往伤口上涂抹就行，涂的时候尽量轻点，弄好之后包上纱布就行了，注意这两天最好不要让她的脚沾水。"他本以为祝靖寒会说点什么，或者是不耐烦，却没想到祝靖寒居然真的在认真听。

"明天要是还不见好就来医院找我。"

"嗯。"祝靖寒冷然地应着，将药箱合上放在乔晚的怀里，他抱起乔晚从休息室走了出去，乔晚还没来得及尖叫就被祝靖寒凌厉的眼神给镇住了。

"阿城，你回去的时候慢点开车。"乔晚的脑袋贴在祝靖寒的胸膛上，怎么动弹也看不见舒城，只能大声地冲着休息室的方向喊了一句。

祝靖寒心生不悦，收紧手臂，将她的脑门撞在了他坚硬的胸膛上。乔晚使劲儿地瞪了祝靖寒一眼，祝靖寒没理会她埋怨的目光，径直坐上电梯上了高层，

一生向晚

这一幕让两人的绯闻更添一笔辉煌。

祝靖寒走到办公室门口,一脚踹开门,将乔晚一下子扔在了沙发上。他把药箱啪地放在茶几上,长身而立站在那里,半点都没有帮忙的意思。

乔晚揉了揉鼻子,扁扁嘴,真是个不懂怜香惜玉的男人,她伸手扯过药箱,拿出那盒药膏状的药涂抹伤口。

她刚把药膏拿在手里,祝靖寒就直接把药膏给夺了过去。

"你不是去接水了吗?"男人的声音听不出喜怒。

"我去接水的时候正好碰见阿城。"

祝靖寒挑眉,薄唇冷笑,她以为他的公司是"非诚勿扰"吗,这都能碰见!看来以后谁出入他都得下死命令,无员工卡的人仅限于大堂。

祝靖寒目光沉沉,整个房间的气氛都在降温。

"你喜欢舒城?"他闷了一会儿,冷冷地问道。乔晚也不想解释,他说喜欢就喜欢吧,反正她也得学着把他从心里彻底移出去。

"对,我喜欢他。"

祝靖寒面色一沉,抬手将药膏猛地扔出了窗外。

乔晚看了一眼,脸上平静无波,扔就扔呗,又不是买不着了。

祝靖寒一脸薄怒,缄默不语,就在乔晚以为他不会再说话的时候,他沉声开口:"乔晚,你倒是能耐了。"

他的话语中带着嘲讽,他认识乔晚的时间也不短了,从他们刚认识的时候起,乔晚的男人缘就是极好的。

乔晚抬起眼眸轻笑:"谁都有喜欢人的权利,就如你喜欢慕安宁一样,我喜欢阿城也没有什么错吧。"

乔晚想着既然要理论,就理论到底,却不知道高岑此时正站在门口。

高岑那张保养得极好的脸一片铁青,她本来是来找祝靖寒再谈一谈的孩子的事的,结果呢!她都听到了什么!

"妈。"乔晚看着高岑。

"别叫我妈,你眼里还有我这个妈吗?"高岑也不管面子了,她就是生气,她一心等着抱孙子,却没想到儿媳妇说喜欢别的男人。

祝靖寒也没预料到高岑会来,他俊眉蹙起,迈步站在了乔晚的面前,挡住了高岑的视线。

"你挡着我干什么,她都喜欢别人了,就你拿她当个宝!"高岑十分生气,每

111

次自己一有事找乔晚,他这个儿子就三番五次地阻拦,要多护着她就有多护着她。

"妈。"祝靖寒的语气加重,一双寒眸越加冷冽,高芩见祝靖寒要凶她便抹起了眼泪。

"乔晚,你先出去。"祝靖寒没回头,对乔晚说道。

她知道自己多待无益,便站起来一瘸一拐地往外走,她现在脚上没穿鞋,伤口触及在冰凉的地板上,很快便痛得麻木了。

"你别走,给我站住。"高芩见状就要追上去,祝靖寒却一把拽住高芩的胳膊,直到乔晚走出门后才松手。

"靖寒,我就不明白了,你爷爷当初怎么就看上她这个孙媳妇了。"高芩心里一阵埋怨,乔家的企业虽然不错,但是和祝氏比差远了。现在,老爷子在外倒是逍遥,只有她天天操心儿子的事情。

"靖寒,你告诉我,什么叫她喜欢什么城的了?"高芩一想到刚才乔晚说那话就生气。

"我们闹着玩呢。"祝靖寒敛眸,沉下眸子。

"你别打算糊弄我,闹着玩能这么玩?"高芩可不好糊弄,这一次她非得把事情弄清楚不可。

"她生我气了。"祝靖寒坐在高芩身边,安抚着她的情绪继而说道,"我让她不开心了,所以她故意说来气我的。"

"你做什么了?"

"把别的女人调到公司,所以她生气了。"祝靖寒倒是希望乔晚生气,可她偏偏就是没有。

高芩思索后觉得不排除这种可能,再大方的女人也是善妒的。

"靖寒,不是妈说你,你也老大不小了也该收收心了。人家跟了你三年,虽然外面谁都不知道她是你媳妇,但你还三天两头地上花边娱乐新闻,现在还把外面的女人都弄到公司来了,她能不生气吗?"

"知道了。"祝靖寒眼神温和,伸手拍了拍母亲的后背,意思是让她消消气。

高芩心里有点愧疚,觉得自己没弄清楚原委就责问乔晚,不过乔晚说的话在她心里就是个疙瘩,谁家的儿子谁不宝贝。

一生向晚

5

乔晚像一只斗败了的小兽,一个人坐在她原来办公室的位置上,周敏敏下去给她买了一双薄纤维的拖鞋，软绵绵的穿着还比较舒服。

乔晚趴在桌子上闭着眼睛休息，但她没想到的是高芩会这时过来。

乔晚浑身都绷紧，心里特别紧张。

高芩走了过来，高贵的她似乎还是有点拉不下面子，而祝靖寒就跟她的后面。

周敏敏见状识趣地离开了，办公室剩下的两个男职员也都迅速地撤离，整个办公室就只剩下了三人。

"以后就算是生气也不能什么都说，夫妻间有什么不好商量的，又不是小孩子了。"高芩少见地说了软话。

"以后不会了。"乔晚很快就明白了过来，想必是祝靖寒跟高芩说了些什么吧。他那么要强的人，肯定是不允许自己的人生出现"绿帽子"这样的黑点的。

高芩又说了几句什么，大致是让两人好好相处，临走时，她正打算再说一句关于生孩子的事情，便被祝靖寒一个眼神给堵了回去。

高芩离开后，乔晚跟着祝靖寒往电梯那边走。

"借这个机会把慕安宁直接介绍给妈不是更好吗？"乔晚冷然地开口，并不感激祝靖寒的救场。

祝靖寒冷哼一声后说道："你根本就不可能喜欢舒城。"

冷静下来的祝靖寒心里跟明镜似的，她和舒城认识这么久要是互相喜欢的话早就在一起了，何必现在和他在一起，只不过他看得出舒城是的的确确喜欢乔晚的。

两边电梯门同时开启，乔晚走进了员工电梯，伸手按了关门的按键，就在电梯门即将合上的那一刻祝靖寒将手横在电梯中间，电梯门开了之后他信步走了进来，然后按了楼层，电梯里寂静无声，乔晚往边上靠了靠。

电梯升到三十六层后停下，乔晚下意识地要离他更远，祝靖寒发现了她的小动作之后直接挨在了她的身边。

电梯门打开，慕安宁细弱的胳膊抱着一大堆文件，看起来羸弱不堪。当她抬头看到里面的情景时，樱唇咬起，只是她什么也没说，安静地走进来后低下头。

祝靖寒伸手揽过她怀中的一堆文件。慕安宁心里得意了一下，她回头看向乔晚，发现乔晚压根就没看他们俩。

"靖寒，我刚才去开会了，这是我在广告部的第一次会议。"慕安宁的声音中多少带着兴奋。

祝靖寒脸上温柔一笑，单手揉了揉她的脑袋："又紧张了？"

"嗯，不过还好，我以后会努力做得更好的。"她要超过乔晚，证明她根本不比乔晚差，她也配得上祝靖寒。

一声嗤笑在这空间中显得异常清晰，乔晚实在是没忍住，这是在哄幼儿园孩子呢，没想到祝靖寒还有这样的兴致，以前她怎么就不知道呢。

慕安宁的面子有些挂不住，碍于祝靖寒在场，又不能跟她闹。知道他不喜欢无理取闹的女人，慕安宁这下子学聪明了，倒是安安静静没出声。

电梯门打开后祝靖寒先走了出去，开会后主管手里的文件都是要交给他的，所以他才直接从慕安宁那里拿了过来。

乔晚跟在他后面出来，低头看着慕安宁笑道："看来以后慕总监要多多努力了，怎么会连文件都抱不动。"

慕安宁一点都没有因为她的话生气，她是嫌弃那文件沉了点，可是祝靖寒替她拿就证明他心疼她。

这个道理乔晚自然也是明白的，以前她帮祝靖寒所在的篮球队拎一大箱矿泉水的时候，也不见他过来帮忙，果然是区别对待。

进了办公室后，祝靖寒伸手指了指沙发："你坐那里。"

这么好的偷懒机会她怎么可能浪费呢。乔晚迅速地坐在沙发上，然后直接躺下准备休息。祝靖寒刚好接到了东时打来的电话，他此时正在等车去机场，心情一度大好。

"祝总，我马上就要去机场了，规划书到时候是直接发你邮箱还是我带回来给你？"

东时觉得祝靖寒投标买下的地，一定是大项目啊，终于他可以大展身手了。

"这次不用规划，你到了之后自然就知道了。"祝靖寒语气平静。

东时越发觉得这次的工作很轻松啊，总裁什么时候变得这么体恤他了，他心里竟然觉得有点感动了。

"总裁，你简直就是我见到过的这个世界上最帅最善良的人。"

"我也觉得。"

东时突然想起来了什么，抓紧补充道："祝总，回头记得给我报销手机啊。"

他急用所以自己先买了，不过他觉得他家总裁是一个一言九鼎的真CEO，肯定不会反悔的，祝靖寒毫不迟疑地答应了他。

结束通话后，祝靖寒看见乔晚躺在沙发上，他将手机放在办公桌上后迈步走了过去，发现她睡着了。祝靖寒嘴角动了动，她真是他在这个世界上见到过睡得最快的女人，简直秒睡。

她的皮肤好得看不到任何毛孔和瑕疵，祝靖寒鬼使神差地伸出手去，在离她的脸颊一厘米处停住后猛地收回，他刚才该不会是想摸她吧……

祝靖寒迟疑了一下，难道因为和她相处久了，连口味都变了？他眼睛一眨不眨地看着她，心里认定他一定是一时被她诱惑到了。

乔晚刚睡了十分钟，警察就突然到访，原因是关于仓库预谋害人的案子现在丝毫没有进展，所以来问问她有没有更多的线索和记忆。她坐在那里面对警察的盘问，觉得有些无可奈何，她真的把她所记得的全都交代了。

祝靖找人去查了仓库负责人，并未查到任何异常。

"我只记得这些了。"乔晚摆摆手，实属气馁，那警察没得到任何消息后就离开了。

祝靖寒知道监控恐怕是起不了什么大作用了，他将目光锁定在了乔晚的身上后问道："乔楚找你的时候都说了些什么吗？"

他指的是乔楚找乔晚出去的那件事情，两家公司离得那么远，根本就不可能只是顺便过来吃一顿饭那么简单。

"好像是要把谁介绍给我认识，但是我没见到人就回来了。"说白了这事都怪祝靖寒，要不是他联合东时骗她回来，她也不至于没见着人就回来了。

祝靖寒抿唇，细碎的目光带着沉思，加以思索后他再次问道："顾家的人最近有没有找过你？"

她摇头，顾家自从她和祝靖寒的婚礼后就彻底消失在了她的视线中。顾家无异于是她的噩梦，在她人生中最黑暗的那几年，被人发死老鼠附上被挖眼睛的照片咒骂，堵在胡同里泼水的事情都经常有，但是她嫁给祝靖寒之后，好像就再也没有这种事情了，连她都觉得顾家是因为忌惮祝家的实力所以才不再动手。

乔晚觉得若是针对她还好，要是针对祝靖寒的话她该怎么做才能帮上他呢？毕竟祝氏是大企业，也不排除树大招风，乔晚深深地陷入了沉思。

祝靖寒墨眸闪过一丝迟疑，星眸越发深邃了。

6

依约定，乔晚下班的时候和祝靖寒一起回家，他说过事情查清楚之前要接她上下班。到家之后，趁祝靖寒去洗澡的时候，乔晚翻开他的手机，翻到了前几天做车辆检查的那个号码，祝靖寒是一个心思细腻的人，事情没弄清楚之前一定会悄然地暗中调查，存下号码之后，乔晚把他的手机放回原位置回了卧室。

她竖耳倾听外面什么动静也没有，拨通了刚存下的号码，那边接通之后，乔晚平稳了一下呼吸，总觉得有些不安。

"我想问一下，前几天临安那辆掉入海里的事故车辆现在在哪里？"

乔晚清晰地听见，那边是敲打键盘的声音，半晌后那边的女人回复道："昨天晚上五点左右，送去废车场做废车处理了。"

乔晚脑袋嗡地一下，送去废车处理，这事情祝靖寒知道吗？

"请问，这事情……"

那女人听到乔晚声音的迟疑，轻笑道："放心吧，不是我们擅自处理的，那天过来的东先生昨天已经签过了字。"

乔晚垂下眼睑，东先生，说的是东时吧？姓东的本来就少见肯定是他没错，那是不是代表着作为废车处理的这件事情祝靖寒已经都知道了，可是这事情也关系着她，他怎么没有和她说呢？

她本来是想着自己去找一找线索的，女人的眼神沉敛起，听到外面有动静，她立马放下手机开门出去，恰好碰上了正拿着毛巾边走边擦头发的祝靖寒。

乔晚站在他的面前，犹豫着该不该问。

"怎么了？"祝靖寒先开口，身子笔挺地站在那里，头发湿漉漉的，身上还有未擦干的水珠。

"我想知道……"乔晚深吸了一口气，"事故车辆怎么处理了？"

祝靖寒挑眉，墨眸弯起。

"送去废车厂处理了，有什么问题吗？"

"怎么不告诉我一声？"乔晚心里有些不是滋味。他果然知道，只是她总觉得送去处理太早了一些。

"我忘了。"

乔晚轻笑，既然他这么说她又能怎样，她转身准备回房间睡觉。

"乔晚。"祝靖寒叫了一声她的名字，语气竟然异常温柔，她整个人如同中了魔咒一样，脚步迈不动了。

他大手绕过她的肩膀，将毛巾松开一角遮在她的面前。

"给我擦头发。"

乔晚伸手接过，祝靖寒伸手推开旁边的卧室门走了进去。乔晚走到门口后站住，心里有种物是人非的感觉，这房间是他和她的婚房。

"怎么不进来？"祝靖寒回身，就看到她站在门口不知道在想什么。她无声地笑了笑，走进去之后才发现里面的装饰风格和自己曾经所看到的有所不同，她原来的记忆还停留在大红喜色，现在则完全是他的风格了，一概黑白色，正如祝靖寒这个人一样的简单利落。

他慵懒地趴在床上等着乔晚，她走过去坐在床边上。

祝靖寒翻了个身，安稳地躺在她的腿上，他侧着身，身上的湿气一下子就传到了乔晚的身上，就连裤子也被他头发上滴下来的水浸湿了一大块。

乔晚手里拿着毛巾，低头细心地给他擦着头发，如果不明了的人看了，心里一定会以为这两个人是多么幸福的一对吧。乔晚掩下心中的酸涩后继续着自己的动作。

祝靖寒突然地抓住她的手，他迅速起身将她压在了身下，她的脑袋迅速陷入柔软的枕头之中，女人的表情微微呆滞，抛却了平时刺猬般的防备，此时竟然有些不可言喻的可爱。

"乔晚，给我生个孩子。"男人俊眸中带着认真的颜色，薄唇轻抿，白皙的脸色，好看的轮廓，还有湿漉漉的头发，带着一些诱人犯罪的气氛。

乔晚一度以为是自己出现幻听了，所以半天没回应。

祝靖寒看到她走神的样子，表情有些不悦，他伸手抚上身下女人粉嫩的嘴角。

"回答我。"

乔晚这才看向祝靖寒的眼睛，然后嗤笑。

"祝总，你疯了吧。"她信他，才是傻，指不定祝靖寒会找什么机会来挖苦她，说不定还会再出现什么恶俗的情节，比如他和慕安宁的孩子需要什么脐带血之类的，乔晚压根没把他说的话当一回事。

祝靖寒俊脸一黑，直接翻下身去，他好像是真的要疯了，就在这一刻他竟然真的很想要一个和她的孩子。

"难受死了，给我吹头发。"他把脑袋埋在床上，声音颇带狠劲儿地说着。

乔晚揉了揉鼻子，她就知道祝靖寒间歇性搭错筋的毛病又犯了。

他感觉脖子上一阵凉风吹过，他抬头发现乔晚一本正经地嘟着嘴，"吹"头发。

"你家吹头发都用嘴？"祝靖寒哗地坐起来，头发乱糟糟的，身上的浴巾不听话地下滑，露出一片结实的好风光。

乔晚大笑了两声，下床出去拿吹风去了。祝靖寒真是要炸了，等到乔晚回来的时候，祝靖寒已经坐了起来，正拿着手机在翻微博。

乔晚用眼角的余光瞥了一眼，没想到祝靖寒还挺关心娱乐圈的，这几天因为一件前女友蹭热度的事件，一直都在热门，整得乔晚有时间都不想看了。

她坐在祝靖寒的身旁，打开吹风并调节好热度，然后开始有条不紊地给他吹着头发，她看向祝靖寒，却发现他的手指停在一条新闻上。

乔晚看过去，心里猛地沉了一下，是关于沉船事故的。她微叹了一口气，只希望有奇迹出现，愿所有亲人都能等到家人归航。

7

海城的夜色带着闷热，乔晚不知道什么时候就在他的房间里睡着了，连睡衣都没来得及换，双手还紧紧地抱着他的胳膊。

祝靖寒放下手机，把被子拉起来盖在了她的身上，他伸手将她的头发向后拢了拢，女人的睡颜十分安静，长睫毛一动不动地覆在那里。

祝靖寒不知不觉便被吸引了，时间一下子就过去了很久，清亮的手机铃声在这夜里尤为响亮，祝靖寒迅速将一只手捂住她露在上面的右耳，并不打算接电话。

十几秒之后那边挂断，但是冗长的铃声又开始响起。

祝靖寒伸手摸索到刚才扔在旁边的手机，他拿起后才发现不是自己的手机响，他将手伸进被窝里，摸向她的裤兜将里面的手机拿了出来。

乔晚像是感到了噪音一般，一下子就把脑袋靠进了他的怀里，来电号码像是那种公共电话亭的号码。

他安静地接听，将手机放在耳边缄默着，那边亦是一片沉静。

"喂。"祝靖寒低沉出声。

那边似乎比刚才更安静了，没一秒钟通话便由那边结束掉。

他把手机拿在手里，久久地盯着那个号码，随即拿自己的手机拨了过去，但是意外的是并没有人接。

祝靖寒低头看了一眼在他怀里睡得安静的女人，墨眸逐渐深沉。

市中心的某处电话亭内，一身黑衣的男人站在那里，挺拔的背影，他脸上是一双过分妖冶的眸子，额前的碎发随着夜风吹起，露出他光洁的额头，菲薄的唇，缓慢地扬起笑意。

Chapter 06
红颜祸水

1

晴朗的天气，暖风拂面，面前广阔无垠。

男人站在那里，双手叉腰整个人看起来很空虚。

"东助理，你看这该怎么办？"所属 C 城招标地的总负责人站在东时的身后，话也说得有些迟疑。两人的背后还有一辆巨型铲土机，东时看着眼前壮阔的景象，伸手摸了摸心脏的位置。

"你确定这不是昨天晚上现移过来的？"

"绝对不是，这个垃圾场已经建成好多年了。"那负责人生怕这个从总公司来的人误会什么，抓紧澄清，可是这句话差点没让东时气得吐血了。

他本来还想着他家总裁一定不会这样的，这个垃圾场一定是个意外，结果哪？他就没见过报复心这么强的男人。

自己平复了一下心情，他再次抬头看了一眼眼前壮烈的景象，那乱七八糟的东西堆得都要上天了，再回头看了一眼那大型铲土车，有一种不知道何年何月才能回家的感觉。

"东助理，祝总有说过接下来要怎么办吗？"负责人小心翼翼地问道。

东时咬牙："你等会儿我打电话过去问问。"

他说完便拿起手机气势汹汹地打给祝靖寒，他一定要理论出一个结果来，要不他以后的地位何在，并没有想象中不接电话的情况，那边男人的声音十分慵懒。

"总裁。"东时好声好气地说道。

那边的祝靖寒闭着眼睛"嗯"了一声,似乎是很满意东时此时讲话的态度。

"怎么了?"

"C城这边出了点小状况。"

"哦?"

那边的他是疑问的语气,东时心里突然升起一抹希望,也许他家总裁就是那么善良机智和完美呢。

"祝总你都不知道,这块地皮上是一个大得离谱的垃圾场,简直有咱们公司大楼一半高了。"

"我知道。"

他一句话就毁了东时的好心情,东时感觉胸膛里面憋了一大口气。

"那接下来该怎么办才好?"

"老规矩,清场。"

"这怎么清场,你之前为什么不告诉我这儿有垃圾场。"

"你也没问。"祝靖寒眉间漾起一抹笑意。

东时都快要疯了,他要是能预料到早就问了,又抬头看了一眼那恨天高的垃圾堆,他突然就沉默了。

就在东时以为他这样沉默,那边会说一句关心他的话语时,他清晰地听见了那边"叮"的一声,祝靖寒把电话给挂了。这下子东时就更郁闷了,好在这不是还有铲车呢嘛,还有两个看起来是来帮忙的,等他完工回去一定要狠狠地敲诈祝靖寒一笔。

"你们谁是开铲车的?"东时稳定好情绪,唇畔上扬四十五度,看起来完美无缺。

除了负责人之外的两个人你看看我我看看你,然后齐心协力地一致摇头。东时心里疑惑,他直接把目光投向了负责人,谁知道那人更是一脸无辜的模样。

"我也不会。"随即他还猛地摆了摆手,生怕东时让他赶鸭子上架一样。

"那这谁开?"东时伸手指着看起来无比凶猛的大铲车,几个人齐刷刷地看向了他,反正在他们心里能开车的都是万能的,既然能开轿车那么拖拉机铲车什么的一概都不在话下。

东时捂住脑袋,哀号一声,总裁你够狠。

2

一年一度最大的地产商财阀大亨聚会的地方，便是市英老董事长每年的寿辰，当天晚上一定会是全市名门名流聚得最全的时候。

这是祝靖寒会去参加的为数不多的宴会之一，而当天晚上所有的礼金都会被捐到儿童福利慈善基金会。

今天一大早的时候，烫金色的请帖就送过来了，一共有两张，就放在祝靖寒的桌子上。乔晚自然是看见了，她也是知道这个活动的。

两张的话一张是祝靖寒的，一张是给他女伴的，而祝靖寒的女伴除了出名的小明星之外，要么就是谁家的千金。今年慕安宁回来了，这张非慕安宁莫属，反正没她什么事她也乐得清闲。

乔晚打算今天下班后回一趟家，顺便问一下乔氏和祝氏的合作怎么样了，这样她好有个心理准备，该从公司辞职还是从祝家离开她也好打算。

临近傍晚的时候高层才散会，祝靖寒还没有回办公室，慕安宁倒是来了，她推开门，大喇喇地走了进来，看起来特别的自信。

"靖寒让我来拿东西。"她挑起嘴角笑了笑。乔晚没搭理她，这是祝靖寒的办公室，她是他秘书又不是他妈，管他让谁来拿什么东西呢。

慕安宁走到祝靖寒办公桌前，将请帖拿在手里，本来想直接走的，但是想想就这么走了，也未免让乔晚心里太好过了。

她踏着高跟鞋，走到乔晚面前将请帖在她的眼皮底下晃了晃："靖寒让我来拿这个。"

乔晚抬头，看了一眼她手中的请帖后平静一笑："我要下班了，慕总监要是缺什么了就跟我说，如果眼神不好我帮你找，不用在我眼前晃。"

"你知道这是什么吗？"慕安宁得意地一笑。

"慕小姐你不认字？"乔晚挑眉。

"算了，不跟你计较。"慕安宁算是明白了，跟乔晚硬碰硬，她玩不过乔晚，反正目的已经达到了。

慕安宁走后，乔晚也收拾好东西下班。

公司门口，那辆黑色的布加迪威航停在那里，男人颀长的身形站在车前，一个漂亮的女人小跑着走了过去，两人似乎说了些什么，然后男人打开车门护着女人上了车。

乔晚站在旋转门处，等到车子开得不见了踪影后才走出门。

祝靖寒坐在驾驶位上目光阴沉得很，慕安宁时不时地侧头看一眼，觉得挺害怕的。

她伸手打开音乐，然后把声音调到适中，希望能缓和一下此时的气氛。

"乔晚怎么跟你说的？"突然，祝靖寒一手关闭了音乐，声音沉沉。

慕安宁绞着手指，看起来有些不安。

"没事，你说。"

"她说她没空，晚上有事就不跟你去了。"

祝靖寒的脸色发寒，握住方向盘的手指攥紧，手背上青筋突起。慕安宁突然握住他的手说道："你也别生气，她可能真的有事，估计不是不想和你一起去，要不我再给她打个电话？"慕安宁作势就要去拿手机。

"不用。"祝靖寒冷然出声，周身仿佛淬了冰碴般的冷然。

慕安宁知道祝靖寒绝对是生气了，所以根本不可能联系乔晚让她过来，她的嘴角浮上一抹笑意，她想要的就一定要得到手，谁也没资格跟她争，谁也不能，乔晚更不能。

祝靖寒若是带乔晚去了，这个机会无疑会成为乔晚被人人都认识的机会，她怎么可能会给乔晚这个机会翻盘呢？她要让全世界的人都知道，她慕安宁才是祝家未来的女主人，而她乔晚不过是一个见不得光的过去式，她要用最短的时间，狠狠地将乔晚踩在脚下，永世都不得翻身。

3

乔晚走到路边招手拦了一辆出租车，然后报了乔家的地址。她坐在车上满脑子都是慕安宁临走时嚣张的模样，恐怕祝靖寒会趁着这个机会祝将慕安宁介绍给各种人了吧。

她在车上闭着眼睛眯了一会儿，没一会儿乔家就到了，这个时间乔楚和父亲都应该下班了，在不在家她就不知道了，因为那个宴会乔爸每年都会去的。

别墅区大院的花草长得很好，乔晚站在门口，看到右侧的小花园，里面种着各种应季的植物，全都是她喜欢的花种。小时候，她每次都是三分钟热度，之后照料花草的事情都是母亲的事。

门打开，乔妈拿着一袋子垃圾出来，看到乔晚后，脸上露出温暖的笑意。

"丫头，回家怎么不进屋？"乔妈把垃圾扔在一边的分类垃圾桶里，然后拉住乔晚的胳膊，乔晚抽出胳膊，反过来紧紧地搂住乔妈的胳膊，妈妈老了，她也长大了也长高了。

她的鼻子有些酸，这些年都没回家好好地陪家人。

乔妈一抬头看见乔晚的样子，顿时心疼得不得了，但面上还是平静的样子，只是窝心地说着："多大的丫头了，还在妈面前抹眼泪。"

"多大在你身边我都是孩子呀。"乔晚侧头，把脑袋放在乔妈的肩膀上。

乔妈慈祥一笑，伸手摸着乔晚的手："看你瘦的。"说完，也不禁有些难受，总觉得祝家似乎是亏待了自己的丫头一样。

乔晚看见母亲的样子，鼻子酸酸的，她没说什么，记得母亲在她面前哭得最厉害的一次就是她结婚那天，她和祝靖寒坐上婚车之后，就看见母亲站在那里用手一直抹眼泪。

"妈，你说我在你身边赖一辈子好不好？"乔晚亲昵地蹭着乔妈的脖颈。

"求之不得呢。"

"我就知道你最好了。"前几天就是母亲节，乔晚因为出事连礼物都没给母亲买，她现在唯一能做的就是尽量不让爸妈操心。

进屋之后，乔妈喊了一声老乔，乔爸便从二楼下来了，跟着下来的还有乔楚。

乔楚穿得很正式，乔爸就是一身家居衫，看起来亲和力十足。

"老爸，你太帅了。"乔晚竖起大拇指赞叹。

"得了吧，你的长相可都是遗传你妈我了，要是随了你爸呀，就没人要喽。"乔妈幽幽地说了一句之后，便去厨房洗水果去了。

乔爸一脸无奈的表情看着乔妈，深情的模样让乔晚平白羡慕起来。

"哥，你这是要出去为祸人间啊。"

乔楚本来就是一个衣服架子，此时，穿着一身黑色的西装，搭配着白衬衫黑西裤，版式贴合，穿在乔楚身上简直就是饺子和馅的绝版搭配一样。

"现在才想起来夸我。"乔楚坐在乔爸身边，双腿交叠。

"压轴压轴。"乔晚轻轻地笑了。

"丫头，怎么回来了？"乔爸看着乔晚，看乔晚倒是很开心的模样。

"这不想你们了嘛。"乔晚这就不乐意了，她回来还非得有事吗？

"可得了。"乔爸白了她一眼，一脸不信的样子。

乔晚噘嘴，这对夫妻说话怎么还净挑一样的说呢。

"果然还是老爸了解我，其实我是想问一下乔氏和祝氏的合作案进展到哪

123

一步了，大概多少天可以最终敲定？"

乔爸想了想，前几天祝靖寒停掉和乔氏的合作，后来说要延期三个月，具体的敲定时间可能更长。

"大概五个月吧。"乔爸估计了一下。

乔晚点头，比想象中的长了很多。

"小晚，你问这个做什么？"乔楚轻声出口，温润的眸色看着乔晚。

"好奇呗。"乔晚别过头，躲闪过乔楚的眼神，然后接过乔妈正好拿过来的水果放在茶几上。她怎么也不能说，她是来算算还剩下多少时间可以离婚吧。

乔楚觉得今天乔晚不该来这里啊，但是还没等他问，乔爸就说话了。

"今天市英老董事长寿辰，你怎么没跟祝女婿去，他没带你？"乔爸说完，眼神突然有些犀利。

乔晚心里一惊，刚吃进嘴里的荔枝差点给呛了出来。

"不是，我寻思着和哥一起去。"乔晚刚才就看明白了，乔爸估计是不准备去了，乔楚穿得那么正式，肯定是他代表乔氏出席。

"是不是和祝女婿吵架了？"乔爸不得不怀疑，前两次去的时候，乔晚总是说这有事那有事，一次也没在市英老董事长寿辰那里见过。

"没有没有，我让靖寒先去了。"乔晚赶紧摆手，可别被乔爸发现什么。

乔妈坐在她的身边，有些沉默。乔晚心里挺紧张的，然后把视线投向乔楚，大有喊救命的架势。

乔楚一下子就看懂了，不过他没帮忙，乔晚和祝靖寒的事情，恐怕早晚得被父母发现，还不如让爸和阿姨心里早些有点准备。

眼看乔晚就要在这沉寂的气氛中熬不住的时候，乔楚起身拉起乔晚的手，对着两人摆了摆手后说："我们去了，我会把她交到祝靖寒手里的。"

乔爸乔妈点了点头。乔妈看了一眼乔楚握着乔晚的手，嘴角动了动，最终还是没有出声。走出去后，乔晚吸了吸鼻子，嗔怒道："哥，你刚才怎么不帮我，要不爸妈该误会了。"

"是误会吗？"乔晚冷然出声，这哪里是误会，明明就是事实。

"哥……"乔晚的声音有些软，带着些撒娇的意味。

乔楚无奈，随即点头："行了行了，我知道了，误会行了吧。"

乔晚嘿嘿地笑了两声，跟着乔楚上了车，她现在可是穷人，车子上次撞了之后就没开了，现在还没去厂里拿，所以她得蹭车，况且现在祝靖寒几乎不让她开车了。

想到祝靖寒，乔晚就有些生气，她也还不管了呢，就让他和他的美人一起欢快地去吧，她自己回家还不成吗？

"你把我送到前面的公交车站就行，我在那儿打车。"乔晚侧头对着正在系安全带的乔楚说道。

"不是没吵架吗？"乔楚一笑。

这一笑反而让乔晚有些尴尬，是啊，刚才还说没误会呢。

"不是，我半路去了也不好，你看我身上这穿的是什么呀。"

乔晚说的也并无道理，她现在穿的是职业装，并不适合那种高端正式的场合。他轻轻地点了点头，乔晚就以为他是答应送她去公交车站附近了。但是乔晚没想到的是，乔楚开车去的地方是一家高端女装店，而且还是传说中的LIR名品设计，她这是第一次亲自来，原来也买过他家的衣服，简直贵得离谱。

"介绍一下，这是LIR首席设计师林点，这是我妹妹，乔晚。"乔楚两边介绍着。林点先伸出手，友好地对着乔晚笑了一下，乔晚当时就觉得，竟然可以有女孩子笑得这么好看。

乔楚大致地给林点说了要求，林点便心领神会。

"乔小姐请跟我来。"林点伸出手，礼貌地指出里面的方向然后带着乔晚进去了。

乔晚本身皮肤就白，又是长得十分好看的那种人，可清纯可妩媚，身材更是好得没话说，用"天生尤物"这四个字来形容一点都不过分。

林点将模特身上的火红色长裙取了下来递给了乔晚。这件长到脚踝处的红裙旖旎性感，最尾端的设计像极了美人鱼的尾巴。

乔晚换好出来的时候，林点感觉特别满意，是那种自己的作品穿在最完美的模特身上的感觉。

乔楚对自家的妹子更是满意。说实话，乔晚就是穿着乞丐的衣服他也会觉得好看，更何况现在她美得跟天仙似的。

乔楚大方地刷卡之后带着乔晚离开了LIR，他又带着乔晚去做了个头发，还找了专业的化妆师化了个撑得住场面的妆容。

乔楚不得不感叹，女人果然是可以无限进化的物种。

乔楚看着坐在旁边一脸不乐意的乔晚，薄唇勾起："怎么了？不开心啊。"

她能开心吗，她本来是打算回家的，谁知道乔楚要带她去的意愿这么强烈，乔晚决定去的时候尽量不显眼，然后悄悄地找个角落避开祝靖寒就好了，最后看准时机开溜。

"待会儿你不能半路跑了啊，你肯定舍不得你哥我自己孤零零地在那里待着对不对？"乔楚一句话就把乔晚拉回了现实。

"原来你当你妹子我是垫背的啊！"

"知道就好。"

"你还是我哥吗？"谁家的哥不是又暖又有爱心的，她这个哥哥简直就是极端，好的时候能把你宠上天，坏的时候简直能气死人。

"你放心，我最疼你了。"乔楚笑笑，让她安心。

乔晚不说话，低头看着身上无比妖冶的颜色，瞬间觉得头都大了，好看是好看了，待会儿怎么才能混过去呢？

4

宴会设在了海城规模最大最豪华的帝城宴会厅，今晚这里聚集了各界名流人士，不乏明星和财阀。

祝靖寒的入场，无疑使整个大堂一亮，他身边的女人亦是娇艳如花。

祝靖寒对外一直都是已婚的身份，只是这祝太太就不为人知了。多少杂志社的人想顺着这条线去挖祝靖寒的消息，最后都以失败告终。而他身边女人的出现，无疑让全场都很热闹，更何况慕安宁还是媒体所不熟悉的生面孔。

不少记者把相机对准两人，闪光灯噼里啪啦地在他面前闪烁，祝靖寒抿唇，神色平静，站在他身边的慕安宁笑得如同小家碧玉般温婉。

祝靖寒看了一眼四周，没有看见乔家人的身影，倒是看见了顾家主母，顾珩的母亲高盈。

高盈的目光也落在祝靖寒的身上，视线触及他旁边的女人时，柔润的目光如水般，她只看了一眼，便移开视线。

这是六年以来，顾家重新出现在公众视野中。

很快，一身长裙的女人绕过人群拿着香槟走了过来，四十多岁的样子和三十岁没什么区别。

"我们这是多久没见了？"高盈率先开口，目光带着慈爱。

"阿姨，最近过得好吗？"

祝靖寒脸上的笑意足以融化冰雪，虽然许久未见他还是觉得顾珩妈妈很亲切，以前顾珩还在的时候他没少去顾家吃饭，还记得顾妈妈做的糖醋里脊特别好吃。

"嗯，还好。"高盈的眼里没多少笑意，只是看着祝靖寒，"你妻子呢？没来？"

高盈是知道乔晚的，相信乔晚对她的印象也很深刻。

"她身体不太舒服。"

"哦。"高盈感叹了一声后轻声说道，"你们年轻人玩吧，我就先过去了，你哪天记得带乔晚来家里玩。"高盈突然抬头，看了一眼两人，目光别样。

祝靖寒点头，目送高盈走远。

慕安宁在一旁陷入沉思，不是都不知道乔家和祝家联姻吗，这是怎么回事？

只听见门口一阵骚动，一对对于上流大众很是陌生面孔的两人相携着款款而来。

女人高挑的身姿搭着一条火红色长裙，精致的妆容透着女人独有的妩媚，姣好的身材配上十五厘米的高跟鞋，看起来尤为吸睛。乔晚的出现，无疑成为全场最耀眼的女人。

"哥，你打算什么时候走啊？"乔咬着牙低声地说道，同时还不忘对着镜头微笑。

乔楚看着乔晚窘迫的样子，就想逗逗她："当然是等散了之后再走。"

"你……"乔晚咬牙，突然觉得有一道冷寒的目光射在她的身上，她顺着目光看过去后才发现那目光的主人是冷着脸色眼神锋锐的祝靖寒祝大总裁。

她当机立断地就把视线转了回来，搞笑，她等会儿可是要躲开祝靖寒的，再说了站在他旁边的慕大美女那么妩媚，她过去干什么。她立马就拉着乔楚往右手边的角落里走，乔楚十分享受被她带着走，长腿迈开，十分满意地看着乔晚的样子。

"我刚看见祝靖寒了，不过去吗？"乔楚打趣着她开口。乔晚将手放在他的腰间狠狠地掐了一把，乔楚猛抽了一口凉气，心想她这是谋杀亲哥呢。

乔晚现在绝对有理由相信，她和祝靖寒不和的事情乔楚是知道了，她拉着乔楚坐在沙发上，一副逼问的架势。

"你知道多少？"

乔楚大手伸开揽上她的香肩，俊眉一挑。

"什么知道多少？"

乔晚咬牙，有些泄气，她怎么也不能提祝靖寒吧，万一要是乔楚不知道，她这不是不打自招了吗？

"林点三围。"乔晚想了半天才想出这么一个借口。

乔楚瞥了她一眼，轻笑："反正比你好。"

乔晚捂住脑袋，天哪！

乔楚看向前方，突然眸光一凛，他低下头后嘴角弯起，在乔晚的耳边说道："他过来了。"

"谁啊？"乔晚抬起头，头发被他拨弄得有些乱。

乔楚一仰头，乔晚也跟着仰头，然后就感觉到了前方被阴影笼罩住，还是那种整片的笼罩。

"我去拿点东西喝。"乔楚伸手拍了拍乔晚的背，一副你好自为之的样子，乔晚和祝靖寒的事情他都知道，所以对于祝靖寒他一直保持着不亲近的态度。

祝靖寒就站在她的面前，神情缄默，他的目光落在她裸露了一大片的美背上，磨了磨牙根。

"开心吗？"祝靖寒陡然出声，声线冰冷。

"当然开心，开心得不得了。"乔晚拿起香槟优雅地喝着。

祝靖寒看了一眼她的脚，纱布不知道什么时候都拆掉了。

乔晚看祝靖寒眼神阴鸷，眼神中隐隐带着厉色。

"祝总放心，我马上就会走，不会给你添麻烦的。"

"乔晚。"祝靖寒声音带着怒色。

乔晚起身，微微仰头看着男人带着怒气的样子，正迈步准备离开，男人长臂一伸拽住乔晚的手腕，乔晚转了一个圈，一下子就被男人揽入怀中。

"祝靖寒你放开我。"这里有这么多人呢。

"闭嘴。"他现在很生气，生气到不允许乔晚再顶一句嘴。

"待会儿该被别人拍到了。"这里全是媒体，就算角落里灯光暗了一些，也保不齐被有心之人拍到，更何况祝靖寒本来就是宴会的焦点。

"拍就拍，你是我娶来的，又不是偷的。"祝靖寒沉着声。

"可是……"乔晚还在挣扎，祝靖寒手臂箍紧，冷声开口，眸中的寒气乍现。

"难道你还想着跟我离婚后，给自己留条后路？"他一想到这种可能，就莫名其妙地生气，总觉得自己的白菜让猪拱了似的不爽。

她还没明白过来他说的话是什么意思的时候，她就被祝靖寒搂着往人多的地方走。

慕安宁去了洗手间之后就找不到祝靖寒了,四处找寻后才发现祝靖寒竟然和乔晚走在一起,她心里是又急又气,乔晚怎么来了呢?

"祝靖寒你放开我。"乔晚死命地挣扎,周围已经有人看过来了,他低头看了她一眼,将她固定得死死的,乔晚根本就无法脱身。

"你会后悔的。"

"后悔?"祝靖寒妖孽一笑,"我字典里就没后悔这个词。"

乔晚干脆也不挣扎了,到时候他可千万别后悔,也不知道是谁结婚后三令五申不让她暴露自己的身份的,现在可倒好,跟不是他自己定的规矩似的。

乔楚的手里轻晃着香槟杯子,一言不发地看着两人的身影。

两人搭配在一起特别养眼,自然所有人都注意到了祝靖寒和旁边的女人,这些人中自然包括高盈,她目光一顿,手指紧紧握紧高脚杯。

高盈从沙发上起身,款款地迈着步子,细看之下还有些仓促地向着两人的方向走了过去。

"过得好吗?"突然,女人的脸从黑暗中暴露在灯光之下。

她的出现对于乔晚来说却是一个噩梦,乔晚猛地向后退了一步,顾珩的母亲怎么会在这里?

她求助般地看向祝靖寒,却发现男人没一丝诧异的样子,仿佛早已经知道。

乔晚心里一凉,心尖逐渐变得冰凉。

"怎么不回答,难道过得不好?"高盈摇晃了一下刚从侍应者托盘上拿下来的红酒杯,里面晶莹的液体晃动着,配上她的脸,画面美得惊人。

"阿姨好。"乔晚低头,嘴角颤着声地打着招呼。

她永远也忘不了那些过去,包括婚礼那天顾母在新娘等候室内所说的话,这些事情就连一旁的男人都不知道。

高盈的手握住她的手,她的手指很凉。

高盈语气淡然地开口:"手怎么这么凉,你生病了吗?"

"没有。"乔晚小声地说着。

"这么久没见,不如和阿姨叙叙旧可好?"高盈看到乔晚眼中的迟疑,自然地把目光投向了站在一旁的祝靖寒,"借小晚一会儿,靖寒你该不会不舍得吧?"

"不会。"祝靖寒笑意深浓,如果两人把事情说开了也好,这么耽搁着也不能耽搁一辈子。乔晚听到祝靖寒的话后整个人仿佛被冰冻住了一样，她的目光带着不可置信，然后眼中的光芒一点一点暗淡了下去，他又怎么会救她呢？

高盈冰凉的手拉着乔晚往边上走。

祝靖寒看着隐约觉得有些不放心，乔晚害怕的样子让他不放心。

慕安宁走上前来拉了拉他的胳膊，祝靖寒回头看了一眼慕安宁，等再回头的时候乔晚已经不见了踪影。

5

高盈把乔晚带进了一个房间，她坐在一旁的椅子上对着局促不安的乔晚说道："坐啊。"

乔晚的手心已经出汗，站在那里一动也不敢动。

"我们好像有三年没见了吧。"高盈出声，似是回忆。

"嗯。"乔晚应着，心里惴惴不安。

"眨眼间你和靖寒都结婚三年了。"高盈目光投向乔晚，眼神让她看不清。

乔晚点头，闭了闭眼，心里满是愧疚。

"阿姨，对不起。"她小声开口，谁知道高盈随后轻笑一声。

"我家顾珩死了也有七年了吧。"

乔晚脑袋轰地血液上涌，她颤抖着唇，说着："阿姨，对不起。"

"对不起？"高盈嗤笑，看着乔晚眼神怪怪的，"对不起可以让人活过来吗？乔晚？"

"对不起……"

"哗"的一声，高盈手中红酒杯里的红酒尽数都泼洒在乔晚的脸上，乔晚僵着脸，心里更加愧疚不已。

高盈突然站起来，对着她冷笑道："我当初真没看出来你是心机那么深的丫头。"

乔晚什么话都说不出来，她还没资格还嘴，高盈突然神情一变，眼眶倏地就红了。

"要是知道你是这样的孩子，当初我死活都该拦着你和阿珩交往。"

高盈心里后悔不已，她伸手捶着自己的胸口。

乔晚哪里忍心看她这么对待自己，伸手握住高盈的手，内心痛苦不堪："阿姨，你要是生气你就打我，全是我的错。"

高盈眼泪唰地就下来了。

"乔晚,你知不知道,我过去真心把你当成女儿来看的,你怎么能这么对我,你还我的儿子!"

高盈再也绷不住地号啕大哭。

"你还我的儿子。"这句话高盈喊得撕心裂肺,乔晚的心脏也像是被活生生地扯开了一道大口子。

一句对不起她再也说不出口,只觉得可怜和心酸。

她脸上的妆容都因为高盈泼上来的红酒花掉了,头发也湿答答的看起来狼狈至极。她突然很难过,难过到哪怕顾母狠狠地给她一巴掌也比现在来得痛快。

眼前的女人高贵冷艳的妆容也变得一塌糊涂,经历了丧子之痛,乔晚清楚地知道高盈该有多恨她。

顾珩给她的印象,还停留在那年闷热的夏天,一米八五的个子,喜欢穿得干干净净的男孩子,总是走在她旁边叫着她"晚晚,晚晚"。

乔晚闭了闭眼,都七年了,七年了。

顾珩的长相在脑海中都已经模糊,除非再见,恐怕乔晚再也想不起来他清晰的容颜。

高盈逐渐瘫倒在地上。乔晚也跟着蹲了下去,她伸手抽出旁边柜子上的纸巾,素白的手轻轻地为高盈擦着眼泪。

高盈拂开她的手,抹着眼泪。

乔晚怔在那里,却不知道该怎么办才好了。原以为再次相见她会很害怕顾家的人,可是真正见到后,她心里却是满满的愧疚。

"阿姨,地上凉。"虽然五月份的天气已经很热了,但是海城不像别的地方,昼夜温差依旧很大。

高盈听到乔晚的话后,带泪的眸子看了乔晚一眼。

见状,乔晚扶着高盈起来。

高盈起来之后甩开乔晚的手,自己拿纸巾擦了擦眼泪。

"以后再也别见了。"憋闷了那么久见到乔晚后她才得以宣泄出来,她以后再也不想见到乔晚了。

乔晚心里堵得难受,只能点头答应:"好,再也不见了。"

话毕,高盈整理了一下衣服,转身准备离开。走到门口的时候,高盈突然回头,声音悲切:"乔晚你知道吗?阿珩那天本来是要去给他外婆过生日的。"

高盈说完就离开了,她的话让乔晚还仅剩下的一点坚强被狠狠地撕裂,早已经千疮百孔的内心再一次鲜血淋漓,她一个站不住滑坐在地上。

祝靖寒是在门打开之后的十几秒后冲进来的,乔晚坐在冰凉的地板上,整个人都乱糟糟的,和刚才进来的时候判若两人,随之进来的还有乔楚。

乔楚看见乔晚憔悴的模样,心中后悔不已。他要是知道顾家人会来,是死活也不会带乔晚来的。

乔楚推开祝靖寒走到乔晚的身边将她抱了起来。乔晚双手环住乔楚的腰,把脸埋在他的胸膛里面,然后闭上了眼睛。

祝靖寒伸手拉住乔晚的一只手臂,不想让她走,乔楚脸上一片愠色,他就将乔晚交给他这么一会儿就出了事,他是怎么保护她的!

乔晚用力将手腕从祝靖寒的手里挣脱出来,淡淡地说道:"哥,我想回家。"

"好,我带你回家。"乔楚说完,没再看祝靖寒一眼,一脚踹开只开了一半的门,带着乔晚离开了。

祝靖寒孤身站在房间内,双手垂着。

慕安宁走了进来,然后站在祝靖寒的面前,她伸手握住祝靖寒有些凉的手掌。

"我们也回家吧。"此时的慕安宁很平静,她看着祝靖寒伤心的样子,平添出一抹心疼。祝靖寒缓慢地抬起眸子,看着慕安宁,他的身形猛地一震。

"安宁,我不能送你回去了。"说完,高大的身子便快速地冲出了房间,只留下慕安宁自己站在那里,手指尖紧紧地握住裙边。

祝靖寒大步地跑出宴会厅的时候外面早已经没了两人的身影,他快速上了来时所开来的车,直接发动引擎,随即车子快速地冲向了大马路。

他脑子里全都是顾母带走乔晚时,乔晚看向他那震惊又受伤的神情,她是不是在瞒着他什么!

祝靖寒凉薄的眸子现在有些无焦距,车子一路狂奔直接开去了乔家。

乔家别墅很安静,祝靖寒下车后站在大门外,他看到里面停着一辆法拉利,如果没猜错的话,应该是乔楚的。

男人清冷的眼底透着锐利,黑色的短发随着风张扬而肆意,清冷的街只有他一个人孤寂地站在那里,按了许久的门铃,也没有人来开。

祝靖寒停住动作,眼神复杂。

乔家人也都没睡着,乔爸乔妈在显示屏上看到是祝靖寒之后,本来是想去开门的，只是被乔楚拦住了。

乔家二老也看得到乔晚回来后的状态不好，所以想应该是两人吵架了。

乔晚在卧室里用被子蒙住脑袋，毫无睡意。

手机丁零作响，她干脆关了机，许久，有人敲了敲门。

"小晚，是我。"乔楚温润的声音。

乔晚坐起来，起身去开了门。

乔楚的手里端着一杯牛奶，他站在门口将杯子递给乔晚。

"喝点吧，有助睡眠。"

乔楚看着眼前的女人眼眶通红，脸上苍白得让人心疼。

"他还在下面。"

门铃是不响了，人却没走，乔晚并未发表任何感想，她直接关门并把牛奶放在一边的柜子上。她躺在床上嘴角溢出一抹苦笑，他何必来呢，不是把她推给顾家人了吗？

不再去想，乔晚钻进了被子里，她窝在被子里一动不动，脑子里乱糟糟的。顾母最后说的那句话她原本就知道，是在顾珩出事后祝靖寒亲口告诉她的，可是从顾母口中说出来又是另外一番撕心裂肺的感觉。

她不是红颜，却独独是一个祸水。

6

昨晚祝靖寒先走了之后，慕安宁随后就追了出去，可是只看到了祝靖寒快速闪过的车身，她追了一段路，喊了半天，祝靖寒也没停车。

她伸手，揉了揉红肿的脚踝，心里的不安感扩大。她从未这么紧张过，就算祝靖寒结婚的时候她赌气走了，依旧没有这么紧张过。

她想着祝靖寒最近的行为，他该不会是爱上乔晚了吧？

想到这种可能，慕安宁心里就发闷，闷得烦躁，她伸手将手机扔在一旁，从昨天到现在，祝靖寒一个电话都没有打来过，原来的他不是这样的。

慕安宁咬着嘴唇，脸上带着不甘心，她再次将手机握在手里，最终拨出了那个号码。

"喂。"清冷至极的声音，听得慕安宁一个寒战。

"当初说好了你会帮我，可是现在靖寒好像爱上乔晚那女人了。"慕安宁咬牙，一肚子气，"你倒是帮我啊。"

电话那边传来一声轻笑，听得慕安宁一阵子后怕，这才后知后觉自己刚才说话有些冲了。

"对不起，我就是着急。"

"我会想办法。"男人冷清地开口，目光幽深。

"那个……能不能先给我点钱，我现在手头有点紧。"慕安宁一下子没了底气，为了在祝靖寒面前保持她的形象，她一直都没拿祝靖寒的钱。

"嗯。"那边应了一声。慕安宁似乎听得见他的呼吸声，她甚至无数次猜测过，声线这么好听的男人会长什么样子。

"以后不要随便找我。"他眉间所带的妖娆之气突然被冷漠的表情冲淡，身上的气息不带一丝温度。

"我知道了。"慕安宁能感受到那边骤然下降的温度，唯唯诺诺地应着。她其实也不想找他，那人太可怕了，一个素未谋面的人都给她这种感觉，那要是以后见了呢？

那边断了通话，慕安宁紧握着手机松了一口气，没一会儿，手机便收到了进账的短信，金额五十万，够她再用一阵子的了。

她抿紧嘴角，拨通了祝靖寒的号码，那边好久才接起，她转变了一下情绪后状似害怕地说道："靖寒，我家里进贼了，我有些害怕，你能不能来一趟？"

祝靖已经在乔家门外站了一晚上，他深不见底的眸子掠起风浪，冰冷的眉间冷凝："我马上就过去。"

祝靖寒到的时候便看到慕安宁的家里一片大乱，看起来的确被洗劫过了。

他拿起手机，快速地输入110。慕安宁见状，一下子拦住他按拨号键的动作，然后咬了咬嘴唇说道："我已经报过警了。"

祝靖寒点头，他迈步走到屋里，与客厅一样，卧室内也是一片混乱。

"还好我一早就出去锻炼去了，否则不知道会出什么事情。"慕安宁小嘴瘪着，眼睛闪闪，看起来特别委屈。

他没出声，冷眸打量着屋里，然后把胳膊从慕安宁的手里抽出，走到门口后他低头，手指抚上门锁，并未发现撬锁的痕迹。而慕安宁所在的楼层是十七层，这栋楼是不连接的设计，就算是想从旁边的阳台过来，也得跨过两米的距离，所以连爬窗这个可能性也没了。

祝靖寒回头，眼神有点淡漠："回来的时候就这样了？"

不知为何，慕安宁竟然从祝靖寒眼底读出了怀疑的意思，再看向他冷漠的脸色，慕安宁立马又红了眼眶，开始流眼泪。

"我回来的时候，门就大敞着，一进屋就这样了，我害怕才叫你来的。"她知道，祝靖寒好像已经怀疑她了。

"除了你，还有谁有这里的钥匙？"

"我不知道。"慕安宁摇头，低着头擦眼泪，不去看祝靖寒。

"安宁，别骗我。"祝靖寒眸子如锋利的寒刃一般盯着慕安宁，他可以无限纵容她，却唯独讨厌她满口谎话或者尖酸刻薄满带嫉妒的样子。

"我没有。"慕安宁抬头，跑到祝靖寒的面前抓住他的手，不知道为何，心里会那么慌张，仿佛一切都不一样了。

"那好，我问你，17号那天你在哪儿？"

慕安宁神情猛地一怔，不知道祝靖寒这是什么意思。17号，她眼神一愣，随即说道："那天我一直在公司上班。"

祝靖寒立在那里，眼底突然有些复杂，他闭了闭眼，脸上的表情突然变淡。

"这地方先别住了，不安全。"

"嗯。"慕安宁点头，心里的不安一点点地扩大，怎么着也消磨不去。

两人下了楼，慕安宁坐上祝靖寒的车，一句话也不说，只是时不时地看着祝靖寒的脸色。良久，她有点胆怯地开口道："靖寒，你是不是嫌我麻烦了？"

祝靖寒神情淡漠，薄唇微启："没有。"

"那我住哪里？"其实慕安宁的心里是特别期待的，是不是就可以去祝靖寒家里住了，如果可以住进去的话，那绝对是天赐良机。

"酒店。"只是天不遂人愿，祝靖寒淡漠地给出这两个字。

慕安宁默然无声，她怎么也不能主动提说要去他那里住，本以为这次可以住进去的，结果竟然是这样，她突然有些恼火，却又不敢在祝靖寒面前有丝毫的表现。

东时下飞机的时候，给祝靖寒打了个电话，负荆请罪来了，那个垃圾场他搞不定，等他搞定了，就得猴年马月了。

但是他家总裁却没有说什么，也没生气，只是让他带人去慕安宁家里暗中查一下是怎么回事。

十分钟左右，现场人员就勘察完了，只有一个结论，那嫌犯应该是光明正大开门进来的，家里并没有撬锁撬窗的痕迹，如果分析的话，应该是手持钥匙的亲近人员作案。

135

得到结果后，东时立马就把这个消息告诉了祝靖寒。

"确定吗？"他问道，眸中一片渗薄。

"是的，确定。"东时很肯定地回答。这些专业人士都是祝氏花大价钱请来的尖端，干什么都是一等一的，结果肯定不会出现差错。

祝靖寒看着拿了饮料过来的女人，眸色闪了闪，慕安宁的亲人早就没了，在海城更别说亲人，她连朋友都没有，亲近人作案？

祝靖寒面色一沉，眸光轻动。

"靖寒，手续办好了吗？"慕安宁似乎忘记了刚才的事情，现在是一脸欢快。祝靖寒点头，伸手将房卡递给了她。

慕安宁咬唇，这意思怕是不送她上去，也不陪她的意思了，她突然委屈出声："你能不走吗？我现在心里还不舒服。"

她本以为这样祝靖寒就会心软留下，谁知道男人只是眼神动了动，然后便把房卡放在了柜台上。

"有事就给我打电话，我还有事先走了。"

他走的时候脚步轻快，慕安宁捏着手中的奶茶杯子，等到祝靖寒的身影消失后，她一下子就把奶茶都摔在了地上，温热的奶茶溅在了她白嫩的腿上。

女人眼中掠过一丝阴狠，心中像是烧了一团怒火。慕安宁眼神死死地盯着那张被放下来的房卡，气得要死。

Chapter 07
情非得已

1

乔家已经吃完早饭，乔楚和乔晚两人穿着运动衣出去跑步，早晨的凉风特别清爽，耳边似乎可以听得到虫鸣，一切都是那么清新自然。

"小晚。"乔楚突然停下脚步，似乎是有话要说。

"嗯？"乔晚也随之停了下来，乔楚拉住她的手走到一旁的长椅上坐下。

"有一件事情我想问问你。"乔楚的脸色突然严肃，让这气氛竟然变得有些郑重起来，乔晚忽然有些不适应，她奇怪地看着自己的哥哥，不知道他有什么事情不明白的。

乔楚想想，最终还是开口，这件事情已经憋在心里很久了，只有他明白他才能去帮助她，昨晚乔晚被顾母伤得狼狈的模样一直在他的脑海之中挥之不去。

"当初，你烧伤是因为谁？"

乔晚在高考后的当天晚上，经历了一场大火，那场大火在她的腹部留下了一道五厘米左右的烧伤疤痕，可是她醒了之后，无论他怎么问她也不说一句话。

在医院做了手术治疗之后，等到大学开学便去上学了，也就是那个时候乔晚才知道，顾珩死了，再也不在了。

顾家的人找乔晚找得厉害，乔晚不说话谁也不知道原因，其实就连乔晚当时也是不知道的，只是后来才听说真正的原因，所以那件事情足以让她内疚一辈子。

她到了新的学校的时候,就被顾家人找到了,而铺天盖地的消息都是她害死了顾家的长子。

乔晚笑笑,对于那件事她一句话都没给家里人透露,一切都是她自愿的,还好祝靖寒毫发无伤,否则,她又怎么对得起后来冲进去的顾珩呢。

"哥,等我想说的时候再告诉你好吗?"乔晚不想开口,否则一切都可能走向不一样的轨道。

她也不想这件事情被祝靖寒知道了。

乔晚的态度似乎很坚决,乔楚叹了一口气,却没为难她。

乔晚闭了闭眼,回想起那天的场景。

那天,恰逢高考完毕,一堆人说要去庆祝,其中就有已经从高中毕业的祝靖寒。可是那天乔晚身体不舒服,她就没去,晚饭后她打开电视,无非是一些老套的电视剧和各种新闻频道,家里的风扇快速地转着,冲淡了炎热的暑气。

乔晚实在无聊,便打开本市的新闻,一开始还是讲未来规划的事情,然后话题切转,就是下一条新闻了。乔晚对新闻没什么兴趣,整个人昏昏欲睡的,遥控器顺着手滑落到沙发上。

大概就这么过了三分钟,一条新闻快讯的播报一下子就进入了她的耳朵里。

海城某繁华地段X酒吧发生严重的火灾,起火原因不明,现在有三十几人被困在里面。

这消息把乔晚的睡意直接惊得就没了,X酒吧是他们原定聚会的地方,乔晚猛然清醒,祝靖寒他们都在那里,三十几人被困,是不是也有他?

一想到这里,乔晚浑身血液都凝固了,她不知道当时是怎么冲出去的。

X酒吧离乔晚家十分近,所以一出门就可以看见不远处滚滚的浓烟,呛人耳鼻,外面乱糟糟的,还有警车在那里,人群拥挤,烟雾缭绕。当时的场景,是乔晚过去所见到的灾难中最严重的,但是最让她担心的是祝靖寒还在里面。

因为炎热干燥的天气,所以火灾绵延了一整条街道,消防人员因为路况拥挤还没有到,门口只有警察在维持着秩序。而在门口和外面,并没有祝靖寒的身影,乔晚也没带手机,顾不得多想了,万一是喝醉了呢,万一被困在里面了呢。

乔晚冲进去的时候,几乎没人注意,谁也没想到,这种状况下还有人敢往里面冲。

那时候,乔晚根本不知道什么是害怕,只是心里焦躁又着急,生怕见到不该见到的,她凭着记忆,回想之前约好的聚会房间号码。

酒吧内部火势绵延，里面还有人仓皇地往外跑，只是门口缝隙小，出去的话也是要经历被烧伤的风险。

终于，乔晚跑到那边还算清净的地方，看到了眼熟的包房号码。

她抬脚把门踹开，整个房间里面只有一个人趴在那里。

乔晚上前，整个人都是抖的。

他，该不会是被烟呛死了吧？

乔晚伸手探着他的鼻息，发现是有呼吸的，伴随着浓烟还可以闻得到浓香的酒气。

她当时差点哭出来，怎么人都走了，他喝醉了也没人管管。

这时候，屋里几乎已经呛满了烟，乔晚连呼吸都困难，来不及多想，她伸手便去扶祝靖寒，想把他扶起来，奈何男人实在是太沉，又不在清醒的状态。祝靖寒脸色也不好，昏黄的灯光下，他的脸上竟然十分苍白。

"祝靖寒，你醒醒。"乔晚扶不起他，又着急又难过，可是叫也没用，他像是睡死了一样，一点反应都没有。

门外几乎可以看得见明火了，顾不得那么多，乔晚蹲下身子，直接将祝靖寒从椅子上拽了下来。他身体的重量紧紧地压在她细弱的身子上，乔晚腿一软，差点连带着祝靖寒一起摔了下去。

她好不容易靠着一角把他扶了起来，伸手把祝靖寒的胳膊搭在自己的肩膀上，然后猛地吸了一口气，差点被烟呛得喘不过气来。

"祝靖寒，你醒醒，听得到我说话吗？"她不住地叫着他的名字，好怕还没等她带着他出去，就被呛死了。

这个包间是VIP间，所以位置简直就是黄金位置，当然，那是在不出什么事情的情况下，而如今已成了重灾区。

乔晚扶着祝靖寒出来的时候，火已经烧过来了，几乎毫无空隙。

此时，身上的人，似乎也已经有了反应，乔晚清晰地听到，他咳了两声。

"祝靖寒，听得到我说话吗？"乔晚动了动身子，使劲地晃着他的胳膊，可是男人只是下意识地被呛得咳嗽，并未有醒来的迹象，乔晚心里特别着急。

前面的木头断掉，带着火哗地砸了下来，乔晚猛地蹲下身子，祝靖寒高大的身形压在她的身上，此时，两人再也站不起来了。

当时乔晚觉得她和他一定会死在里面了，外面已经完全看不清，乔晚双手环住祝靖寒的腰，烟雾不禁全都呛入口腔鼻腔。

她伸出手将腰部的T恤一下子撕开，可能人到了极限了，就会有不知道哪里来的力气。她往旁边看了看，什么都没有，更别提水了，她把祝靖寒的身子放低，然后用撕下来的布捂在他的口鼻上，又怕憋着他，又怕口鼻里灌入烟气。

迟迟等不到人进来，乔晚勉强地撑起身子，眼前一片昏暗，根本就看不清任何东西了。

她此时唯一想到的便是一定得把他拉出去，不知道哪里来的力气，她一下子把男人的身子拽了起来，半拖着往前面走。

摇摇晃晃中，乔晚依稀地看见了门口的亮光，外面吵吵嚷嚷的全是说话声，但是没有哭声。乔晚想应该没人受伤吧，她感觉眼前一阵眩晕，嗓子眼里干涩，猛地咳了两声，嗓子里像是着了火一样，生疼生疼的。

外面的消防车在她刚进去没一会儿就来了，灭火速度很快，门口的火势已经快要浇灭了。乔晚蹲下身子，把他的胳膊搭在肩膀上，然后使劲地把祝靖寒扶起来，咬着牙往外走，乔晚从未觉得一段短短的路会走得这么艰辛。

乔晚脑子晕晕的，眼前似乎有金灿灿的东西在晃来晃去，她下意识地护住祝靖寒，那东西啪地掉下来，滑过她露出的腹部，一阵强烈而疼痛的烧灼感袭来。乔晚猛地抽了一口气，然后眼泪突然就下来了，她不敢低头，整个人猛地抖着。

这时，外面的人终于发现里面还有人了，消防员就都冲了进来。乔晚脸上冷汗涔涔，疼得束手无策，其中一个消防员大喊一声之后，便有医护人员冲了进来。她把旁边的男人交给冲了进来的医护人员，然后低头看向腹部，被灼伤的部分血肉模糊，乔晚眼前一黑，整个人便摔了下去。

旁边的医生扶住她往外走，她和祝靖寒上了同一辆救护车，她模糊地睁眼，发现整个酒吧后面火势冲天。而那个位置，正是祝靖寒所在的包间，如果她没来的话……乔晚侧头看了一眼祝靖寒，他也许就没命了。

救护车里，男人依旧昏迷不醒，他未醒，乔晚根本来不及问为什么那里就剩下他一个人了，腹部痛得她都已经开始麻木了，整个人看起来特别憔悴和衰弱。

2

二十分钟后，两人被送到医院。

下车前乔晚握住他的手，他的手是热的，乔晚嘴角带起一丝笑意，然后便晕了过去。

再后来，就是她醒来后听到医生感叹，说好好的女孩子，身体上要留下疤痕了。

当时，乔楚和乔爸乔妈都在，乔晚绝口没提祝靖寒，也没问他怎么样了，因为她知道，他不会有事的。

乔晚笑着揉了揉眉心，直到现在，她也没后悔过。

她唯一做错的就是对不起顾珩。

她怕黑和密闭空间，并不是因为火灾事件，而祝靖寒偏偏是那么认为的。她清晰地记得，上次她去给男人送宵夜的时候，她急促地追着他的时候，祝靖寒所说的话。乔晚笑了笑，也不知道是为了谁。

她站起身来，准备往家的方向跑，却在刚站起身后便看到了就站在前面不远处的男人。十秒钟后，她便被一双强壮的手臂抱在了怀里。

乔楚紧抿嘴角，迈开步子离开了。

"昨晚发生什么事了？"祝靖寒将她抱得很紧，这一晚上他心里别提多担心了。

乔晚不说话，他的脸色僵着，沉声说道："顾阿姨打你了？"

他联想到昨天的事情，只能想出这么一种可能。结婚前，有传言称顾家恐吓过乔晚，不过就是不知道是不是真的，那时候他烦乔晚还来不及，更别说去求证这种事情了。况且她嫁进祝家就等于拿了一张免死金牌，顾家人自然是不敢动祝家的人的。

"没有。"乔晚缥缈出声。她倒是宁愿顾母打她一顿，那么她至少不会像现在这样。

祝靖寒蹙眉，分不清乔晚说的是真话还是假话，他眸子猛地一亮，乔晚这么生气，该不会是以为他是故意将她推给顾家人的吧。

"乔晚，我不是故意的。"他突然软下语气来解释着。他是真的不知道顾家人会来，而且也不知道乔晚也会来。

"是吗？祝大少爷你当时可是一点惊讶的意思都没有呢。"乔晚目光中带着嘲讽的意味。

"你来之前我就和顾阿姨打过招呼了。"

乔晚心里冷然，这有什么区别吗？明知道顾家人在这里，他还把她往风口浪尖上推，祝靖寒还真是恨透了她，对于这些年她在祝家所受的庇护，他恨不得一下子拔下她全部的防备。

"我以为你们谈谈会把话说开，顾家怎么也不能这么恨一辈子。"祝靖寒缓慢地说着，眼神柔和得不像他。

乔晚诧异地抬头。

他恐怕这辈子都不会知道，顾珩之死，全都是因为她一厢情愿地将所有的心思都扑在了他的身上，可是她却什么都不能说。

祝靖寒幽深的眸子微垂，看着她星星亮亮的眼睛，眸中一片雾气让人看不真切。而乔晚的目光，无疑是柔软明媚的，就是这样的一个女人，和他一起有名无实地生活了三年多。不用对比，乔晚比其他女人好了太多太多，懂得进取、不贪心、独立，独独就是性子有点拧。

乔晚的头发向后披散着，露出白皙精致的脸庞，光洁的额头，干净的眉眼，平白生出一抹妖娆。祝靖寒静静地看着她，不禁有些出神。

就在乔晚以为祝靖寒不会再说话的时候，他声音平静地开口，目光微凉，带着回忆。

"晚晚，你知道我是什么时候遇见安宁的吗？"他的声线极其温柔。

乔晚目光怔住，然后轻轻地摇了摇头。

她过去和祝靖寒在一起的日子里，并不知道有慕安宁这么一个人，显然高中的时候，慕安宁是没有出现的，但是当时她放在他身上的心思那么多，又怎么会不知道祝靖寒有没有喜欢的女孩子呢。

她知道祝靖寒没有喜欢的人，所以才那么义无反顾。

她知道祝靖寒不爱她，但她以为只要他的身边只有她，祝靖寒又怎么会不心软呢。

可是，她终究是错了，她想不到的事情太多太多。

乔晚静静地看向祝靖寒，祝靖寒的眉间带着淡淡的清冷，仿佛在想些什么。

"那时候，安宁就那么大点，也不知道哪里来的力气。"乔晚看见他嘴角上扬，带着淡淡的笑意，甚是宠溺。

那一刻，乔晚涌现出一种从未有过的感觉，她可能永远无法将慕安宁从他心里排挤出去，好像，他和慕安宁之间有太多她不知道的事情了。

"然后呢？"乔晚出声，想听听他们之间的故事。

祝靖寒低头，一下子就对上了她的眼睛。

乔晚愣怔片刻，任他的呼吸轻轻地拍打在她的脸上，男人身上是好闻的味道，说不出来的那种，好像是他身上独有的，让人就那么靠近就莫名安心。

"我们第一次见面，是在医院，我睁开眼第一个见到的就是她。"

祝靖寒目光熹微，陷入深深的回忆之中。

3

那年，祝靖寒睁开眼看见慕安宁握住他的手，圆圆的眼睛，脸蛋红扑扑地看着躺在病床上的他。

而他经历生死劫难后，难免会对第一个看到的人感到亲切。

他看着站在他床前的女孩子，隐约记得他昏迷的时候有人牵着他的手，原来是她啊。

一向冷冰冰的男人竟然少见地笑了，也就是那个笑容，让慕安宁一下子就陷了进去，无法自拔。

"你叫什么名字？"祝靖寒问她。

慕安宁耳朵根都红了，握住祝靖寒的小手有些慌张地松开，整个人局促得可爱。

"慕安宁，安宁的安宁。"她紧张的样子特别可爱，她的眼睛大大的，长得十分好看，像个瓷娃娃。

"是你救的我？"

他好听的声音轻启，眉间带着清冷的气息，整个人俊美如斯。慕安宁当时被冲昏了头，直接点了点头。

祝靖寒得到回答后，整个人苍白地笑着，像是昙花一现般惊艳，也就是那个时候，慕安宁便和祝靖寒正式认识了。

乔晚听着祝靖寒似乎是在追忆的声音，淡淡地概括着，她的眼眶发酸。

"当天，小一届的毕业季，几个朋友一起出去吃饭……"

乔晚听到这句话后，心口一下子就给堵住了，她几乎无法静下心来。

那天，的确是她刚高考完，提出去吃饭的是同一届和顾珩一起玩的男孩子，祝靖寒他们都认识，有玩的自然所有人都去。

那个时候，祝靖寒不像现在这么清冷的样子，虽然不爱笑，却很好相处。

"可是乔晚，那天你不在那里，你为什么不告诉阿珩？"祝靖寒声音微颤，不知道什么时候便说到了乔晚的身上。

顾珩，那天也去了着火的酒吧。

据顾母说，顾珩正收拾东西的时候，在新闻上看见着火的即时消息，便什

143

么话也没说就冲了出去，那是顾母和顾珩见的最后一面。

"阿珩知道我不在那里。"乔晚闭眼。不知道祝靖寒心里所想，事情的缘由其实她也不知道，只是人人指责，顾珩因她而死。

祝靖寒一直都以为，顾珩以为乔晚当天去参加了聚会，所以知道起火的时候放心不下，便去了现场，冲进去之后再也没出来。可是事实，只有乔晚和顾珩两个人知道。

乔晚是后来去的，而顾珩去那里的原因，也只是因为在电视上一闪而过的镜头中，看见了往酒吧里面跑的乔晚的身影，只是他当时到的时候，没看到乔晚和祝靖寒刚被扶上救护车。

后来救援结束，谁也没注意顾珩的身影，乔晚也再没见过顾珩了。

三个月后，顾母第一次找上她，将乔晚关在了一家大医院的太平间里，乔晚永远也忘不了那天太平间里阴冷的气息和紧锁着的门。

乔晚蹲在门口，紧紧地抱着头，耳边是顾母在门外的哭声。

当时，顾母以为乔晚和顾珩是恋人关系，悲痛万分的她恨透了乔晚，她觉得乔晚就不该出现在顾珩的生命中。

乔晚这辈子都忘不了顾母那天撕心裂肺的哭声，满腔的愤怒似乎都要对着她发泄出来。而那天也仅仅是个开始，后来的一切，让她生不如死。

乔晚再次见到祝靖寒的时候，他已经知道了两家婚约的事情。她记得清清楚楚，那时候祝靖寒整个人冷冰冰的，看她的眼神就是害死朋友恶人的眼神，他说她不会有机会嫁进祝家。

祝靖寒要毁了这桩婚约，倔强的她当时也一口答应下来，保证自己绝对不会嫁给他，让他放心。

可最后乔晚还是毁了约，现在想来，他这么恨她也是有缘由的。

乔晚无力地笑了笑，她做的一切都是为了他，可她现在这才知道，祝靖寒以为这一切都是慕安宁做的。

乔晚脑中想着祝靖寒所说的那个场景，如果，当时站在那里的人是她，又会是怎样呢？

她侧头看向祝靖寒，轻轻开口道："如果当时站在那里的人不是慕安宁，你还会爱她吗？"

她看到祝靖寒深眸轻动，他薄唇轻启，说了两个字。

"不会。"

祝靖寒说得没有一点犹豫，所以乔晚知道了，就算他知道当初救人的是她，也不会有任何改变。

所谓的温情都是假的。

她明明想得到别的答案，可如今听他这么说出来，竟然觉得释然了。不知道是不是因为已经麻木所以才这样，她的唇畔勾起一丝浅笑，她的笑容有些无奈，但是却又毫无办法。

她闭上眼睛调整好呼吸，眼中暗淡着流光。

祝靖寒闭着眼，眼中闪过乔晚的样子。

也许会吧，他有些不确定了。

4

怀中的女人没有说话，祝靖寒心里隐约有些不舒服，他伸手紧紧地抱住乔晚，仿佛要将她揉进怀里一样。

不知为何，他就是有些不想承认这份潜在的感情。

早上慕安宁叫他过去的时候，他就已经意识到当初那个赌上自己的性命救他的女人变了，这种反差让他有些混乱。

清晨安静的气氛中，可以听得见彼此的呼吸声，两人的心里各有所想，都不平静。

乔晚从祝靖寒的怀中退了出来，回家换好衣服后，坐着他的车去上班了。

她因为刚接手业务还有许多不懂的，所以她现在特别谦虚地站在祝靖寒的身边听他说着这些她从未接触过的事情该如何处理。

祝靖寒的手机铃声响起，她瞥眼看到来电显示是安宁，便忙把头转过去，心神不宁地默默工作。可祝靖寒仿佛像没听到一般，任由手机响着，一动不动。

那边不折不挠地一直打。

乔晚终于有点听不下去了。

"不接没关系吗？"

祝靖寒转过头看向乔晚，沉着的眸子敛起。

他把手机一下子扔进了乔晚的怀里："有关系，所以你接。"

乔晚只觉得这手机就是一烫手山芋。

"慕安宁的。"乔晚以为他是没看见来电显示，好心地提醒道。

谁知道男人眸子一沉，菲薄的嘴角紧紧地抿起。

"我知道，你接。"

乔晚嗓子眼咕咚一下，手有些抖，她该不会听见什么不该听见的东西了吧。

她接听后并未吭声，只是淡淡地沉默着，倒是那边一阵惊天动地的哭声传来。

"靖寒，我肚子疼，医生说是上次流产后子宫没刮干净。"慕安宁压抑的哭声，听得乔晚都揪心，那边声音很大，她不知道祝靖寒是否听见了。

"慕小姐，你在哪儿？"她开口问道。

那边一怔，瞬间顿住。许久后，她又哭出声："乔晚，我肚子疼，你让靖寒过来签字，没家属签字不给手术。"

那边的哭声断断续续的，乔晚心里大起大落，"家属"这个词，代表了太多种。慕安宁的那个孩子，是祝靖寒的吧？她侧眸看向闭着眼睛的男人，眼睛酸涩，他这样的人是绝对不会允许他爱的女人和别人有孩子，况且上次在医院他那么焦急，情况已经很明显了。

乔晚心里咯噔一下，仿佛又被狠狠地凌迟了一次。

子宫刮不干净，要是耽搁迟了可能要切除子宫。乔晚闭了闭眼，她懂得这是人命关天的事情，容不得她自私犹豫。

她将手机递给祝靖寒，启唇说道："慕小姐现在在医院，说是上次流产没弄好。"

她的声音听起来很平静，但是内心已经波涛汹涌翻滚得厉害，故作平静地说出这话，她都不知道此时自己的心里是什么滋味了，到底是苦涩还是无力。

祝靖寒眸子倏地张开，一下子接过手机。

"你在哪儿？"他站起身往衣架那边走去。

乔晚深深地叹了一口气，要是什么时候祝靖寒能为她这么着急一次，也就不枉她喜欢过他一回了。

不知道那边说了些什么，祝靖寒一下子结束掉通话，抓起衣服连头也没回便跑了出去。他的身影消失后，乔晚一个人站在那里，有些孤零零的，她转头看向外面发现天色暗了下来。

5

舒城刚结束手术出来，扔掉无菌服后准备去办公室，一个护士慌慌张张地从他的身边跑了过去。

舒城眉头一皱，直觉有事情发生了，所以当下便迈开脚步跟了上去。

一楼大厅内里有一对五六十岁的半百夫妻坐在地上，哭得悲恸。

舒城走过去，那里已经聚了不少人，还有医院的保安站在那里阻拦着一堆人的脚步。

"这是怎么了？"舒城问向旁边站着的肾脏科的张医师。

张医师脸色多少有些不好，似乎很是焦急，也很是无奈，只听见他叹了一口气，说道："这对老夫妻的儿子得了肾衰竭，由于没有合适的肾源，病情实在是太重，昨天下午发病，由于并发症做手术的时候死在了手术台上。"说完，他拿出一块手绢，擦了擦汗。

舒城听完大致明白了，一起医疗纠纷，那两个老人哭得特别伤心，坐在地上不起来，也没人上去搀扶。

舒城的心沉了一下，然后走了过去蹲在二老的面前，伸手去搀扶老人，似是得到了支撑，老太太突然抓住舒城的衣服袖子，然后撕扯起来。

"你们还我的儿子，还我的儿子，我儿死得冤啊！"老太太哭得泣不成声，手指甲抓过舒城的手背，立刻就划出了两道口子。舒城并未甩开老人的手，其实这种家属来闹的事情很常见，一般的人都接受不了这个。

海世医院别的不敢说，医疗技术和医生都是顶尖的，所以这些年也未发生过什么纠纷案，毕竟人命关天，医生也都很负责。

"你们先起来，有话我们好好说。"舒城轻声地安抚道，实在是两人的情绪现在太不稳定了，旁边还有这两人的亲戚，只是站在那儿，并没有阻拦两人闹下去的意思。

"怎么好好说，一个好好的人说没就没了，怎么好好说？"老爷爷明显很激动，上前扶住自己的老伴，一脸的怒气和伤心。

"这不是我们的责任，实在是因为病情太严重了。"张医师有些看不过去了，走上前来说道。

这话一出一瞬间就点燃了众人，舒城未来得及拦住人，便有人想冲上前去打张医师。

舒城此时顾不得那么多了，直接站起来跑到前面拦人保安那里，沉着地安排着："你带人把这两个老人安排一下，尽量安抚情绪。"

安排好后舒城进去拉张医师，此时张医师已经被打得没什么人样了，由于知道张医师是主刀医师，所以几乎所有人都围在他的身边泄愤。

站在旁边的护士不知道是谁报了警，没过两分钟，警察就来了。

　　海城的警局非常多，所以治安一般都是很好的，比其他城市好出很多。光海世医院旁边的警察局就有两个，离这里不过一两分钟的路程，如果一路畅通，几乎是分分钟就到的。

　　警察的效率很快，很快就压下群起攻之的气氛，舒城的身上也已经挂了彩，其余的人被制伏，而张医师被打得严重，同一时间被送去急诊科了。

　　舒城擦了擦嘴，眼神一凛，旁边人也依次散去，他站在那里，想着怎么去处理这件事情。

　　此时电梯门打开，一行人走了出来，舒城回头，神色轻寒，为首的那一人向着舒城走了过来，跟在后面的人自然都哗啦地过来了，为首的是一个中年人，面色俊朗，英姿飒爽的。

　　"嘴角都出血了，去急诊科那里看看吧。"男人声音醇厚，舒城眉毛一挑。

　　"这事情我处理，你就别管了。"舒胥轻用稳重的声音交代着舒城。

　　"嗯。"舒城脸上有些麻，然后点了点头。

　　舒胥轻，海世医院院长，舒城的父亲。

　　他看着眼前的舒城，严厉的眼神中带着疼惜，这个儿子，从小的时候就是他的骄傲。

　　舒城看气氛有点严肃，不禁挑眉邪笑："看我受伤的份上，给我放三天假好了，舒院长。"他伸手揽住舒胥轻的肩膀。

　　舒城长得很高，比舒胥轻足足高出了一个脑袋。

　　"没个正经。"舒胥轻瞪了舒城一眼，刚在心里夸了他一下，接着他的尾巴就翘上天了，还好没当面说。

　　后面的医院科长什么的都识趣地各自走了，本来就是刚散会出来，杵在这里看人家父子说知心话好像不太好。

　　"我说真的。"舒城想着正好借此机会放几天假，顺带着就可以有时间约乔晚去玩了。

　　舒胥轻可不知道他儿子心里已经做好了计划。

　　"不给，上次你修了三个月的年假，你看谁跟你一样。"

　　舒城笑了笑一下子站在舒胥轻的面前。

　　"我都怀疑我是不是你亲生的了。"舒城挑着眉。

　　"混账小子，你不是我亲生的还能是谁生的？"舒胥轻狠狠地瞪了舒城一眼。

"我又不是从你肚子里蹦出来的,别和我妈抢功劳了。"舒城说完,又顺手钩住舒胥轻的肩膀,然后微低着头。

"择日不如撞日,我请你吃饭,庆祝因为有你才有了我。"

一个男人说出这话,舒胥轻脸色都要青了,舒城这个混账小子,最近越来越嚣张了。

门口一阵躁动,舒城转头,目光顺然过去,便看到了一个男人颀长的身形,迈着稳健的步子走了进来。

舒城皱眉,这不是祝靖寒吗?

"舒院长,不好意思,今天我档期满了,改天再请你吃饭。"舒城一下子撇下舒胥轻,大步地跑了。

舒胥轻这下子脸色真的青了,不是这混账小子说择日不如撞日的吗?

6

舒城跑到祝靖寒的身后,然后放缓了脚步。

"祝总。"他开口喊道。

前边的男人似乎没听到一般,步子依旧走得很快。

舒城一下子就被当成透明人了,而且还是在自己的医院,况且他是存在感那么大的一个人物,祝靖寒怎么对他爱答不理的。

他心思一动,看着祝靖寒进了电梯,然后等在电梯门口,看着楼层数上升,直到停在七楼。

舒城当下心思一紧,该不会是谁怀孕了吧,难道是乔晚?一想到这里,他便按了旁边就停在一层的电梯,手指按向七层,不知道为何心里竟然有些紧张。

很快,电梯便停在了七层,舒城走出去之后,走廊里面空空的。

他皱眉往前迈了几步,好像听见了说话声,他走到转弯处,赫然出现了祝靖寒高大的身影,而站在他面前的医生,是专门处理流产手术的医生。

他看见祝靖寒一脸的冷色,看得对面那医生都发毛。

"上次做完手术,检查得很彻底,不会存在没清干净的问题。"那医生解释着,实在是匪夷所思,他处理这么多年了,也没出现过一次这样的情况。

祝靖寒整个人都是阴沉沉的,似是沉思。

舒城揉了揉眉心,今天是不是水逆,怎么事情那么多呢?刚才一个纠纷,

149

这又来了，而且很明显眼前这个根本就不好处理，因为来人可是祝氏现任CEO祝靖寒。

舒城深叹了一口气，决定该去和祝靖寒谈谈了，他迈开步子，往祝靖寒那边的方向走，直到走到他的面前站定。

祝靖寒微低头，他的目光深沉锋锐，整个人的气场压抑得可怕。

"林医生你先去忙吧，这里我处理。"舒城看向那医生，那医生点了点头，然后转身走了。

祝靖寒眉心带着冷意，看向揽上事的舒城，薄唇紧抿。

"祝总，出什么事了？"舒城刚才也就听个大概。

"阿城。"气喘吁吁的声音，两人的目光同时转了过去，只见女人扶着腰，面色微红，似乎来得很焦急。

"晚晚，你怎么来这里了？"舒城有些惊讶，乔晚怎么来了呢？

祝靖寒目光锁紧乔晚的身影，薄寒的眸子看不出情绪，是乔晚接听的电话，所以她清楚地知道发生了什么事情。

她的目光轻轻掠过祝靖寒，然后看向舒城。

"上次慕安宁的手术，似乎是出问题了。"乔晚先开口，不给祝靖寒开口的机会，因为站在此刻的立场上，她还是比较公正的，她不是不相信祝靖寒，只是担心祝靖寒因为喜欢的女人一时冲动对医院做什么。舒城是她的朋友，海世也是顶尖的医院，她心里隐隐地不愿相信会出现这样的问题的。

祝靖寒低头看着乔晚，薄寒的眸子有些发冷，他心里的怒气上涌，隐约觉得乔晚是有袒护舒城的意思。

他沉默不语，静待下文，而舒城知道乔晚的出现，无疑是给这件事一个公平处理的契机。

"如果我没记错，慕小姐五天前来复查过，超声资料应该还在，而且最重要的是慕小姐是宫外孕。"宫外孕怎么可能宫内没刮干净，她这个谎撒得也离谱了些。

祝靖寒清冽着眉眼，安宁来复查过？

乔晚听完后，心里突然一下子就放松了不少，慕安宁该不会是想闹出点什么事想让祝靖寒关注一下她吧。而舒城对慕安宁这个女人很提防，所以他提前告诉过林医生，若是慕安宁来复查就告诉他一声。

祝靖寒等舒城把超声显像拿出来，说明情况后，眸色瞬间深沉了。

这东西显然不可能是假的，如果这是真的，那么这一切就是慕安宁在撒谎。

他的黑眸沉了沉，薄唇紧抿，慕安宁，这已经不是第一次了！

乔晚一言不发地站在旁边，看到事情结束了之后，整个人松了一口气，那是不是证明了，海世医院不会陷入风波。

她抬眼看了一眼祝靖寒，寻思这次自己来得没用，舒城完全可以处理，她刚才在瞎担心什么呢。

"阿城，我先走了。"她现在没什么心思和祝靖寒打招呼。

舒城的嘴张了张，本来想说些什么，可是现在他的立场也的确不好开口，无论是安慰还是别的些什么。

乔晚走到拐角处然后下楼，她需要清静清静。

她的脚刚迈下一个台阶，手便被人紧紧地握住，然后熟悉的怀抱欺身而来。

"晚晚，她出事我不能丢下她一个人。"祝靖寒背对着拥她入怀，慕安宁在海城举目无亲，他做不到丢下她不管。

"我知道。"乔晚轻声应道。于情于理祝靖寒都不该丢下慕安宁，更何况两人之间还横布着一份"恩情"。

乔晚不解释当年的事，只是因为她不想让祝靖寒他被救命之恩束缚，那样对他不公平。

祝靖寒拢着她单薄的身子，感受得到她有些僵硬的动作，心里竟然第一次升起了想解释的心思。

他开口说道："孩子不是我的。"

乔晚一下子怔住了，他这话是什么意思？

祝靖寒见乔晚不说话，以为她没听清楚，于是把她的身子转过来，眼神认真，十分郑重地说道："安宁流掉的孩子不是我的。"

乔晚瞪大眼睛，有些不可置信，那上次慕安宁明明说……

慕安宁是他喜欢的女人，要是她怀了别人的孩子，他怎么会那么淡然地带着她来做手术。

祝靖寒其实自己也意外，当初慕安宁在他面前哭着说她怀孕了她没办法的时候，他的心里只觉得有些可怜，没有别的成分。

"哦。"乔晚怔了半天，虽然心里突然有些欢喜，但也只能给出这声应答。

祝靖寒蹙眉，乔晚这是什么表情？

"我……我先走了。"乔晚突然推开祝靖寒，脑子乱糟糟的不知道该如何与他一起待着。

她正准备下楼，手腕却又被紧紧地攥住，然后被男人一拎，她整个人都被拎了起来，他的大手绕过她的腰紧紧地把她揽在身侧。

"坐电梯下去。"

乔晚嗓子眼里咕咚一下，这种天气闷沉闷沉的，所以她对电梯内还是有些恐惧的。虽然不管白天黑夜电梯内通常亮度都差不多，可是她就是莫名的害怕，过不去那关。

她想到被关在太平间的那一晚上，整个人都开始发虚了。

当时，顾家找不到她的人，顾母便迟迟不肯把顾珩的尸体火化，直到那天将她和顾珩关在同一个太平间里。

顾珩被都置于一个冰棺内，整个人完全看不出原本的样子，只有右手腕上戴着的一块腕表证明了他的身份，而那块并不名贵的腕表是她送给顾珩的生日礼物，可能是幸运吧，在火灾现场竟然没有被烧得面目全非。

祝靖寒低头看着她紧张的样子，他温热的手掌，轻轻地包裹住她的手心，却发现里面濡湿一片。

他的脸色突然变得严肃起来，连语气都有些深沉。

"乔晚，你跟我说实话，你到底是怎么回事？"她的样子，不禁让他联想到之前她在黑暗中踌躇像是失了魂的样子，难道是密闭空间恐惧症？可是又不完全像。

乔晚手心紧了紧，摇了摇头说道："我没事，可能是身体有点不舒服。"

当年的事情，过去就过去吧，何必再提，让他觉得可怜。

祝靖寒蹙眉，心里隐约觉着她在瞒着他。不过，就算乔晚自己不说，他也会查清楚的。

7

"叮"的一声，电梯门打开，祝靖寒揽着乔晚走出电梯，而乔晚自始至终都低着头，一句话都不说身子僵硬着。

走到医院外面的时候，大雨倾泻，根本无停下的架势。

"你不去看看她吗？"

他都来医院了，也不上去看看，岂不是辜负人家的一番心意？

"不去。"祝靖寒将乔晚塞进车里后猛地关上车门，车子在雨雾中缓慢地行驶，乔晚半闭着眼睛。

祝靖寒侧眸看着她的样子，竟然觉得异常赏心悦目。

他脑中闪过乔晚刚才的情形，心里一直有些不安在盘旋着，他急切地想知道当年到底发生了什么事情，他有过猜测是因为顾珩的事情。但是后来想想既然乔晚当初不在X酒吧，没在火灾现场又怎么会害怕？而且按照乔晚的说法顾珩明知道她不在那里，后来又为什么会出现在X酒吧？

他将乔晚送到公司后，便开车去了乔氏见乔楚。

乔楚坐在办公室内的沙发上，手里拿着一份杂志，双腿交叠，整个人神清气爽的。

"大哥，有些事情我想了解一下。"

这一声大哥叫得乔楚一怔，认识祝靖寒这么久，就现在最有礼貌了。既然祝靖寒这么叫了，他怎么着也得有点姿态不是吗？

乔楚挑眉，把杂志一抖然后合上，缓慢地放在桌子上，样子有些傲慢。

"你说。"

"当初阿珩出事之后，顾家找过晚晚吗？"他只是听到传闻，并未有人告诉他顾家有没有为难过乔晚。

乔楚一听是当年的事情，整个人神色突然下降了一个层面，有些冰冷。

"你不知道？"乔楚冷笑。

他的神色和语气直接说明了那些传闻的可证实性。

祝靖寒摇头确切地说："不知道。"

当初乔晚嫁进来之前，他只是听到一些风声，说顾家这几年对乔家一直有所动作。顾家失去长子，不知道为何顾氏一夜之间股价暴跌，整个顾氏不复从前，后来顾父顾母就卖掉了公司，没过多久后就搬离了海城。

他和乔晚结婚后，一直派人留意盯着顾家的动向，却没发现任何动静，也没见到顾家来为难乔晚的情景。所以，他以为乔晚是想借祝家躲避顾家的刁难，或者是为了扶持低迷的乔氏企业。

唯独一个理由他不信，也不能轻易相信，那就是乔晚喜欢他。

乔楚深吸了一口气，眼神深幽。

"大概是顾珩去世的第三个月吧，那时候晚晚刚从医院出院，连大学报到都晚了十多天。那天晚上她接到顾珩母亲的电话，什么也没和我们说就自己出去了，后来我才知道小晚被顾母关在顾珩所在的太平间内一整晚。"乔楚永远也忘不掉当初乔晚出去便没回来的情形,她重伤出院后,一整晚都没消息,乔爸乔妈坐在那里彻夜未眠,后来他接到舒城的消息说乔晚在医院。

当初是他疏忽了,乔楚低头,言语中满是愧疚,他不知道为何那天乔晚会出现在酒吧,明明乔晚没有去聚会。

祝靖寒眼神深沉,乔晚怎么会从医院出院?

他知道顾家一直不让火化顾珩的遗体,买了冰棺一直放在海世的太平间,那时候舒城还不是医生,只是院长的儿子罢了。

"晚晚怎么会从医院出来?"当时她生病了?

乔楚眉头蹙起,两人结婚这么久了,祝靖寒当真是什么都不知道?

"当时小晚的腹……"乔楚正要往下讲,见乔爸从外面走了进来便住了口,他想乔晚对于这件事情一向绝口不提,自然也不想让祝靖寒知道这件事情。

"急性肠炎,当时动了手术。"乔楚话语一转,便说了乔晚四年前的病史。

"靖寒你是什么时候来的?"乔爸看到了祝靖寒慈爱地问道。

"刚过来。"乔爸忙着拿文件去开会寒暄了两句后便急匆匆地走了。

祝靖寒的神情沉重,他从未听乔晚说过这件事情,不管是生病还是被顾家打扰。看来他还有些事情要查清楚,包括乔晚的过去和当年的一切。

其实,乔楚不知道的事情很多,例如结婚当天,顾母大闹新娘等候室,那个时候乔楚正在飞国外的飞机上,还有乔晚被人堵在胡同里勒索,被关在图书馆等等,这些威胁只有乔晚自己知道。

祝靖寒的手机响起,来电显示"安宁",他脸色清冷,带着一种无法形容的冷漠。

8

圣安医院内,二层的一间靠里面位置的病房内,长相清秀的女人穿着一身蓝白色相间的病号服。

她纤细的五指握住一部手机,姣好的面容有些僵硬。她的眼神有些飘忽,心里挺不是滋味的,祝靖寒开始不接她的电话了,以前他多宠她啊。

她再次尝试拨通了他的号码,结果还是一样,没有人接。

慕安宁咬紧嘴唇,捂住肚子,心里十分不甘心。她的身体的确没有问题,她花了些钱让这家医院的医生说谎,只是想看看祝靖寒会不会在她害怕的情况下还抽身而去。

慕安宁长长的睫毛敛起，眼神悲哀，她知道她和祝靖寒从一开始便是错的，可是她不能就这么放弃。

她的眼神瞥过一边的柜子，上面的果盘上有一把水果刀，她眼神决然，伸手拔掉手背上吊的点滴。

她起身下床走到柜子旁，纤细的手指拿起水果刀，锋利的刀刃泛着亮光，她回头看了一眼外面阴沉沉的天气，唇色苍白地拿着刀颤颤巍巍地置于手腕的位置上。

祝靖寒，我就赌一次，看你来还是不来，你不来我死，你来我便活。

她伸手按动床边的呼叫铃，眼睛一闭随后锋锐的刀口便在手腕处留下一道印记，不过半秒，鲜红的血液便渗了出来。

手中的刀"哐当"一声落在地上，慕安宁猛地吸了一口气，身子向后一步靠墙站着，她单手握住手腕咬紧嘴角，默默看着门口的方向，直到听到了嘈杂的声响，她才哐地倒下。

病房里没开灯，黑漆漆的，十分瘆人。

穿着白大褂的医生拥入，看到眼前的景象无一不吃惊，惊诧之余迅速做了应急措施，然后拨通家属的号码。

祝靖寒接到医院电话的时候，正开车往公司走，他眼神一跳，伸手拿起手机，然后滑动接听。

"请问是慕安宁的监护人吗？"

"是。"祝靖寒声音低沉，毫无迟疑。

"病人割腕自杀了……"后面的祝靖寒没听清楚，他只觉得心里突地一跳，然后将车猛地刹住。

他没想到慕安宁会想不开，他猛地打转方向盘将车子往来时的方向开，潮湿阴暗的雨雾中，是布加迪威航疾驰而去的车影。

祝靖寒下车后走得飞快，圣安五层抢救室牌子上的红灯还亮着，祝靖寒站在手术室外，幽深的眸子看不出表情。

许久，红灯暗掉，随着病房门的打开。男人的眼神微变，那医生看到祝靖寒之后，便走到他的面前。

"病人已经脱离危险了，这几天尽量不要让她受到任何刺激。"

祝靖寒的面貌让人只看一眼便忘不掉，更何况是这么有名的人，他刚刚还来签过字，祝靖寒眸子敛起，抿唇没说话。

里面的人被推出来，因为失血过多的缘故，原本一张美丽生动的脸庞此刻十分苍白。慕安宁的样子让祝靖寒心里一滞，他的眼神复杂，看着慕安宁的样子，一旁的护士看着也不敢推车了。

他轻抬眸子，摆了摆手，护士得到应许之后，便把慕安宁推走了。

祝靖寒高大的身子站在那里，目光微垂，竟然平白生出一股莫名的孤寂来，祝靖寒拿起手机打给东时。

"那东西还在你手里吗？"祝靖寒陡然开口。

那边的东时一怔，随即便意识到祝靖寒说的是什么意思。

"保存得好好的，总裁你……"

"明天交给我。"他冷然出声。

东时一怔，这是打算就此掩埋了吗？

"好的。"

半晌，祝靖寒才迈动沉重的脚步走到慕安宁所在的病房。

女人还未醒，他推开门走了进去，她的左手腕包裹着白纱布，隐隐渗着刺目的血迹。

他站在窗前，看着她的脸。

祝靖寒睫毛轻颤，他闭起眼睛，那时候手心柔软的触感好像还在，是她握住他的手。他醒来后，也是她站在那里，低头似是好奇地看着他。

慕安宁，一个他并未深作了解就决定相信的女人，但是如今，好像有他太多不知道的东西。

"安宁。"他轻声叫着她的名字。

慕安宁的眼皮动了动，而后竟然就真的睁开了。

她看到站在床前的男人后，心中涌上难以言状的激动和欣喜，带着委屈一并都化作眼泪哭出声。

"我不能没有你，你以后不要不理我。"她缓慢地起身，脑子陷入眩晕，然后紧紧地抱住祝靖寒的胳膊。

她的脑袋紧紧地顶在他的手腕处，因为起不来，所以无法抱到他的腰。

慕安宁手掌握得紧紧的，生怕一松手祝靖寒就走了。

"我不会不理你。"他伸手摸了摸她的脑袋，眼神复杂。

"你别走。"慕安宁不敢说"我害怕"这三个字，似乎说多了，祝靖寒也许就烦了。

"不走。"他叹气，似是安抚，然后缓慢地坐在床边。

心中两种不一样的情感来回错位交织着，让他的心里一片凌乱，以前的单一想法此时毫无章法，他抿唇强迫自己压下心中欲涌上来的风雨。

慕安宁见他坐下来了，也就放心了不少，她双手环住祝靖寒的腰，然后把脑袋窝在他的怀里这才安心，而祝靖寒的身子，微不可察地僵了一下。

有些事情，他心里有数，可是面对慕安宁他狠下不心把她推入万丈深渊，他宁愿相信，她还是以前的那个她。

慕安宁感觉到他僵硬的动作，咬了咬唇，她给了太多他和乔晚独处的机会，以后不会了。

9

祝靖寒离开后，乔楚也从公司离开回了家，他坐在书房内手里紧握着手机，手机内存着一张照片，是一个男人的样子。

乔楚轻叹了一口气，不知道他这么久不出现的意思是什么，只希望他没变，只希望，一切都不会有改变。他抬头，头顶是暖黄色的光，半刺眼，他心中惴惴不安，好像风暴要来了一样。

这件事情貌似目前就他自己知道，而祝靖寒呢？

他伸手揉了揉眉心，那样的一个事无巨细的男人，大概也都知道了吧。万事总会有变数，就是不知道什么时候罢了，也许随之而来的，不仅仅是他一个，一切似乎都颠覆了。

那天，他要带乔晚见的人，其实是林倾。

林倾是乔晚和顾珩的中学同学，也是他的朋友。

林倾从美国回来，事业有成，说回国后第一个想见的是他，第二个便是乔晚，所以那天乔楚才会把乔晚约出来，毕竟中学时，两人关系还不错。

那天三人约在店里的时间是十一点半，可是林倾迟到了，直到乔晚走了他都没有来，电话也打不通。

后来，他一直等着，直到十二点十分左右，店里的门被推开。来者戴了一顶帽子，低着头缓慢地往前走，他看起来很完美，唯一不足的就是左脚有点跛。

当男人走到他的面前，摘下帽子抬头轻笑的那一刹那，乔楚整个人都忘记了呼吸。

来者比林倾更让他震惊不已。

乔楚攥紧手，他起身从打开着的抽屉里拿出一把钥匙，然后转身走到被锁紧的玻璃书架前。他插入钥匙而后转动，手掌伸出，大约一人高的位置上，是几本厚厚的书籍。

乔楚伸手推开，里面赫然露出一个黑色的盒子。他伸手把盒子拿了下来，上面饰物单调，他修长的手指搭上盒子，然后缓慢地打开。

他薄唇抿紧，盒子里面安静地躺着一块腕表。

早几年前的款式了，只是小摊的货并不贵重。

表上面鱼的图案，安静地印在那里，边上有被烧灼过的痕迹。

乔楚伸手抚上残缺处，心里微紧，乔晚当时为什么去火灾现场，这个问题他一定要搞清楚。

盒子啪地关上，他回身，然后把书柜的门关紧，没有落锁，似乎是没有了锁上的必要。那把亮晶晶的钥匙被扔进抽屉里，他迈动脚步，手掌握着盒子走出书房，然后下了楼。

他拿起电话打给乔晚，让她现在立马回家。

乔晚以为是有什么急事，所以仓促地从公司出来打车回了家。

乔晚进门后抬头，刚好撞入乔楚深沉的目光之中，她不安地叫了一声"哥"。

乔晚迈步走到乔楚的方向，气氛竟然有些沉重，她的呼吸不禁紧了紧，目光突地落在他手上攥着的盒子露出的半个黑色的一角上，但是也就是那个角，让乔晚一瞬间惊得变了脸色。

"这个，怎么会在你那里？"乔晚伸手指着那个黑盒子，眸光轻颤。

乔楚抬起手，整个盒子就呈现在他的手掌中，他把手伸展开，乔晚可以清晰地看见原貌。

那个盒子犹如记忆的阀门，向着她奔涌而来。顾珩下葬的那天，顾母的手里拿着那块手表，乔晚在乔楚的陪同下一同去了火葬场，那个装手表的黑色盒子，就是她那天亲自买的，只是手表并没有一同烧掉，仅仅装在了盒子里，放在了顾珩的墓前。

顾珩的墓地她只去过一次，便再也没有勇气去了。她不曾想到，这东西竟然在乔楚的手里。

乔楚伸出的手，放得低了一些。

他的目光轻动，而后对着乔晚说道："明天去顾珩那里看一看吧，马上就是他的忌日了。"

乔楚的眸中有无奈闪过，有些话他还不能说。

乔晚颤着手，接过他手中黑色的盒子，然后两只手攥住，缓慢地打开。她闭了闭干涩的眼睛，里面安静地躺着一块手表，是她送顾珩的生日礼物没错。

她嗓子发干，然后一下子坐在沙发上。

六月九日，顾珩的忌日。

"好。"乔晚轻声出声，这么多年了，也该去看看了。她不该一再地逃避，某些所害怕的事物也都得克服掉，她以后的路不会再有人帮她，因为她的身边，不会有祝靖寒了。

乔楚之所以不让她在忌日当天去，是怕会在那天遇到前去的顾家人。乔楚的脑中闪过那天那人的样子和他所说的话，心中一痛。他，还是爱着小晚的吧。

乔楚敛眸，看着乔晚悲恸的神情，不知道这么做究竟是对是错。但是他都是为了她好，解铃还须系铃人，这些事情早晚都会大白于世人前。

他想要在两人见面之前，解开乔晚的心结，而就在此时，乔晚收到了一条信息。

陌生的号码，里面只有四个字：

"我回来了。"

乔晚因为心里太乱只把它当成了垃圾短信，删除后根本就没放在心上。

高层办公室中，男人的侧影陷入昏暗的光中，薄碎的刘海肆意地搭在额头处，他微微地侧头，坚毅的轮廓，性感的喉结，菲薄的唇微抿，墨眸中不带一丝感情。

骨节分明的手指轻轻地敲打着桌面，一下又一下极有规律，忽然，他似是厌倦了这个动作，手指顿住，然后双手撑在桌面上，起身一瘸一拐地走到窗前，一双妖冶的眸子流光闪烁。

他嘴角轻勾。那个人现在应该把盒子交到她的手中了吧，就算没有也没关系，他会一点一点地重返她的生命。

时光荏苒，某些东西悄然间生出了妖冶的花。

窗外的风呼呼地吹了进来，吹乱了他额前的碎发。男人把戒指攥入掌心，目光坚定。

乔晚，你恐怕不知道吧。

我曾忘记了你，但经历了太多的刻骨铭心后，紧紧印在心上的还是你。

他的神色清冷，转身望着不远处挂钟的位置，然后眯了眯眼，嘴角勾起，他眸中带着万分宠溺，魅惑的嗓音轻启："晚晚，我来了。"

他，回来了。

从此，命运翻盘。

Chapter 08
荒芜流年

1

乔晚坐在沙发上，茶几上放着那个黑色的盒子，盒子是打开的，她看着里面的东西，不禁打了一个寒战。

她翻开手机打开通讯录，手指放在祝靖寒号码的那一栏，心里怦怦地乱跳。她轻点，一下子拨了出去，当意识到自己做了什么的时候，来不及反应便猛地掐断了刚响起的通话声。

祝靖寒听到手机响了一声，刚伸手准备去掏手机。慕安宁整个人一怔，然后紧紧地握住他的手，他的动作顿住，终究是没有将手机拿出来。

他的目光看向窗外，脑中全是乔晚的身影。

而乔晚怔怔地拿着手机，看着一直黑暗着的屏幕，眼底的流光渐渐暗淡了下去。她轻轻闭上眼睛，整个人向后一倒，从未有过的疲惫，真想这么躺着，再也不起来。

乔晚夜宿乔家，而祝靖寒也没回去。

次日清晨，一片万物寂静，雨后的天气清爽凉润。

祝靖寒从医院离开后便直接去了公司，推开办公室的门，里面一片清冷，朝阳打进来，却还是掩不住无人的寒彻之意。他看向乔晚的位置，并没有人。

他眉头蹙起，抬起腕表看了一眼时间，早上六点半，这个时间她还在睡吧。

祝靖寒走到办公桌前，坐在那里，双腿交叠，清冽的眉间有一抹倦气。可是，他等到早上九点半，依旧没有看见乔晚的人影。

东时接到内线电话，乘电梯上了66层，走进总裁办公室，他的手掌收进兜里，握住里面的小袋，心里有些紧张。

他抬起手，敲了敲门。

"进。"

里面传出男人清冷的声音。

东时伸手推开门，然后走了进去。

祝靖寒坐在椅子上，手里拿着一份文件，眼神微垂。东时嗓子眼里咕咚一下，不知道祝靖寒叫他上来到底有什么事。

"祝总。"东时站在他的办公桌前，看着放下手中文件缓慢抬起头来的男人，毕恭毕敬。

"乔秘书没来？"

东时一怔，原来是这事。他转头看了一眼乔晚的办公桌，空荡荡的椅子可以确定她没有来上班。

祝靖寒看到他的动作，心中已经了然，身子向后一倚，修长的手指按在眉心。

"去给她打个电话，让她十分钟之内赶到公司。"他清冽着眉眼，冷然出声。

"好。"东时应得很快，回身的那一刹那，脸色突地就垮了下来，自己想人家，自己怎么不打，还说得那么大义凛然、义正词严，不要脸，真不要脸。

"你去哪儿？"忽地，背后凉风嗖地就起来了，东时往外还没走两步的脚步猛地刹车。

他一下子回身，眼神中有很多不解。

等看到祝靖寒那赤裸裸威胁的目光的时候，东时明白了，他抿唇又走了回去，拨通乔晚的号码，点通了扩音，这回总裁该满意了吧。

果真，祝靖寒双手放在一起，眼神定定地看着他的手机，那眼神似乎可以把他的手机烧出个洞来。

东时下意识地把手机往身后藏了藏，这回死活也不能再让他家总裁把手机摔出新高度了。

在沉闷的气氛中，拨号的声音显得尤为刺耳，等到声音自动中断，那边也没有人接，祝靖寒脸上的冷色更深了一层。他忽地起身，拿起车钥匙离开了，东时愣在原地，然后马上跟上祝靖寒的脚步。

"祝总，等一下我，你去哪儿我开车送你去。"东时立马走到祝靖寒的身边。

祝靖寒没理会他。

东时揉了揉鼻子，紧紧地跟着祝靖寒，终于盼到男人停下来的脚步。

"你不用跟着我，C城的地皮还没做好，你要是闲可以先过去。"

"不不不，我刚想起来还有事情，总裁我就不送你了。"东时赶忙摆手，立马就拒绝了祝靖寒的提议，那个堆得如山高的垃圾场，他不想再看到第二次。

2

墓园，一片肃然，顾珩所埋葬的地方，是一个有名的皇家墓园，一块墓地要一掷千金甚至都很难拿下。

乔晚怀中抱着一束白菊，站在墓园门口，抬头看了一眼牌子，这地方她就来过一次。乔楚随后下车，他也想来看看，仅仅是想来而已。

"进去吧。"乔楚转头对着乔晚说道。

乔晚点头，深吸了一口气，她迈动脚步，心里却不轻松，她也该把过去埋葬了。

乔楚看着乔晚的样子，眉梢闪过温和。顾珩对于乔晚来说究竟是一个怎样的存在，他大概隐隐约约地知道。

周围有不少的墓地，让人觉得庄严肃穆，大雨把这里洗刷得很干净，阳光是暖黄色的，几乎照耀了全部的位置，看起来一点都不冷清。

乔晚心里一酸，一晃就是六年了。

乔楚伸手拍了拍她的肩膀，然后笑笑，让她宽心。

兜里的手机一直在响，乔晚知道是祝靖寒打来的，她闭了闭眼，心中感叹他和她早晚会结束的，何必再有所牵挂。他所表现的一切温情，不过是一时兴起罢了。

"哥，你知道乔氏和祝氏的合作什么时候截止吗？"乔晚突然顿住脚步，看向乔楚，眼中澄澈。

乔楚做思考状，并未把祝靖寒暂停过合作的事情告诉乔晚，语气有些迟疑："大概三个月。"

"有点久了。"她笑了笑，嘴角弯起。

她想她结婚的消息并不能公布于众，那么离婚也可以悄悄的。

她的心里定了定神，她放弃了。

她深吸了一口气向前走，左侧正中央的位置便是顾珩的墓了，走到前面，发现墓前有一束百合。

乔晚目光疑惑，左右看了看，整个墓园并没有人。

乔楚抿唇，谁会送百合来这里？

"看来是有人来过了。"这东西并不像是顾家人送的。

用百合纪念逝者，其实并不尊重。

乔楚倒是没想那么多，只是站在那里，单手抄兜，目光落在乔晚的侧脸上。

乔晚抿唇，目光氤氲，然后俯身把白菊轻轻地放在那里，那束百合的旁边，她直起身子双手合十，然后闭上眼睛。

顾珩，我来看你了。她默默地念着，心里一片荒凉。

乔晚睁开眼睛的时候，乔楚不知道什么时候已经下去了，她站在那里，看着墓碑上照片上顾珩的样子，心中泛起一片涟漪。

她伸出手，葱白的手指，缓慢地抚上那被风吹雨打过的照片，依旧是他青涩的样子，似乎他们都长大了，而顾珩还停留在那个年纪，还是那个样子。

乔晚抿唇，心里泛疼，她的眼神氤氲，心里有话却一句话都说不出来。

她收回手，从包里掏出那个黑色的盒子，然后俯身放在那里，她收回手叹了一口气，准备离开。

乔晚回身，沿着中间的路向下走，阳光变得炽烈，晒得她裸露的皮肤泛疼。

她伸手遮了遮，远处停着一辆车，一个人的身影倚在那里。

乔晚眯眼，乔楚在车外？

因为距离太远，她有些看不清。

空气中飘着炙热的气味，柏油路被晒得异常干燥，仿佛昨天的雨从未来过一样。

她沿着路向下走，很快她便走到了门口，她抬头，车前的人不见了，只能看到车里男人的剪影。

乔晚有些疲惫，所以打开后车门钻了进去，而后闭上了眼睛。

"哥，送我去公司吧。"

前面的人似乎是低笑了一声，乔晚闭着眼睛，然后舒服地倚在那里。

车子启动，离墓园越来越远，等乔楚从一旁的厕所出来后，就发现车不见了。他跑进墓园，发现乔晚也不见了。

他的眉头皱起，乔晚开车走了？伸手去摸手机，发现没在身上，估计是在车里。乔楚双手抱住脑袋，然后跑到了一边的阴凉地，这地方他去哪儿打车啊，毕竟哪里有人天天来扫墓啊。

　　黑色布加迪威航一个转弯然后猛地刹住车，车门打开，率先入眼的是一双崭新锃亮的黑皮鞋，然后是笔直的裤腿与男人性感的手臂，他大手关上车门，然后迈步向前走。

　　他的面色沉静，沉静到连周遭的空气都是压抑的，整个别墅区没有人，只有一排排名贵的车辆。

　　烈阳照在他的身上，似乎被软化，一下子变得清寒，他走上前，在一扇乳白色矮门前站定，伸手按动门铃。

　　没一会儿，门便开了，乔妈出来开了门。

　　"妈，晚晚呢？"

　　"不在家，早上和她哥出去了。"乔妈知道乔晚昨晚是在家里住的。

　　祝靖寒敛眸，她和乔楚出去了？

　　他跟着乔玛走了进去，然后掏出手机给乔晚打电话，只是和东时给乔晚打一样，并没人接。

　　"找不到人吗？"乔妈突然回身问向祝靖寒，目光和煦。

　　祝靖寒脸色凝重地点头。

　　乔妈给祝靖寒倒了一杯茶，祝靖寒俊眉清冽，拿起茶杯轻抿了一口。

　　"说实话，你对小晚到底是怎么想的？"当初女儿和他结婚的时候，祝家的事情她有所耳闻，只不过没有告诉乔晚。当初祝老爷子闹进医院的事情她也是知道一点的，要不祝靖寒也不会乖乖地成婚。

　　她了解自己女儿的脾气，什么事情都往肚子里压，乔晚和祝靖寒的相处形势，她还真看不明朗。

　　祝靖寒抿唇，一双眸子带着薄凉。

　　乔妈突然一笑，又说道："算了，年轻人的事情自己解决比较好，他们好像去墓园了。"乔妈干脆不问了，因为不管祝靖寒怎么回答，她大概都不会满意的吧，她这个年纪也掺和不到年轻人的世界里了。

　　祝靖寒的眸中流光轻动，整个人坐在那里无疑就给人一种压迫感，明明恭敬的样子，却愣是让乔妈感觉到一丝寒意。也是，这个年纪就做到这么优秀事业上的男人，哪个不是这样的。她非常欣赏祝靖寒，无论是为人还是相处方式，或者是合作的模式，就连公司的经营都十分让她佩服。

"墓园？"祝靖寒终于冷冷地开口，眸子微眯，似乎是想不到乔晚去那里的理由。

乔妈点头，她昨天好像听乔楚提了一句，但是没有在意，不过应该是去了吧。

祝靖寒沉思，突然似乎是想到了什么，然后眸色一凛，再联想到这两天和乔晚说的事情，他忽地起身，脸上突然闪现出慌乱，毕竟那个人现在在海城，他回来了。

"不再待会儿吗？"乔妈看着祝靖寒猛地起身，一双眸子漆黑漆黑的，似乎是担心乔晚的样子，她的心里十分欣慰。

"我去找她。"他说完，恭敬地看了乔妈一眼，然后转身走了。

出了乔家大门，祝靖寒跑到车前，打开车门上了车。

他打乔楚的电话，无人接听，猛地挂断电话后紧踩油门，车子飞驰了出去。他现在只想到一个目的地，那就是皇家墓园。

皇家墓园只是个名称，并不是真正意义上古代的皇帝妃子的皇家墓园，在海城，它是一个有钱有权才能埋葬的地方。

他的心里有些不沉着，从未有事情会让他这么着急，车到半路后他戴上耳机，然后拨通东时的手机号。

东时正在公司里闲晃，现在也没有业务，祝靖寒也不带他，他自然是很闲的，接到祝靖寒的电话他还是很意外的。

接通后，那边男人沉着的声音，透过听筒传了过来。

"东时，你去查一下顾珩现在在哪儿？"

祝靖寒眸色幽深，如果遇到了该怎么办，他俊眉蹙起，然后加快速度。

很快车子便行驶到了墓园，祝靖寒下车，一眼就看到了蹲在一边亭子的阴凉处似乎十分无奈的乔楚。

看到祝靖寒后，乔楚就像看见了救星，不过脸上喜怒不变，缓慢地起身向着祝靖寒这边走来。

祝靖寒才没有时间去理会他，两人面对面擦肩而过，祝靖寒径直跑进了墓园。

远处，有一个人影，祝靖寒眼神猛地锁住那个人影，娇小的身子，一身黑色的裙子，虽然离得很远看不清她的背影，但祝靖寒第一感觉就是她不是乔晚，只是他心里虽然认定那不是乔晚，却也希望她就是。

男人迈开步子大步地走了过去。

乔楚皱着眉，心想着怎么不尊重长辈呢，按辈分自己好歹也是他哥呢，一点礼貌都没有，也不知道乔晚喜欢祝靖寒哪一点，不就是长得帅一点，钱多一点，身材好一点。

乔楚想着，突然有点心气不顺，他大步跟上祝靖寒的步子，走着走着也看见了前面那个黑影，看起来像是个女人，但不是乔晚，因为早上乔晚来的时候穿的是一身白色的裙子。

那个女人是什么时候进来的？他怎么没看到，他明明一直就在门口啊。

祝靖寒看着那个人的背影，缓慢地接近，前面的女人散着头发，头发并不长，刚刚到肩膀，十分的利落，一身黑裙子看起来肃穆，她安静地站在那里，一动不动。

祝靖寒的心里忽然沉沉的，而乔楚心里也闪过一丝不好的预感。

他的心里一紧，便看到祝靖寒加快了速度跑了上去。那女人听见脚步声之后，嘴角轻勾，发丝随风扬起，白皙的脸庞，眸子如星光般璀璨。

"你是谁？"

祝靖寒在她的身后站定，而乔楚，仿佛失了呼吸般地定在那里。

她……

女人缓慢地回头，嘴角的弧度迷人，她看着祝靖寒，开口说道："好久不见，祝总。"

3

女人成熟的笑意，和记忆中的重叠。乔楚呼吸一滞，猛地向前走进一步，然后抓住她的肩膀。

"小晚呢？"乔楚眸子猩红。

女人抬头，看到面前的俊颜，突然笑出声。她拂开乔楚的手道："乔学长真是说笑了，晚晚在哪儿，不是我该问你的话吗？"

乔楚手指攥紧，一双眸子爆发出浓烈的恨意。他看着眼前的女人，眼睛湿润，他握紧拳头，生怕一个没忍住便挥了出去。

女人的表情笑靥如花，她的目光转向一旁的祝靖寒，目光清涟。

"今天运气挺好，几乎都见到了。"

祝靖寒神色肃然，他比女人高出一个半头，他低着头，抿唇沉声说道："她人呢？"

他不相信，这一切就那么凑巧。

女人轻笑，拂起短发，似乎有些不以为然，没有直面回答他的问题。

"她果然还是众星捧月，一如既往的幸福。"

乔楚伸手握住她的手腕，力度之大很快便让女人秀气地蹙起了眉。

"乔楚，请你自重。"

乔楚冷笑："我最后再问一遍，小晚呢？"

"为什么问我啊？"她笑得不以为然，直直地看着乔楚的眸子。

祝靖寒不再纠结，转身离开，在这里耗下去不是办法，只能动用人找乔晚了。

他的直觉告诉他，今天的一切都不简单，而乔楚显然也不知道乔晚去哪儿了。他的心里一紧，加快了脚步，偌大的地方就只剩下乔楚和那个女人。

"你怎么进来的？"乔楚沉声问道，一双眸子紧紧地盯着面前的女人。

"当然是走着进来的。"她轻笑，手臂处十分的痛，估计他一动，她就该脱臼了。

秀气的眉蹙起，乔楚看着她隐忍的样子，松了松手劲儿。

"江素，你还是没变。"乔楚嘲讽出声，然后猛地松开手，眼神竟然染上一丝嫌弃。

江素勾唇，褪去了年少的青涩变得成熟，她妩媚得像一朵毒花。

"乔楚，干吗和我这么剑拔弩张，我只不过是来看看老同学而已。"

乔楚冷笑，身后指着顾珩的墓，那样子似是讽刺。

"你和他是哪门子同学？"

"随你怎么说。"江素仰头，"看也看完了，再见。"说完，便转身准备离开。

乔楚咬牙，动作快于脑子，他扯住她的手腕，率先在前面走，这一路走得磕磕碰碰的，江素穿着高跟鞋，一路走得都不顺畅。

她的面色有些恼怒。

"乔楚你给我放手。"

"今天找不到小晚，你休想离开。"乔楚握紧她的手臂，然后走出墓园，但是祝靖寒已经离开，此处无一辆车。

乔楚气恼之余，转身夺过江素的包，然后打开去翻东西。

"你干什么，把包还我。"江素显然没想到乔楚还是这么没礼貌，一张妩媚的小脸皱在一起。

"放心，我对你没兴趣。"乔楚想也不想地开口，然后把包扔还给江素，手里赫然是一款女式的手机，戴着少女系的手机壳。

没时间去嘲笑江素，乔楚打通电话叫了车，也不担心她会跑，没手机没车她跑能跑到哪里去。

但是江素却默不作声，刚才乔楚的话让她心里一哽，竟然说不出话来。许久，她转过身，露出一丝苦笑，无论过去多久，都是这样。

乔楚手里握着她的手机，然后看了一眼她的样子，眼神顿了顿，心里堵着，像是不通似的。

车是一时半会儿来不了了，他伸出手，把江素的手牵住，然后拉到一边的亭子处，也就只有那里可以乘凉了。

乔楚坐在一边的椅子上，然后松开了她的手，两人之间的气氛有些别扭，乔楚的眼神低沉。

许久，他先开口："你什么时候回来的？"

"上个月。"江素回头，然后把裙子向里面扯了扯，坐在椅子上。

乔楚看着她的小动作，轻嗤："什么时候还女人起来了。"

现在的江素，他看着陌生。

江素笑笑，并不在意，两只手自然地放在椅子两旁，然后双腿跷起，像个小姑娘一样。

"我下个月就走了，这次回来也就是想看看，以后大概再也不会回来了。"江素偏头，看向乔楚。

乔楚帅气地偏过头，不去看她的目光。

江素碰了壁，自然就不再坚持了。

乔楚抿着唇，一双眸子冷冷的，连他都没意识到，他的手掌心现在已经用力到发麻。

他不说话，江素也不说话，两个人就这么静静地对立着。

没一会儿，车就来了。

两人一前一后地上车，乔楚把她的手机扔给她。

江素接过，坐在里面，她把包放在一边，手中似有光芒闪过。

乔楚低头，看到她的无名指上是一枚钻戒。

他嘴角微勾，轻嗤："你要结婚了吗？"

江素转头，顺着他的目光看去，而后浅笑道："是啊，婚期是两个月以后。"

她的婚礼并未邀请乔楚，徒然的事情，她不会再做了。

"那恭喜了。"乔楚冷声,然后别过头去。

"谢谢。"江素脸上一直带着淡淡的笑意,乔楚不知道为何竟然觉得那笑意太刺眼了,刺眼到他都不想再去看第二次。

他闭上眼,定了定神,然后想着前因后果,乔晚还没找到呢,他不能因为别的事情乱了心思。

旁边一阵子没了动静,江素轻轻转头,看着乔楚。她的面色温柔,手指动了动,然后低低地叹了一口气,该忘的早就忘了吧。

她想起两人刚才着急找乔晚的样子,开口道:"晚晚……"然后又顿住了。

乔楚听到乔晚的名字后,猛然睁开眼睛,然后眸光忽地看向江素。

江素怔住,呆呆的样子落在乔楚的眼里,他的心里没来由的一阵子烦躁。

"说完。"乔楚冷然出声,十分不满意她说话就说一半。

"哦。"江素点头,"她今天也来过了?"

江素之所以这么猜,是因为两个男人都过来找了,可是她真的什么都不知道,她只是打算回来看看顾珩。

"嗯。"乔楚点头,看着她无辜的神色,可能是真的不知道。

"前边我要下车。"江素看了一眼外面的标志。

乔楚俊眸一冷,伸手钩住她的下巴。

"没找到小晚,你就别想走。"

"乔楚。"此时的江素心平气和,"我不知道晚晚在哪儿,我真的不知道。"

"可是我不相信。"

"随你。"江素出声,不信便不信吧。

乔楚面上一沉,松开手坐正身子,车子行驶过刚才她指过要停车的地方,不知怎的,乔楚竟然松了一口气。

江素的手机响了起来,铃声熟悉悦耳。乔楚眉眼轻挑,他从前面的视镜中看到她好看的表情,那温柔的神色。

"在哪儿?"

"刚从墓园回来,不过要晚一点回去,你不用等我了。"江素笑笑,低头看着自己的手指甲,丝毫没有因为旁边的人影响心情。

"注意安全,今天我不回去了。"那边的人沉声说着。

江素抿唇,然后轻笑:"好,你也是,别熬夜。"

似是相熟多年的问候,她说出话来的语气那般自然。

一生向晚

结束通话后，江素才缓慢地把手机塞进包里，但是在乔楚看来，就是眷恋的不舍。

他嘴角轻启讽刺出声："不逢场作戏了？"

当初她的话他可言犹在耳，所以今天，他看到她过得多好，他的心里就有多不顺。

江素诧异地看了一眼乔楚，待明白他说什么之后，只是点头，说道："嗯，长大了，没时间耗了。"

乔楚紧抿嘴角，眸色黯然，他闭眼，长睫毛颤动。

江素目光透过窗外，手指微紧。不管是什么时候，她面对乔楚还是很紧张的。车子行至一家酒店，乔楚先行下车，然后站在前面等她出来。

江素抬头，眉头蹙起，怎么来这儿了？

"乔楚，这不合适吧。"她意有所指。

"别多想，我对你也没别的意思。"乔楚嘲讽的语气。

江素笑笑，一副不以为然的神色。

"我知道你对我没有想法，但是我和一个陌生男人来这种地方不合适，毕竟，我和你不同，我是有未婚夫的人。"她目光坦诚，面对着乔楚。

"陌生人？"乔楚揪住话音。

"不然呢？"她反问。

乔楚扬起笑意，带着不屑："我们认识那么多年，划得这么清，该不会是你还没忘记我吧。"

江素眼神微变，不过只是一瞬，便堆起笑容。

"瞧你说的，怎么会呢？"她伸手，晃了晃那刺眼的钻戒。

乔楚的脸色一瞬间变得阴沉阴沉的，比刚才在车里的时候脸色还僵。

"那就好。"他沉着声。

在乔晚的面前，乔楚是温柔又不羁的性格，可在她面前，他永远都是这样的样子，看起来很生气，她到现在都没想清楚，乔楚为什么会这么讨厌她。

明明两人还逢场作戏过一段时间，虽然那时她是认真的。

"那我是不是可以走了？"她觉得现在没必要待在这里，孤男寡女的名声不好，再说，她和乔楚，可不是什么美好的关系。

"不行。"他果断地拒绝。

"我可以把我的联系方式给你。"曝晒的阳光，两人就这么僵持着，乔楚紧抿着唇，丝毫不松口。

"不需要。"

江素没了耐心，转身就走，乔楚并没有追上来，大概走了四五米远，身后的男人压抑着声音狠狠地说道："你敢再走一步试试。"

她就装作没听见，加快了脚步，跑到路口拦住了一辆出租车，她刚打开车门，正准备坐进去，她的胳膊便被拽住，整个人不受控制地向后倒，然后脑袋撞在他的怀里。

乔楚拦腰抱起不听话的女人，大步地往酒店门口走，他开了个房间将江素关在酒店房间里。他准备跟祝靖寒联系一下，结果在裤兜里摸了半天也没找到手机，这才想起手机落在车上了。不过乔楚并没有特别着急，乔晚不见了大多和顾珩有关，而顾珩是绝对不会伤害乔晚的。

4

祝靖寒已经找了不下五个那人常去的地方，都不见乔晚的身影，他心思复杂地开着车，脑中突然闪过一个地方，幽暗的黑眸眯起，周身寒冷。

东时打电话来的时候，他正行驶在高速上，正在前往一个水库。

"祝总，没有查到顾先生的信息。"

若非有意隐藏，一个活生生的人的消息不会凭空不见的，祝靖寒大手砸了一下方向盘，心里充斥着不安。

这时，慕安宁的电话就打来了。祝靖寒低头看了看，思虑过后还是接起。

"安宁。"他的话语稳重，似乎听不出什么异样，薄寒的眸子直视着前面的路。

"靖寒，你能来一下吗？"

"我现在有急事，待会儿东时会过去。"

"那好吧。"那边应答得委婉，似乎有些委屈，慕安宁知道，她逼得过于紧了。

祝靖寒听到她软下来的语气，陡然松了一口气。

"嗯，有时间我会过去看你。"

"好，你一定要来。"

"我知道了。"

结束通话后，车速越发加快，较好的性能，流畅的车身，使它的作用发挥到极致。

乔晚还在沉睡中，车里是助眠的香气，而长相精致的男人倚在车外，静等流香散去。黑夜，就此降临。

哗啦啦的水声，伴着热风，似乎舒适得让人心清气爽，车里温度微热，乔晚睁开眼的时候，脑袋上已经出了薄薄的一层汗，她眼前有些朦胧。

乔晚伸手揉了揉眼睛，片刻间才得到些许清明。

脑子一阵子混沌，她才想清楚，她不是叫乔楚送她去公司吗，这是哪儿？

"哥。"乔晚伸手去推车门，浑身乏力，似乎是睡了好久没吃饭的那种感觉，嗓子也干干的。

车门打开外面一阵热风吹过来，乔晚猛咳了两声。

水边栏杆前，站着一个男人，乔晚眯眼，走了过去。

"乔楚。"她叫了一声，整个人一个趔趄，差点摔倒。她揉了揉眼睛，始终觉得眼前模糊不堪。

那人未回头，乔晚伸手，地上的石子路坑坑洼洼，十分不平，她突然觉得此地很熟悉。

耳边是哗啦的水声，周遭的景象十分开阔，旁边是一片小树林，这不是高中时候经常来的水库周边吗？

乔晚定了定神，往那人身边走，虽然看不太清楚，但是可以依稀地辨别出那个人不是乔楚了。

"不好意思，请问你是……"

终于，她走到那人身后，男人回头，嘴角清冷，低头看到乔晚后，他弯起一抹笑意。

乔晚一怔，模糊中看清了他的脸。

林倾！

顾珩不在后，她就再也没有看到过林倾了。林倾连顾珩的葬礼都没出现过，现在怎么会出现在这里？

"不认识我了？"他出声，声音冷冷清清的。

林倾的冷和祝靖寒不一样，祝靖寒好像自身就是那样的，可是林倾不是。犹记得，以前的林倾是个爱说爱笑的路痴男孩，可是现在她竟然莫名觉得他阴冷阴冷的。

"不会。"乔晚安下心来，深吸了一口气，然后心里了解了七八成。

她的面容平静，淡淡地说道："是你把我带过来的对吧。"

"嗯，变聪明了。"林倾说着，身子缓慢地倚在栏杆上。

要是以前，乔晚大概会先脱口而出，他竟然可以顺利地找到墓园再把她载到这里，挺厉害。

乔晚不傻，林倾会突然出现，并且不声不响地带走她一定有要说的话，她刚才在车里睡得特别熟，看时间，应该睡了七八个小时。

而且，她的眼睛到现在都看不清，特别像是在火场里被烟迷住一样，面前朦胧一片。

"林倾，你找我有什么事？"乔晚站在那里，一动不动，生怕一不小心，扑进水里，那栏杆看着并不怎么结实。

林倾挑眉，似乎是不满她的生疏。他耸了耸肩，而后笑言："只是找你叙叙旧。"

"叙旧也不用找这么个特别的地方。"乔晚失笑，林倾说白了也是那个林倾，总是喜欢出其不意的。

"我倒是挺怀念这个地方的，当初我和阿珩、靖寒，以及乔晚你我们没少来前面那个特色馆吃东西。不想去上课了，就跑到这边来吹风，怎么，你不怀念？"

林倾向前一步，站到乔晚的面前。

乔晚深吸了一口气，林倾把身份似乎分得很清楚，不知道是有意还是无意的，不知道是不是她敏感了，总觉得林倾话外有音。

她抬眸看了一眼水边，要不是天热，她必定会比现在轻松。

"怀念，怎么不怀念。"这个地方是除了学校外承载了她和他们青春的最佳胜地，她似是感叹，似是呢喃。

林倾听到后浅笑，一双冷眸映着光，波光流转。

"就不要打太极了，林倾，你是怎么知道我去看阿珩的？"乔晚觉得，这种消息应该不好得到，刚好在那时候乔楚不在，她回头的时候以为乔楚在太阳下等她。

林倾眸光敛起。

"碰运气喽。"知道乔晚去那里不是偶然，但是想要成功地带走她，就是运气了，毕竟乔楚要是一直在那里，他的行动会很麻烦，事实证明，他的运气一直都很好。

乔晚低眸，看着越加黑暗的天色，静静地等待着。

"这些年过得好吗？"林倾目光清浅地看着乔晚，一双俊眸似笑非笑。

"还好。"乔晚如实答。

林倾笑着，话题一转，直指要害："听说你和靖寒结婚了？"

乔晚面色平静，心里讶然，然后点头。她和祝靖寒结婚这件事情外界是不知道的，知道的人为数不多，两家至亲和舒城之类的朋友，还有顾家。

林倾知道她就有些诧异了，毕竟这么多年没有消息，他像是人间蒸发一样，几年前，乔晚听祝靖寒偶然提过一句，不过那次，祝靖寒半带着讽刺的意味。

他说："林倾出国留学了。"

可是后来，就再也没有得到过林倾的消息。

不知道是不是因为乔晚没有特别去关注林倾，还是因为林倾不想让她知道，大概这二者都有吧。

"他还不知道我回来了。"林倾突然感叹，眼神看得远。他知道祝靖寒一直在暗中查他们的消息。

不过，好像并没有特别的注意他，要不然他也不可能这么明目张胆地出现在海城，祝靖寒都没有发现。

乔晚笑了笑，问道："当初离开是因为阿珩吗？"

林倾心里一滞，目光浓凉，然后似笑非笑地瞥向她，意有所指。

"一半一半，阿珩是其一，而你乔晚是其二。"

乔晚的脸色僵了僵，嘴角微动，半晌才找回自己的声音。

"那这次回来呢？"她抬眸，和林倾戏谑的眼神对视。

林倾嘴唇轻动："也是一半一半，你是其一，而靖寒是其二。"

他嘴角弯起，明明是笑着，但是乔晚觉得似乎是寒冬腊月般的凉，空气中的热度一下子被冲淡，她只觉得出了一身冷汗。

"太晚了，我先走了，学长你要是不介意的话，我们有时间再聊。"

林倾看着她缓慢后退的脚步，没有阻拦的意思，而是抬起腕表看了一眼时间。

他黑色的短发肆意飞起，薄唇勾着，缓慢地看着时针，时针嘀嗒嘀嗒地走动，寂静中男人心跳的速度缓慢。

乔晚走着走着，就觉得眼前越来越模糊，越来越黑，直到她面前一片茫然什么都看不清，惶然中，她伸出手向前摸了摸，然后被石子绊倒，猛地摔在了地上。

林倾嘴角笑意加大,目光从腕表上移到前面女人的身上。

九个小时,刚刚好。

他迈动步子,稳步地向着她的方向走。

乔晚使劲地揉眼睛,却什么也看不见,原来刚刚的看不清只是一个前兆,她没在意,现在彻底看不见了,她才感到彻底心慌。

突然,刺眼的车灯向着林倾的方向射了过来。

林倾抬手遮住眼睛,然后眯紧眼,对面的车开得很快,向着他的方向直愣愣地冲了过来。

林倾站着一动不动的,他突然失笑,这个男人来的比他预想的快很多。

伴随着刺耳的刹车声,黑色的布加迪威航在他身侧一米处停住了,土烟四起。

男人眼神冰寒,面色冷酷,他伸手猛地推开车门下了车。

车灯依旧亮着,林倾什么也看不见,只能依稀地看着一个身影走了过来,猜测加上熟悉,林倾自然知道来人是谁。

他干脆放下了手,然后眼眸轻敛,脚步声越来越逼近,忽然就是一阵利落的拳风。林倾侧脸一歪,整个人摔了出去,祝靖寒站在那里,眸光冷得慑人。

林倾高大的身子踉跄了几步,避开了灯光,他用手腕捂住脸上被他打过的地方,发出一声冷笑,果然是祝靖寒。

祝靖寒向着乔晚跑了过去,他蹲下身子扶起乔晚,但是怀中的女人猛地一颤,然后挥开他的手。

"是我。"他的眸中闪过一丝心疼。

乔晚听到他的声音后,凭感觉看向他的方向,眼中一点焦距也没有。

乔晚脸上并没有特别欣喜,她试着站起来,却脚一软又摔在了地上。祝靖寒伸手将她整个人都揽在怀里,他的大手撑在乔晚的后脑勺上,她的脸紧贴着他的胸膛。

林倾看着两人的样子,笑意冰凉。他走过来,穿过亮黄的车灯光,修长的身形一直走到两人的面前。

两个男人的身高几乎持平,祝靖寒眼眸微低,直视着林倾的眼睛。林倾眼中讽刺的笑意让祝靖寒目光一沉。

"你对她做了什么?"他身子站得笔直,手紧紧地护着乔晚,冰冷的声音,刺向对面的林倾。

林倾目光戏谑，看着祝靖寒。

"放心，瞎不了。"瞎了该多便宜她。

祝靖寒眸光一紧，是他忽略了林倾，东时的消息网是很快的，但是他偏偏不知道林倾也回来了。今天所有的事情合在一起，看起来是那么凑巧，实际上却只是一个开端。

祝靖寒低头看了一眼怀中的女人，把她打横抱起，往自己的车边走。

林倾站在原地看着，目光收起，嘴角扬起一抹邪意。

乔晚，以后的路还很长。

5

祝靖寒把乔晚放在副驾驶位上，给她系上了安全带。他上车后，迅速转了个弯，开着车子快速地离开了，乔晚的情况迫使他没时间耽搁。

路上，乔晚闭着眼睛一言不发，眼眶已经红肿。

"疼不疼？"他的话语多少有些僵硬，心里掠过一丝心疼。

"嗯，火辣辣的。"疼就是疼，她没必要逞强去隐瞒，她还不想瞎。

祝靖寒眸子沉了沉，握住方向盘的手攥得发紧，手背上青筋隐约突起，映出了此时男人心里的怒气。

祝靖寒见乔晚伸手就要去碰伤处，便一把抓住她想要揉眼睛的手。

"手上有细菌，别揉，马上就到医院了，你再忍忍。"

他握住她的手，整个人给人一种安定的气氛，乔晚不知道怎么回事就莫名沉下心了，好像是他说的，她都相信。

"林倾说你不知道他回来了。"乔晚觉得此时的氛围有些尴尬，便一下子转移开话题。

祝靖寒"嗯"了一声，他的确不知道，但他已经想明白了其中的原委，只是无法向乔晚说明。

他不知道这些消息对乔晚来说，不知道是好是坏，是残忍还是救赎，可他知道如果处理不好，恐怕又是一场噩梦。

离水库最近的医院也要三十分钟才到，这地方别看周围是学校，但是鲜有医院。

如果问乔晚现在是什么感觉，她大概会回答像是辣椒水不小心溅进了眼睛里，超级火辣辣地疼，她觉得自己可能要瞎了。

乔晚不傻，虽然不明白所有的事，但还是能想清楚其中部分的利害关系，从林倾今天的作为和他问的问题就可以看出他是回来要她好看的。

突然一个刹车，车子在路边停了下来，乔晚凭感觉看向祝靖寒的方向，然后问道："到了？"

"前面路封了。"

就在前方不远处，五六名警察，不少围观人群，还有一大圈的路障，把事发地点都围了起来。

前面出了车祸，因为这段路面狭窄，两车车主又均未受重伤，所以在索赔和责任的问题上争执不休，后面的车根本就过不去，需要绕路。

祝靖寒眯起眼睛，这时候封路不见得是真的事故，很有可能是在有人的预谋之内。乔晚只觉得眼睛又痛又痒，难受极了，现在车子停着，她面上虽然平静，但总觉得心慌。

祝靖寒侧眸，自然看得出她的心慌，他握住乔晚的手，握得紧紧的。

他发动引擎，掉头绕路，现在就算找人交涉也来不及了，还不如绕路来得快，从这边最近处绕也要晚到二十分钟。

祝靖寒眼神阴沉，如果这是预谋的话，林倾的目的是什么？而这准确算计的时间，又代表了什么？

林倾还站在原地，没有跟上去，在海城想要跟祝靖寒抗衡简直就是不可能的事情，所以他一个人想拦住祝靖寒比登天还难。他不会自找无趣，朋友一场，他还是了解祝靖寒的，至少现在，他也拿祝靖寒当朋友。

又吹了一会儿风，觉得够了，他打算去找个地方睡觉。他跟江素说好今晚不回去的，可他今天想要做的事都达成了也没有遗憾了。

他缓慢地走到车边，然后打开车门，高大的身子坐了进去。

他刚系好安全带，副驾驶位置上乔楚的手机便响了起来。林倾皱眉，他修长的手指拿起，看了一眼来电显示，没有备注过的号码，林倾笑笑，八成是乔楚自己打来的。

他一下子把手机又扔在了坐垫上，然后手指握住方向盘，发动引擎车子转弯离去。

车子一路行驶，开着开着他就觉得方位好像不对，开向市区不应该是越来越繁华的吗,看了一眼导航,他大手拍在自己的脑门上,开反了。

他心里有些烦躁,干脆把车子停在路边,然后把座椅放倒,双手抱胸闭着眼准备就地休息了。

这时,乔楚手机的铃声再次响起,林倾深吸了一口气,暴躁地坐了起来,拿起手机就接通了通话。

电话那端是沉稳的男声。

"你是谁?"

林倾皱眉,把手机拿下来,看了一眼,还是刚才那个没备注的号码,听声音是乔楚没错。

他突然轻笑,轻启嘴角:"究竟是我阔别太久,还是什么别的原因,你连我都猜不出来。"

乔楚听着那边细细的调侃之音,表情沉了沉,林倾?是林倾没错。

乔楚敛下眉,怪不得早上江素说,该见到的都见到了,原来是这么回事。

"你不说话我怎么听得出是林少你。"乔楚的声音疏离,既然是林倾接到的电话,那么证明乔晚在他的手上。

乔楚冷然出声,补充着:"不知道是不是你太久没回国了,第一次见面爽约,第二次就这么请我妹妹可真没礼貌。"

"何必这么说话,那天有事所以没去,乔晚现在挺安全,就是状况不太好。"林倾笑出声。

乔楚黑眸疾风骤雨般地沉了下去,林倾这话是什么意思。

"你把小晚怎么了?"

林倾听到乔楚的话之后,看了一眼前面黑漆漆的路,嘴角勾起。

"喝的都是海城水,连说话都一样,祝靖寒没告诉你吗?乔晚已经被他带走了。"

乔楚的确是没接到通知,不过祝靖寒找到了,他就放心了不少,不论别的,乔晚还是祝靖寒的妻子,祝靖寒不会不管她。

林倾继续道:"原来还真没告诉你,你不用打电话过来了,明天我就去找你叙叙旧。"

"我不知道你带走小晚的目的是什么,但是我警告你,你最好不要动她,否则我让你在海城待不下去。"

乔楚心里难平,林倾这次回来明显来者不善,他的目的到底是什么,乔楚想不出。

林倾冷笑，一副不以为然的样子。

"你觉得我会稀罕这个地方？没人情，人心叵测，你看看你们都变成了什么样子了？"他的眼神凌厉，让这炎热的六月天一瞬间变得清冷，他的眼神看向外面，笑容讽刺。

乔楚抿唇："什么都没变，是你的心境不一样了。"

乔楚就算没亲眼见到林倾，也总觉得现在的这个男人变得太冰冷，像是经历了什么过后裹起来的寒冰。

林倾轻嗤一声，冷冷地说道："没变？究竟是你不想承认还是你没发现，这其中最大的变数，就是你妹妹嫁给了祝靖寒，我能说的也就只有这么多了。既然我已经提醒过你，以后究竟是福是祸，你替我转告乔晚，请她好自为之。"

林倾挂断电话，嘴角冷笑加深，他等着乔晚生不如死的那一天。

乔楚还保持着原来的姿势，只是五指收紧，林倾的话竟然让他听出来报复的意味。

他站在那里，眸光轻敛，如果按林倾说的，那么乔晚离开祝靖寒会不会安全一些？

林倾单手撑在脑袋上，他用三年的时间下了一盘人生的棋，之前步步皆输，步步生困，现在，终于到翻盘的时候了。刚才袭来的困意，已经被驱赶得半点都无，林倾缓慢地躺在那里，然后闭上眼睛。

6

乔楚的脚步是沉重的，他走到酒店 2808 号房前，乔晚已经找到了，看来和江素并没有什么关系，他就该依约放她走。

他站在房间门口，手里拿着房卡，眼神垂着，手指渐渐地收紧，他的眼神沉了沉，然后将卡放在感应区。

"叮"的一声，房门应声而开，乔楚伸手转动门把手，然后迈着步子走了进去，脚步声不大不小，他往里面走。

房间里静悄悄的，要不是了解她，乔楚大概会以为她逃跑了，事实证明，人性那种与生俱来的东西，大概是永存的。

卧室内，她半盖着被子，睡得正熟。乔楚走过去站在床前，眸子微眯，她白皙纤细的胳膊裸露在外面。

他大手一伸，把江素硬生生地扯了起来，她只觉得胳膊一疼，从梦中惊醒。

房间暗暗的，江素一个激灵，然后猛地往后退了一大块，因为没注意到床边的距离，导致她直接摔了下去。

乔楚伸手开了灯，眼神冷冰冰地看着缓慢地从地板上站起来的女人，他把手抄进兜里，眸光微轻。

"乔楚，你疯了啊。"她起身，灯光大亮，一阵子不适应后，一下子就看清了乔楚的身影。

她右手握住左手手腕，眼中眸光潋滟。

乔楚眯起眼睛，然后大步向前，绕过大床走到她的面前，然后低头。

"找到小晚了，所以你可以走了。"

他的样子让江素整个人下意识地一怔，她蹙起眉头，现在这么晚，他让她走？真是够可笑的了。

"今天太晚了，我能不能在这里住一晚，明早再走？"

"不能。"乔楚语气斩钉截铁，一下子便拒绝，他想不出除了乔晚还留下她在这里的理由。

忽地，他轻笑，墨眸紧紧地逼近她略带茫然的眸光。

江素见他的神情就知道自己不能多待，她右手抓住就放在床头的包包，绕过乔楚走向门口离开了。

乔楚眸光清冷，他慢慢地走到窗前，心绪不宁。

江素大步地往外走，直到出了酒店，才感觉不到那压抑难受的气氛。

她看着路上车来车往的车流，目光微带茫然，而不远处的酒店内，明亮的窗前，站着一个男人，他的目光紧锁在她的身上，眼神莫测。

医院内，是祝靖寒抱着乔晚快步走的身影，男人俊美的脸上是清冽之气，眸中带着焦急，乔晚被接手送去治疗，他站在检查室门外，心里焦躁不安。

不知是太过煎熬，还是别的什么原因，祝靖寒大手推开检查室冲了进去，吓了正在给乔晚做检查的医生一大跳。

乔晚紧闭着眼睛躺在那里，眼睛一时都放松不了，祝靖寒走过去，伸手去握她的手，乔晚一下子躲开。

速度之快就像可以看得见一样，下意识地抵触，祝靖寒心里竟然闪过一抹心疼。

乔晚眼睛火辣火辣的，现在更是又麻又疼，她知道刚才伸过来的手是祝靖寒的，门打开的时候，她就知道他进来了，因为熟知他的脚步声。

祝靖寒沉着脸色站在那里，无疑给了治疗医生莫大的压力，因为他强大的气场，那医生去查看乔晚眼睛的手发抖。

而这细节一下子就被祝靖寒注意到了，他的目光锋锐，薄唇轻启："你的手是废了还是怎么了，抖什么抖？"

给那医生吓得一下子就不敢下手了，怎么也不能说是因为害怕你吧。

祝靖寒紧锁眸光，然后深吸了一口气，转身就走了出去。

祝靖寒就一直站在医院走廊里，时不时地看一眼时间，时不时地来回踱步。等了不知道多久，里面的门才打开，那医生擦了擦脑门上的汗，然后走了出来，只是不知道为什么表情还是那样，特别紧张，整个人都哆哆嗦嗦的，祝靖寒心里一紧。

"病人情况不太乐观，眼睛可能要暂时失明一阵子。"他擦了擦脑门上的汗，看着面前男人阴晴不定的脸，心里分外紧张。

可是现在乔晚的情况他也束手无策，说白了就是一种过敏原，药物导致的眼睛红肿和失明。

已经注射过抗过敏的药了，可是复明，却要一阵子。

"怎么回事？"祝靖寒的语气比他所想的要平静。

"病人应该是接触了一种专门对脆弱眼部造成伤害的药物。"他检查了许久，也只能得到这种结论，实在是太罕见，他所知道的医学知识和技术，现在能提供的只是这些。

不过，虽然罕见，倒是并不难治，因为不是致命性的伤害。祝靖寒漆黑的眼里，闪过一丝肃杀，敢在他的眼皮底下动人，无论是谁，都必然没有好下场。

可能是用了镇定疼痛的药，乔晚除了什么都看不见之外，眼睛也不疼了，被推出来的时候，她只听见祝靖寒说转院。

不知道是不是治不好了，她脑中闪过模糊中林倾的影子，他为什么要这样对她，是因为顾珩吗，就如当初祝靖寒恨她的那般样子林倾也恨着她吗？

当天晚上，乔晚就被转到海世医院。舒城本来在家，接到消息后，便一路赶来了。看到乔晚的样子后，他吓了一跳，本来轻松的脸色瞬间有些阴沉。

"你怎么弄的，眼睛肿得跟个大核桃似的。"

乔晚瘪嘴，都什么时候了，舒城还调侃她。

"能治吗？"乔晚声音突然低了下来。

站在一边的祝靖寒和舒城心里皆一怔。

祝靖寒敛着眸没有说话。

"当然能治，这几天就当休息了，顺便感受一下海伦的世界。"舒城打趣。

乔晚笑了笑，然后伸手拉了拉被子没再说话。

舒城看向祝靖寒。

祝靖寒做了个手势，然后就先走出去了，舒城跟上，出去之后带上了门。

站在走廊上的两人神情并不轻松，舒城刚才大致地看了一下乔晚眼睛的情况，不太乐观，这种情况下，看不到是其次，受罪是真的。

"需要多久？"祝靖寒出声，目光看向舒城。

舒城想了想，这种用药导致的暂时失明，他接手过，最快一个星期就能好，只不过期间要受些苦。

"一个星期左右。"舒城叹了一口气，三天两头地进医院，虽然能看见乔晚他心里挺开心的，可是也不是这么个见法，他倒是宁愿他看不到她。

祝靖寒眯着眼睛，然后高大的身子靠在墙上，不知道为何胸口沉闷，他以前明明从来不在乎的。

舒城没再说话，安静地离开了，此时他在这里，好像不太合适。

他在外面又待了一会儿，脑中想清楚之后，便走到病房门口，推开门走了进去。

乔晚躺在那里，闭着眼睛，平稳地呼吸，祝靖寒现在平静之后便只余下满心的怒气。

他走到床边，在那里站定，黑眸锐利地看着闭着眼睛什么也不知道的女人，嘴角沉了沉。

"你没长眼睛吗？"他冷声地开口。

乔晚皱了皱眉头，她本来就差点瞎了，他说这话是什么意思？

"我现在和瞎有区别吗？"乔晚反问，自己也怪生气的了，她也真是瞎了，当时看一眼前面的人能少一块肉还是怎的，也不至于受这些苦，这种方式见林倾，她还真没惊喜感。

"谁来你都跟着走，你的脑子呢？"祝靖寒皱眉，见乔晚还有时间自嘲，他的怒气就不打一处来。

"我没看见他，我以为是乔楚。"乔晚无力反驳，语气平常。

祝靖寒双手插兜，眼睛眯了眯，心气不顺。

乔晚说到乔楚身上了，才想起没有给乔楚报平安呢，估计吓坏了吧。

"靖寒，你帮我给我哥打个电话，告诉他一声，要不他该着急了。"她闭着眼的样子坐在那里。

祝靖寒脸色不善地瞟过去，薄唇轻启："不用了，现在也找不到他。"

他想起乔楚当时蹲在凉亭那里孤苦伶仃的样子，没有车，身上什么都没有，而且去水库见到林倾后，那里停着的就是乔楚的车，便猜到他的手机在林倾那里，所以即使打过去，也不会有人接。

乔晚嘴张大，不太理解。祝靖寒走上前，伸手把她推倒在床上，然后半坐在床边，他平静地说："乔楚的手机在林倾的手里，估计他已经知道你跟我在一起，要不早该来电话了。"

乔晚点头，似乎是同意了祝靖寒的说法，她安静地躺着，这么着也挺好，权当好好休息一下了，阿城不是说可以治好吗？

7

第二天早上天色泛起鱼肚白，仿佛一切都归于平静。

乔晚这样的情况住院无用，所以祝靖寒去领了给乔晚消炎和敷眼睛的药物之后，便开车载着她回家了。出乎意料的是，到家的时候，别墅门口坐着一个人，听到车声后男人抬头，然后起身拍了拍身后，站在那里等着车过来，祝靖寒开近后，才看到是乔楚。

他停下车伸手解开乔晚的安全带，然后先行下车，走到另一边打开车门，将她抱了出来。

乔楚这才看到乔晚眼睛上的白纱布。

"小晚。"乔楚伸手，眼中闪过心疼。祝靖寒抱着乔晚，微微闪开，眼神不悦。

乔楚跟着祝靖寒的脚步走进别墅里，祝靖寒把乔晚放在沙发上，他站在那里，温润的脸上带着担忧之意。

乔晚似乎感应得到，她伸了伸手，乔楚直接握住。

"没事，阿城说很快就可以好了。"多久可以好她没有听到，但是舒城说可以治好，那么一定就可以治好。

乔楚眸子闪了闪，握住乔晚的手微紧，心里不是很舒服，早知道就不去了，也不会出这档子事，他伸手在乔晚的眼前晃了晃。

随着乔楚胳膊的晃动，乔晚伸出另一只手抓住乔楚的手。

然后她摇了摇头。

乔楚心里一堵，整个人看起来很疲惫，他一直在酒店坐到凌晨，然后就来这里了。

不出他的意料，两人并没有回来，乔楚下意识地知道，乔晚应该在舒城的医院里，因为怕错过半夜回来的两人，他一直就待在这里，动也没动，看到乔晚还算好，他总算是安心了，他今天还有约，所以不能长待。

祝靖寒没说什么，只是去冰箱里看了看。等到祝靖寒再次下来的时候，乔楚和祝靖寒打了个招呼便走了。

家里就剩下乔晚和祝靖寒两人，乔晚凭着记忆顺着沙发的方向躺了下去，沙发软软的，别说还挺舒服。

祝靖寒拿着食材去了厨房，熟练地把菜拿出来，洗好放在一边，拿起切菜的刀，甚至熟稔地切着菜。乔晚要是看得到的话，一定会忍不住夸奖他的刀工的，他做了个小炒，然后又拿了一袋面包，打开后，分别放在烤面包机里，在冰箱里拿出一瓶牛奶，然后倒入奶锅里加热。

俗话说，早餐要吃好，午餐要吃饱，晚餐尽量要少吃。

所以祝靖寒还是挺注重早餐的，他双手叉腰站在那里，眼神淡淡地看着正在工作的炊具上。

想了一会儿之后，牛奶都开了，他关掉开关，把奶锅的小盖子盖上，这才想起来应该再煎两个荷包蛋。

每抱一次乔晚，都会觉得她太瘦了，像是营养不良一样，跟他亏待了她似的，怎么会那么瘦？

乔晚不是狗鼻子，可是躺在那里就闻到了好闻的味道，肚子一阵子咕噜噜，昨天几乎就没怎么吃饭。

祝靖寒下来的时候，就看着她躺在那里，头发安静地散着，皮肤好得不像话，现在她的样子温顺得像只兔子。

他把东西摆在桌子上，然后站在那里，嘴角勾起笑意，大声地说道："过来吃饭。"

乔晚听到后，一下子就坐了起来，但是她看不见啊！祝靖寒显然是没有过来的意思，而是好整以暇地坐在那里，看她难得露出的局促样子。

乔晚皱了皱鼻子，然后起身，以她对这个家的熟悉程度，闭着眼走应该也不是什么问题吧。

这么想着，乔晚瞬间就心安了。

见她起身慢慢走，丝毫没有求助的意思，祝靖寒嘴角勾起，然后起身迈着步子走到她的面前两步远，俯身将一旁平时看的几本杂志摞了起来，放在她的脚前面不远处。

乔晚只觉得祝靖寒走过来了，但是不知道他做了什么，心安之后就开始往前走。脚一伸，一下子就绊倒了一堆不明物体上，乔晚身子不受控制地前倾，脑袋一下子就撞进了男人坚硬的胸膛上，她"嘶"的一声，因为怕摔倒，伸手像是在水里抓住板子一样，紧紧地抓住祝靖寒衬衫的下部分。

因为用力过猛，只听见"刺啦"一声，他的衣服被从中间扯开，扣子崩掉了好几颗。

祝靖寒当时就怔在那里，低头看着还紧紧抓着他衣服的女人，胸膛已经近在眼前，可是乔晚无法欣赏眼前的美色，她就是好奇发生什么事了。

她伸手向上摸了摸，摸到了结实的胸肌。

祝靖寒眼神都黑了。

乔晚皱眉，他这是穿的什么，如此有特色，还是敞开似的设计，又伸手摸了摸，倒是挺结实的。

祝靖寒沉声，然后咬了咬牙，这大早上的，这女人搞什么？

"舒服吗，嗯？"略带阴沉的话语。

乔晚吓得收回手，因为祝靖寒没有抓住她，一脚向后一退，只感觉天旋地转的，要栽下去了，危急时刻谁还管什么了。

她伸手就向前一拽，不知道拽到了他的哪里。

祝靖寒一个没收住，跟着乔晚就要栽下去了，他要是这么压下去，乔晚就不仅眼睛残了。

情急之下，他一个转身，整个人就当了垫背，乔晚顺势砸在他的怀里，粉嫩的唇一下子就印在了他胸膛上。男人闷哼了一声，一下子没了动静。

乔晚伸手顺着他的肩膀摸上他的脸，揉来揉去，然后捏住他的鼻子。

祝靖寒一时没憋住气，猛咳了两声。

"你给我松手。"他眸子一寒，然后伸手掰乔晚的手。乔晚吃吃地笑了两声，就知道他是装的。

乔晚蒙着纱布，戏谑笑着的样子，让祝靖寒的眼神一黑，她笑什么，还好意思笑。

笑过之后，祝靖寒躺在那里，乔晚趴在他的身上正准备起来，却被他一下子给拉住。

"你觉得这就完事了？"他挑眉，嘴角邪气地勾起。

"那你想怎么办，难不成你要砸回来？"乔晚还就不信了，他一个大男人还真能砸回来。

"既然你想这么办，那就砸回来。"祝靖寒起身，翻身把乔晚压在身下，她哼了一声，感觉到了压迫。

"我饿了。"她嘟囔着，伸手去推祝靖寒。

"那我就喂饱你。"

乔晚不知道为什么只觉得一阵危机，她立马捂住眼睛龇牙咧嘴的。

祝靖寒见状立马坐起来，伸手把她的手拿开。

"疼？"他皱着眉将乔晚一把拉了起来，他有些不知所措的，手放在她脸上不是，不放也不是。

"嗯。"乔晚点头，她要是不装一装，现在什么也看不见，她怎么去反抗？

祝靖寒薄唇抿起，然后把她抱了起来，走到饭桌前。

"先吃饭，吃完饭我带你去看医生。"祝靖寒就坐在她的旁边，伸手把面包送到她的手里。

乔晚点头，大不了等会儿装困就好了。

8

东时把车子开到了祝靖寒的别墅外面，然后下车，率先进了屋子。

祝靖寒侧头，就看到了东时。

"你来干什么？"祝靖寒开口。

东时挠了挠头，然后开口："慕小姐她……"

"靖寒。"还未等东时说完，慕安宁一身明黄色裙子映入眼帘。

她的手腕处还包着纱布，整个人气色虽然苍白，但是看起来好多了。

乔晚一怔，随即不动声色地安静地吃着东西。

她感觉到，祝靖寒站起来了。

祝靖寒起身走到了慕安宁那边，然后低头看了一眼慕安宁的手。

"怎么出院了，不是让多住几天吗？"

那语气中的关切，就算闭着眼也听得清楚，也感受得到，慕安宁甜甜一笑，伸手抱住他的手臂，然后把脑袋靠在他的身上。

"太想你了，所以就出院了，你放心，医生说没问题的。"她一副小鸟依人的样子。

祝靖寒不着痕迹地将她推开，温和地问道："吃早饭没？"

"没有，昨天就没有吃得下，现在我好饿。"慕安宁往乔晚那边看了一眼，桌子上的东西一定是祝靖寒做的。

东时在一旁揉了揉鼻子，差点笑出声来，开玩笑，没吃得下？也不知道是谁一直吃到半夜才睡觉。

慕安宁自然注意到了东时的样子，而后狠狠地瞪了他一眼。

东时别过头，也不做提醒，有些人得需要自己看清。

"过去吃早饭。"祝靖寒推着她的后背，两人走到餐桌前。乔晚恰好吃完一块面包，然后摸到旁边的餐巾盒，抽出一张纸巾擦了擦手。

慕安宁看到乔晚后，拉开椅子就坐在了她的旁边，然后双手支在脖子上，一脸的担忧和怜悯："乔姐姐你的眼睛怎么了？"那天真的语气和样子，似乎真的是在关心。

"过敏而已，不劳烦你担心了。"乔晚冷冷地回答，似乎没想着卖慕安宁的面子。

"怎么会不担心，你这样靖寒会多担心的呀？"慕安宁若有似无地看了祝靖寒一眼。

祝靖寒走到对面，将牛奶往乔晚的面前推了推，然后握住她的手引导着位置，乔晚顺势拿起牛奶。

慕安宁的眼神暗了暗，然后腿伸向乔晚那里，她猛地使劲，蹬了乔晚一下。

乔晚一疼，手里的杯子便倾斜，剩余的牛奶一下子就泼在了慕安宁的脸上和头发上。

慕安宁哗地起身，一脸不可置信，看着祝靖寒委屈得没有吭声。

"乔晚，你干什么？"祝靖寒没想到乔晚会拿牛奶去泼慕安宁。

声音冰冷冰冷的。

乔晚冷着脸，她几乎可以猜得出发生什么了。慕安宁还真是一刻不消停，算了吧，既然他都这么认为了，她就承认了又能怎么样。

"慕小姐脸大，还碍着我倒东西了。"乔晚一出口，东时在那边都要笑哭

一生向晚

了，而慕安宁一双眼睛差点喷出怒火，什么叫她脸大。

"乔晚，你耍什么性子。"祝靖寒脸色一下子沉了下来。

"靖寒，算了，是我不好，我不该来的。"慕安宁柔软的手握住祝靖寒的手。

乔晚听着她的声音，嘴角讽刺地勾起，好一个郎情妾意，她在这里可真是打扰了。

乔晚噌地起身："东助理，麻烦你送我上一下楼。"

东时正看着，乔晚冷不防地叫他，他还吓了一跳，只能仓促地回答了一声好。

祝靖寒听见乔晚的话，整个人周身冷了不是一度两度。

"让她自己走。"祝靖寒干脆冷下脸来。

东时本来想过去的动作一下子就停住了，他家总裁发话了，他哪里还敢走，这么看乔晚，竟然从她身上看出一股子倔强的劲儿。

乔晚轻吸了一口气，不就是自己走，她只是眼睛看不见，腿又没瘸，大致的方位她比谁都熟悉。这个地方要是真的算起来住的时间，她乔晚住得可比祝靖寒要久多了。

乔晚推开就在前边的椅子，开始摸索着往前走，她知道两步远之后，右转要下台阶。乔晚慢慢走，心里想着不能在慕安宁的面前闹笑话。

祝靖寒冷着眼，看着她一声不吭，也不跟他求助自己摸索着往楼梯边走。

只是乔晚没想到，曾经再熟的路，闭着眼走也艰难，所以她下木质台阶的时候，一下子迈大了步子，踩了个空，身子一倾，她便摔了下去，直接摔青了膝盖。

她猛地吸了一口凉气，东时站在那里，有些看不下去。

祝靖寒的目光越来越瘆人。乔晚只是揉了揉膝盖，便又站了起来，因为摔倒太疼，她自然更加小心了。

慕安宁站在祝靖寒的旁边，很清楚地感知到他身上气息的转变，她微仰头，发现祝靖寒一脸的清寒，她大气都不敢出，现在这个时候，还是不要说话的好。

祝靖寒拉开椅子，然后坐在那里，目光紧锁乔晚消瘦的背影，薄唇紧紧地抿起。

乔晚摸索到了楼梯的木质扶手，她马上松了一口气，身上紧绷的神经松弛下来。她俯身，用手摸了摸上一级台阶，感知到大致的距离后，果断地伸出脚迈了上去，一步上去之后，整个人都顺利了，掌握了方向后上去的步伐极其平稳，她几乎没费什么力气就到了二楼。

然后根据扶手右转，走了四步，然后向着左边慢慢地摸索到门，只不过，她一下子犯了难，书房、卫生间和卧室的门都差不多，她分不清哪个是哪个。

房子大，房间多的坏处一下子就出来了。

她在那里僵持不下，底下三人也没什么动静。乔晚一咬牙，握住门把手的手转动，然后往里面走。

祝靖寒眼神一变，迅速起身三步并作两步地迈上楼梯，然后跑到那里一把握住乔晚的手给拽了出来。

里面是浴室，乔晚什么也看不见，摔倒了怎么办。

乔晚心里自知走错了，要不祝靖寒也不会是这个反应。

她不打算怄气，只是平静地说道："既然上来了，你把我送进房间吧。"

祝靖寒冷着眸，握紧乔晚的手，往前牵着走。

慕安宁在底下本来想跟上来，东时拦在了她的面前。

慕安宁跺脚，东时摇头，慕安宁这种心机显露太明显的女孩子，不知道是怎么走到今天的。

祝靖寒伸手把门打开，乔晚挣开他的手，自己走了进去，然后安稳地找到床躺了上去。

祝靖寒收回手，单手抄兜，目光细微，这女人要是倔起来也是挺拧的，跟多了毛的小野兽一样。

乔晚侧躺在床上，她可以感受得到祝靖寒没走。

慕安宁见祝靖寒迟迟不下来，便一下子绕过东时，她跑到祝靖寒身边，轻声说道："我可不可以在这里洗个澡，我头发和衣服都湿了。"

几乎没有人不爱听女人这么软糯的说话语气，祝靖寒也不例外，慕安宁现在看起来是很狼狈，牛奶粘在头发上，裙子的领口处也被弄湿。祝靖寒点头。

慕安宁得到应许之后，十分开心："那我可不可以换乔姐姐的衣服穿？"

她没有换的衣服，她想着无论如何祝靖寒都不会拒绝的。

"你得征求衣服主人的同意，这我说了不算。"

意外的是，祝靖寒没有直接给她答复，而是让她去征求乔晚的意见，这她就有些不情不愿。她乔晚在她和祝靖寒之间横插了一脚，现在她还得委屈着去求乔晚，凭什么呀？

慕安宁沉默了，心里很是纠结，刚才的目的的确已经达到，可是为什么还是这么不痛快。

乔晚冷笑，还真是得寸进尺，干脆她搬出去好了，反正离离婚的日子也不远，就那么几个月的时间，还不是转眼就到。

纠结半晌，慕安宁还是开了口："乔姐姐你看，你泼也泼过瘾了，能不能借给我一件衣服穿？"

乔晚冷笑，什么叫她泼过瘾了？要是慕安宁不开口也就罢了，今天，她这衣服还就不借了。

"不好意思，麻烦你能出去一下吗，影响我睡觉了，至于衣服，不好意思我没多余的。"

给狗穿也不给她穿。

"随便借我一件就可以，要是我没衣服，就得穿靖寒的了。"慕安宁把话说得很死，反正她已经想好了退路。

乔晚咬牙，脸上隐约透出怒气。

"那你直接穿就好了，究其本质与我何干。"

乔晚的话让慕安宁一怔，但是祝靖寒却怒了，他把慕安宁从门口拽了出来，然后对着慕安宁说道："我给你买新的。"说完便拉着慕安宁的手走到旁边的浴室，"去洗洗吧。"

祝靖寒冷着脸下了楼。

东时此时正坐在沙发上，随手翻杂志，看起来特别悠闲。等到祝靖寒站在他面前后，吓得他一怔，慌忙地放下杂志站了起来。

他看向祝靖寒的身后，怎么两个女人都不见了，难道都在上边？那样不会打起来吗？想起这个，东时就觉得惋惜，有时候长得太帅，太招人喜欢也不好，天天光女人事就一大堆，有他家总裁烦心的了。

不过，依他看，乔晚和慕安宁的比试，乔晚现在处于下风，毕竟慕安宁挺懂得把握男人心，知道该撒娇撒娇，或者适当地发发小脾气。而乔晚总是一生气就晾着他家总裁，他家总裁有这么傲娇，心里能不生闷气吗？

"那天让你带的东西给我。"祝靖寒冷然出声。

东时快速地点头，然后转身去了门外，东西在车上，他一直都放着，还以为祝靖寒不要了，他都差点忘了这回事。

祝靖寒坐在沙发上，双腿交叠，单手撑在沙发背上，淡凉的眸子轻眯。

没一会儿，东时就回来了，手里拿着一个透明密封的小塑料袋。东时将东西放在祝靖寒面前，总觉得不安心。

"祝总，慕小姐就在这里，这东西……"

祝靖寒眼眸一挑，伸手把袋子拿了起来，然后抿唇，光有这个还不够，证据不足什么也不能达成，因为这东西很可能是后放进去的。

东时噤声，看着那个透明的密封塑料袋，里面是一枚纽扣，是上回后来拖回车后，在车门边上找到的，那枚纽扣紧紧地粘在那里，这枚纽扣的主人就是慕安宁。

其实东时有很多疑惑，慕安宁的作案时间看起来不允许，但是她的东西怎么会在那里？监控中的人明明穿着黑色的衣服，这扣子怎么能掉出来呢？也不排除是有心之人诬陷。

祝靖寒把扣子扔在桌子上，静静地待着不知道在想些什么。

"你去给安宁买一件女装。"他开口吩咐。

东时点头。

乔晚不乐意慕安宁穿她的衣服，东时觉得合情合理，毕竟两人的关系是情敌，再说了，有些女人就是不喜欢让别人穿自己的衣服，这他都理解。

东时走后，祝靖寒手指嗒嗒地敲着沙发背，一双墨眸清明。

他起身，单手捏起袋子，然后迈步上了楼，走到一边的书房，伸手打开门，然后走了进去。他坐在书房桌前，然后把抽屉打开，把袋子扔了进去。

他觉得似乎是有必要查一下慕安宁了，失踪的那几年去了哪里，又干了什么，为什么变化会这么大？

Chapter 09
何以沉沦

1、

乔楚从祝家离开后，半路就收到了林倾的短信，约在老地方见，乔楚眉梢一挑，知道八成是那天那个地方。

他抿唇轻笑，终于是要见到了吗，该不会还是打太极吧？

车子一路行驶，乔楚很快便到了老地方等待，他伸手推开店门，风铃丁零零的声音脆生生的。

里面还没有营业，一个客人都没有。乔楚环视了一周，都没有看见林倾的身影，这迟到的习惯，可真是难改，还是又找不到路了？

林倾的路痴和一般人的不同，有的人去过的地方只是一开始找不到，多走几遍就知道路了。可林倾高中毕业的时候，连学校的方位都没弄清楚，找地方全凭运气。

乔楚找了个靠窗的位置坐下，方便观察，阳光也好，他点了一杯咖啡，双手抱胸，双腿交叠地坐在那里，静静地等待。

大概半个小时过去了，咖啡喝光又续了好几次，门外才远远地驶来一辆车，乔楚一眼就认出来肯定是林倾来了，因为那该死的车根本就是他的，昨天开走了就没有归还。

这男人的劣根性还不是一般的强，劫他的小晚不说，还顺带劫走了他的车和手机，一个大少爷现在怎么会无聊到这种程度。

车子很快就行驶到店前，然后停下，林倾先下了车。乔楚目光掠过副驾驶，似乎有一个女人。

他的目光没做停留，直接放到了正往店里走的男人身上，而车里的女人也打开车门下车了。

林倾俊美的脸上带着笑意，一进店里就看到了乔楚的身影，也是，那种男人放在哪里都不容易被忽视。他走到乔楚的面前，然后拉开椅子，并未就座，似乎是等待着什么。

直到他的身后出现了一个女人的身影，然后缓慢地走到他的旁边，林倾侧眸，眼神柔情似水。

"坐。"

那女人笑了笑，然后坐在林倾拉开的椅子上。

林倾这才拉开一旁的椅子坐下。

乔楚的目光停在对面女人的身上，眼神阴冷阴冷的。

江素感受到他的目光，轻轻抬起眸子，四目碰撞，一怒一平静。

"乔楚，这么盯着别人的未婚妻，怕是不好吧？"林倾平静地开口，脸上是沉下来的笑意。

乔楚心里一滞，他说什么？未婚妻？

乔楚突然就想起江素那天的话，不会在海城长待，过几个月就走，而林倾似乎也说过他不稀罕海城，也会过几个月走。

乔楚低头，清晰地看到两人手上的戒指，明显是一对。

"恭喜。"乔楚突然薄唇勾起。

林倾一笑，然后伸手握住江素放在桌上的一只手。

"虽然有点晚了，不过谢谢。"林倾目光看向江素，然后她回视，两人的样子甜蜜得不像话。

林倾在江素面前几乎没有避讳的，他从兜里掏出乔楚的手机，然后放在桌上，滑到了他的面前，还有车钥匙，都做了归还。

乔楚抿唇静静地看着林倾，轻笑。

"能告诉我昨天带走乔晚的原因吗？"乔楚的眼光多了些威胁之意。

听到这话后，江素怔了一下，然后目光看向林倾，她昨天是打算和林倾一起去皇家墓园的，可是他说有事情让她先去。如果是这样，昨天林倾也去那里了？还是说这只是乔楚莫名的说辞？

江素皱眉，心里却明白带走乔晚的人八成就是林倾了，因为乔楚的手机和车都在他的手里，而乔楚昨天还抢了她的手机打电话叫车。

"原因？我说了叙旧而已。"林倾笑笑，大拇指若有似无地抚摸着江素的手背，动作轻柔。

乔楚冷笑，目光不善："那你叙旧的方式可真特别，是长得有多见不得人要把别人的眼睛弄瞎？"

林倾勾起食指，轻轻地摇了摇："你说错了两点，第一我可没把乔晚的眼睛弄瞎，只不过暂时失明而已；第二，我长得非常能见人。"

时间一分一秒地过去，两人的话总是剑拔弩张的，江素起身去了卫生间。

她站在镜子前，猛地吸了一口气，刚才真是压抑死了。她伸手看了一眼自己的手腕，还疼着，这就是昨天乔楚那浑蛋的杰作。

早上林倾一回来就说要带她出来，说要来看个故友，她没想到是乔楚，早知道就不来了。她把手腕伸出去，打开水龙头，用凉水冲了冲，冰冰凉凉的，还挺舒服，她的表情不自觉就放松了，细看还带着丁点笑意。

"还笑得出来？"门口一个男声陡然响起。

江素手一抖后吓了一跳，她回头，赫然看到乔楚斜倚在门框上。

"这是女卫生间。"江素皱眉，这男人怎么一点礼貌都没有？

乔楚嘴角冷然，向前逼近，压根就没在意江素的话，他站在她的面前，完美的身高压制。

她的身子抵在冰凉的大理石台面上，眼神防备。

乔楚低头睨了她一眼，面带嘲讽："你不是说不知道吗？"

林倾是她的未婚夫，两人昨天同时出现在那里，不是预谋是什么？乔楚的眼神更冷了一分，气氛低得能冻死个人。

"知道如何，不知道又如何。"她浅笑，突然不在意了。他愿意怎么想就怎么想吧。

乔楚嘴角勾起，看来还真是知道，他真是信错了人了。

"坐牢和不坐牢的区别。"乔楚冷然出声。这事，他不会轻易罢休的，伤了乔晚还心安理得得如此嚣张。

"随你。"江素才不在乎，她从一旁绕了出去。

乔楚眼神眯着，看着她的背影，莫名扬起笑意，看得她后背发冷。

林倾坐在那里，喝着东西，目光轻佻。江素走到他的身边坐下，而乔楚还没出来，林倾目光看向江素，然后把她耳侧的头发掖在耳后。

"还没忘了他？"林倾笑笑，目光诚挚。

"早就忘了。"江素摇头。

"宝贝，你有什么能瞒得过我？"他伸手揽住她细软的腰，嘴角凑近她的脸蛋，然后亲了一口。

乔楚正好从卫生间出来，刚好看到这一幕，他眼底漆黑，带着愠色。

江素低头不说话，林倾笑着摸了摸她的脸，像是对待心爱的宠物一样。

等乔楚出来后，林倾牵着江素的手起身，看向一旁的乔楚："我们先回家了，以后有机会见。"

乔楚并未做挽留，目光若有若无地停留在那一抹倩影处，眸底波涛汹涌。直到两人拦车离开，乔楚还坐在那里，有点食不知味。这两天，还真是给了他太多的惊喜，他怎么也未想到，这两个人会在一起，他无论如何也没有想到……乔楚忽然就觉得有些讽刺，他昨天竟然会心软。

林倾喜欢江素他早就知道，可是竟然走到了谈婚论嫁这一步，他突然很有兴趣，这些年到底发生了什么。

2

机场，人来人往，一个老人走在前面，后面跟了四五个黑衣保镖。

那位老人看起来七十多岁，但是他走路很快，步步生风，十分健朗。

"你去通知靖寒那小子，准备好在家接我。"老爷子对着身后的手下吩咐着，那黑衣人点头照办。

祝靖寒接到通知的时候，慕安宁已经去公司了，而乔晚待在房间里还没出来。

他三步并作两步地上了楼，然后走到乔晚的卧室门前，伸手推开门。

乔晚一直都没睡，只是不知道做什么好，一下子看不见了，就有很多事情想做却不能做。

祝靖寒走进来，站到她的床边，薄唇轻启："老爷子回来了。"

乔晚一听，猛地坐了起来。

"爷爷？"语气中刹那间透出惊喜。

"嗯。"祝靖寒冷冷地应着，没乔晚那么开心。那老头子就跟个老顽童似的，这一回来，有他好受的，要是他没猜错的话，这次老爷子回来，场面一定很大，多大岁数了，就喜欢那些有的没的，之前待在国外让他回来怎么都不肯回来，这是怎么了？

乔晚心思一转，既然爷爷回来了，那么也该做个了结。

"靖寒，我想把离婚的事情趁着这次机会告诉爷爷一声也好。"她想了想，反正老爷子是最大的媒人，而这件事情让他早知道也好。

谁知道祝靖寒的脸色一下子就拉了下来。

"你要是想把他气死你就说，我不拦着你。"他的声音冷冷的，带着些讽刺。

乔晚一怔，应该不会吧。

"怎么会……"

"你知不知道当初我为什么娶你？"祝靖寒突然说起这个，乔晚心里有些不顺。

她还真是不知道祝靖寒怎么会从了她呢，当初婚礼上没动静，结婚之前没动静，婚后她可算是体验到了，什么叫豪门弃妇，这四个字真是被她体验到了极致。

"我也想知道，到底是为什么。"

"想知道，自己去猜。"他沉了沉声，一下子就改变了主意，不打算跟乔晚说了。

乔晚想了想，估计跟爷爷也脱不了关系，高芩那边她是不会逼迫祝靖寒的，而两家公司虽然有利益的牵扯，却全都是乔氏靠祝氏。

"因为爷爷？"她悄然出声。

祝靖寒挑眉，还不算傻，他一下子躺在了床上，然后一把把乔晚拽倒，双手放于脑后。

"还算聪明。"

乔晚不打算问了，既然知道这个缘由，至于老爷子是怎么逼迫他的，都不重要了，反正不是他自愿的就是了，这点她还是懂的。

"爷爷说什么了吗？"乔晚问。那个老头子在她心里的印象就是和蔼可亲的。

"让我们等会儿在家接他。"祝靖寒侧睇看了一眼她的眼睛。

"哦。"她点头，有些气馁。

"你不开心？亏老爷子那么喜欢你。"

"没有。"她当然不是不开心，"慕小姐还在吗？"

197

乔晚觉得不管怎么样，既然爷爷来了，慕安宁在这里怎么也不方便。

"安宁去公司了。"

乔晚滞了半晌，他很少这么亲昵地叫她晚晚，一般都是乔晚，而慕安宁永远都是安宁。

"哦。"似乎除了这一个字，她没什么可回答的。

乔晚翻了个身，转到另一面背对着祝靖寒。

"不许跟老爷子说别的，他心脏不好。"祝靖寒也转过来，看着乔晚的后脑勺，然后说道。

乔晚没应，祝靖寒有些恼，然后坐了起来，一个跃身整个人都翻到了她的对面。

"你听到没有？"他沉沉地说了一句。

乔晚又转过去，没回答。

祝靖寒干脆大手拽住她的胳膊，直接把她给拽了起来。

乔晚坐着，然后皱眉："你做什么？"

"我问你听见没有。"他一副咬牙切齿的样子，可惜乔晚看不见。

"我听到了，我又不聋……"

"那你为什么不回答？"他似乎纠结于此。

"我乐意，你喜欢回答就去找慕安宁，我还清净。"

她伸手推开祝靖寒的手，然后翻身躺下，她察觉到身后的男人一下子就沉默了。

"祝太太还挺大度的。"祝靖寒冷然一笑，话语里有讽刺的苗头。

乔晚皱眉，他又抽什么风，她不大度也不是，大度也不是，不大度显得她小心眼，显得她多么在乎他似的，她大度他一副酸气是怎么回事？

"祝靖寒，别表现出一副你吃醋的样子。你放心，我不会和爷爷说你坏话，干脆等爷爷走了，我们签个协议好了。"

祝靖寒心头一闷，想下手去掐死乔晚。

"什么协议？"他忍着怒气，咬了咬牙。

"离婚倒计时协议。"

乔晚坐起来，她觉得有必要签一个，必定有些事情变数太多。

祝靖寒眼底愠色乍现，紧咬着牙，然后点头。

"好，干脆直接签离婚协议好了。"

乔晚一滞，然后怔在那里。

"怎么，舍不得了？"祝靖寒呛声。

"有什么不舍得的，签了也好，事后去做公证。"一举两得，大不了瞒着乔家，等合作案结束后再提这件事也好。

祝靖寒眯着眼，手掌攥紧，手背青筋都突起来了。

"好，如你所愿。"他咬牙，然后下床，走了出去，"砰"的一声带上门。

祝靖寒要气死了，怎么会有这么不听话的女人呢？

3

手机响起，祝靖寒看都没看，直接"啪"的一声把手机扔得老远，心里十分气恼。他转身砰地把乔晚卧室的门打开，声音之大，吓了乔晚一大跳，还没等她出声，男人强健的身子就压了上来。

乔晚觉得大事不妙，伸手乱挥，只听见"啪"的一声，一个清脆的耳光便准确地落在了祝靖寒右边的俊脸上。

他的眼神沉沉，脸色都黑了下来，乔晚现在眼前蒙着纱布，但是准度不亚于睁着眼，要不是他亲自看着她的眼睛情况特别恶劣，他一定以为乔晚是故意的。其实乔晚也怔了，刚才她好像感受到了他的五官，该不会是扇在脸上了吧？于是乔晚瞬间有些心虚，心虚归心虚，气势上还是不输人的，否则该被祝靖寒瞧不起了。

"我什么都看不见，刚才那下我不是故意的，我们扯平了。"她先出声，一下子把祝靖寒本来想说出口的话给顶了回去。

"我又没打你，什么叫扯平了？"祝靖寒咬牙，眸底一片汹涌。

"你把慕安宁带家里来了，这也是我住的地方，你没经过我的允许就把别的女人带进来，这件事情换我一巴掌，正好扯平了。"

"你哪只眼睛看到是我把她带进来的。"明明是东时好不好？

"不好意思，我哪只眼睛都看不见，可是慕安宁来了，你还让她用了浴室。"乔晚的气性一下子就上来了，她还没说什么呢，他在这里生气。

"你要是不泼人家牛奶，我至于留她在这里洗澡，你闯的祸你不收拾还有理了。"

祝靖寒一下子握住她的双手，给凑在一起。

乔晚皱了皱眉："她在桌子底下踹我，我眼睛这样，我泼她泼得到吗？"

他也不想想！

祝靖寒还真没想到这层，停下手中的动作，静静听着她的话。

"你说她踹你？"祝靖寒有些生气了。

"对，她踹我。"乔晚脸上怒气冲冲的，她还没打算解释呢，祝靖寒就护起短来了。当着慕安宁的面，一点面子都没给她留，好歹也曾经算是朋友吧，没夫妻情分也就算了，真是越想越生气。

"踹哪儿了？"祝靖寒去掀她的裤脚，乔晚下意识一缩。

"你摸哪儿呢？"

祝靖寒皱眉，这话听起来怎么这么别扭，什么叫他摸哪儿，他就算是想要摸哪里也是天经地义的好不好。两人打闹的时候，祝靖寒眼角余光瞥到了她大腿上的瘀青。

他眉宇一敛，然后松开了她的手，起身离开。

乔晚松了一口气，随即整个人跟瘫了似的躺在那里，可没一会儿，脚步声又渐渐逼近了，乔晚整个人都坐了起来，他回来干什么。

接着，乔晚闻到一股清凉的气味，她眉头一皱，这不是跌打损伤喷雾剂的味道吗？

祝靖寒按了按，在屋子里喷了点，乔晚被熏得整张脸皱成一团。

"你对着空气喷干什么？"浪费，严重的浪费行为。

"试试好不好用。"他说完就扑在床上，然后把乔晚拽了过来。

他一个大力就把乔晚整个人都拖到了他的身边，然后拽起她的胳膊，把她整个人转了过去，拿起喷雾晃了晃，在瘀青的地方喷了喷。

云南白药的喷雾不是特别好闻，甚至有点刺激，乔晚被呛得咳了两声，说道："我自己来吧。"

她坐起来，伸手去摸喷雾。祝靖寒皱眉，伸手抬起胳膊，喷雾被举得老高，乔晚没摸到，然后把手收了回去，生怕摸到什么不该摸的地方，虽然无知者无罪吧。

祝靖寒看着她的样子，嘴角若有若无地勾起笑意，然后把喷雾扔在床的一旁，顺着乔晚的方向就扑了上去。

乔晚不知道他的动作，一下子被压了个措手不及，他趴在她的身上，然后把脑袋搁在她的肩膀处，闭上了眼睛。

"你起来，我喘不过气来了。"乔晚推搡着，胸口被压着，两人直接一点

一生向晚

距离都没有。

"等哪天去公司，让安宁给你道歉。"祝靖寒突然出声，面容安静，闭着眼说道。

"道歉归道歉，不过你最好跟她说清楚，省得下次再折腾出什么幺蛾子。"乔晚闷声说道。慕安宁看来是不到黄河心不死，不坐上祝太太的位置，就要一直陷害她。

祝靖寒听到乔晚的话后，低低地笑了几声，笑得乔晚起了一身鸡皮疙瘩，好听是好听，不过他笑得有些莫名其妙了。

"你就不怕其实我才是编的。"乔晚叹息了一声，缓慢地说着。

"就算你是编的我现在不也信了吗？"他翻了个身，从她的身上下去，然后大手揽住她的腰，他最近似乎是迷上了和她这样亲昵的动作，总觉得特别舒服。

乔晚心口一滞，他这是心情好吗，他知道自己在说什么吗？

她伸手推开他的手，然后转了过去。祝靖寒不死心，大手又揽了上来，然后把脑袋窝在她的脖颈处，温热的呼吸，慢慢地洒在她的皮肤上，有些酥痒。

"你想怎么处置林倾？"祝靖寒眼底流光乍现，他睁开眼睛，墨眸锋锐。

乔晚把手放在脸的下面，轻吸了一口气。林倾的动机她想不清楚，这两天似乎事情都集中在一起了，蹊跷又令人不安。

至于林倾，她的语气顿了顿，而后说道："算了吧。"

以前几人的关系太好，乔晚总是不相信他对她有什么恶意。

而且昨天她和他的对话，她听林倾的意思，也只是缅怀些什么，如果说真的有动机的话，也可能是因为顾珩。

"对了。"乔晚似乎想起来什么，回想昨天的场景，她似乎记得林倾提过她和祝靖寒结婚的事情。

"嗯？"祝靖寒出声，乔晚怎么一惊一乍的。

"林倾知道我和你结婚了。"乔晚突然把身子转过来，靠近祝靖寒。

"嗯。"祝靖寒没太多的诧异，从见到林倾的那一刻起，他便知道林倾什么都知道了。

"你知道？"祝靖寒没有诧异，乔晚心里倒是一顿，他是怎么知道的？

"看得出来。"他给了这四个字，不愿意多说。

"当初林倾为什么突然就出国了？"这是乔晚第二遍问祝靖寒这个问题。

祝靖寒眼神陡然一沉，然后翻身，把胳膊从她的腰上抽走。

乔晚感觉到他的胳膊松开，整个人僵了一下，还是不愿意说吗？

她闭上眼睛："要是不想说就……"算了两字还没出口，祝靖寒低沉的嗓音便入了耳："他出国的时候，是阿珩出事后的第一个星期五。"

祝靖寒记得清楚，那时候林倾连顾珩的葬礼都没参加，以前他有疑惑，不过现在他却是知道了什么原因。

一个没死的人，自然不用去参加他的葬礼，而且林倾作为唯一的一个知情人，为何远走他乡，隐瞒着所有人，这其中的隐情祝靖寒不得而知。

他记得自己清醒后第二天出院，便得到了顾珩死亡的消息。后来，顾家人说顾珩是为了救乔晚而死的。

想到这儿，祝靖寒猛地坐了起来，心里突然沉了一下。按顾家人的说法，顾珩是看到酒吧起火的新闻跑出去的，但是去救乔晚这件事情也就只能是顾珩自己知道，顾家人又是怎么知道的？

顾珩现在没死，这证明当初起火一定有人把他救了，救人的那个会不会是林倾？那么顾珩是去救乔晚的消息，是不是林倾从顾珩口里得知的？

祝靖寒眸色冷峻，可是顾珩好好地活着，为什么不回家呢？

他的眼神一紧，他感觉所有的事情就像是一张大网，一下子囫囵地扑了下来，他根本无法理清。

看来，有时间得约一下林倾了，有些事情他必须证实一下。

乔晚侧头，听祝靖寒说到一半就不开口了，整个人有些疑惑和茫然。

她开口追问："出国的原因呢？"

她不管怎么想，都觉得林倾没有必要走，林倾当时已经考上了一所重点大学，和顾珩、祝靖寒一所学校。

"林家人的意思，是让他出去留学。"祝靖寒轻笑。林倾留学得太突然了，看现在的情况，林倾在国外对国内的事情知道得根本就不少。

"不应该啊。"乔晚叹气。

林倾是多么重友谊的人，她相信祝靖寒比她还清楚，不去参加顾珩的葬礼，而选择提前出国，里面必有隐情。

"那时候你有多恨我啊。"乔晚沉着声，当祝靖寒得知顾珩因为她而死，是什么心情？

其实这也是她一直不敢说出她救祝靖寒这件事的原因，要是祝靖寒知道自

一生向晚

202

己为了去救他，而让顾珩最终葬身火海的消息，他会怎么样？

祝靖寒眼睛眯起，他想不起多恨乔晚了，当时，他只觉得这个女人一身晦气。

4

两人间的气氛有些冷，乔晚知道，顾珩的问题会是她和祝靖寒两人之间最大的缝隙。

"你问过我，为什么我不把没在酒吧里的事情告诉阿珩。"乔晚知道，祝靖寒以为她那天没去聚会的消息她并没有通知顾珩。

"嗯。"祝靖寒在等她的答案。

"我不去的消息，第一个通知的就是他，所以他知道我不在那里。"

祝靖寒眸色沉冷，他看向乔晚，目光微冷。

"你在推脱？"

这么多年，她都未曾解释过，为什么现在开始有推脱责任的嫌疑？

"没有。"她轻声说，也没有急眼。

祝靖寒嘴角有些冷，然后目光扫在她的嘴角。

"可是那天，顾珩明明白白地出现在X酒吧了。"

"是啊。"乔晚轻笑。

多少罪名她都可以背的原因，就是顾珩那天的确是为了她出现在了X酒吧，据说，顾珩去的时间，正是她带走祝靖寒之后。

祝靖寒抿唇，乔晚前后的话对不上，这让他有些恼怒。

"乔晚我问你，那天，你到底在不在X酒吧？"顾珩怎么会因为一个猜测，就跑去了X酒吧，他不是那么莽撞的人，至少之前会打个电话确认一下。

乔晚鼻息一顿，该说在还是不在呢。

见她不回答问题，祝靖寒眼神一凛。

"在，还是不在？"他的声音加重了一些。

"不在。"她倒抽了一口气，然后否认。如果说在，她知道后面就难解释了，出现在X酒吧的原因，没见到顾珩的原因，太多太多她无法解释。

祝靖寒怕是也不会相信她的，慕安宁那么多年的说辞，一夕之间让他接受她的话语，肯定很难。乔晚不会去冒那个险。

祝靖寒眼神锁紧她的脸，心口郁闷，话题似乎又回到了原点，两人都不愿再说什么。

大概就这么安静地过了十几分钟，门铃就响了。

祝靖寒起身，乔晚也随着坐了起来，不知怎的，她觉得气氛有些冷沉。

他回头看了一眼她的样子："你待在这里，我去给老爷子开门。"

他的声音不复开始的柔和，甚至有些清冷，乔晚抿唇，然后浅笑，最终点头。

"还有，不要跟爷爷说任何不该说的话。"他最终还是开口警告。

乔晚一愣，随即点头，既然刚才达成协议了，她自然是不会说了，都说了爷爷走了就签协议不是吗？

她这辈子，真是彻底输给了一个男人，毫无尊严的。

祝靖寒没看到她的样子，而是直接走了出去，并没有关门。

乔晚坐在那里动也不动。

她侧耳倾听着他走下去的脚步声，还有开门的声音，最后是熟悉的他叫老爷子的声音。

"爷爷。"只有在当面的时候，他才会叫得这么礼貌，平时都是一口一个老爷子的，也不分什么长幼有序，全按自己的喜好来。

乔晚听到祝靖寒这么正经地称呼老爷子，不禁感到好笑。

老爷子哼了一声，然后拄着拐杖往屋里面走，直接挤开了自己的亲孙子，他看了一圈，也没看到乔晚。这几年在国外，时不时地找人带回消息，并没有发生什么大事，不过他的孙子他最了解。

当初谈婚事的时候，脸比谁都硬，也不知道现在两人相处得怎么样了，乔晚那个柔丫头，有没有收服祝靖寒这个小魔头？

"乔丫头呢？"祝老站在客厅内，进来就问乔晚的消息。

祝靖寒嘴角动了动，搞得跟乔晚才是他亲孙子似的，这老爷子偏心到现在了都不变，不过祝靖寒对老爷子还是很给面子的，他伸手指了指二楼。

"我去带她下来。"

"哼。"老爷子又哼了一声，然后走到沙发前坐下。那个冷面的保镖就站在老爷子身后。

乔晚早就听到动静，站起来等着了，碍于看不见她也只能等祝靖寒上来带她，谁让她上楼容易下楼难，一不下心就挂了。

祝老面色还算温和，看样子这两人相处得还不错，不过等祝靖寒牵着乔晚下来的时候，祝老的脸色就一改刚才的慈祥。

"这眼睛是怎么了？"

乔晚甜甜地笑了笑："爷爷，没事，就是破伤风。"

她随意编的，老爷子胡子颤了颤。

破伤风伤到眼睛了？祝靖寒当时差点没憋住，麻烦编点靠谱的好吗？他也真是服了。

祝靖寒牵着她的手紧了紧，乔晚心中滑过异样，没有挣开。

"坐下说话。"祝老率先坐下，然后看着祝靖寒，祝靖寒牵着乔晚走到对面坐下。

"爷爷，您怎么想着回来了？"

祝靖寒问，之前可是怎么劝都不回来的。

祝老冷哼，这大孙子是不是不盼着他回来了。

"人老了，就容易思乡，你小子看起来不欢迎啊。"他都没让祝靖寒去机场接，他亲自来了，怎么就还不满足呢，一定是他小时候自己太惯着他了。

祝靖寒冷哼，这老爷子还是爱挑刺，干脆就不想搭理了。

"你这臭小子，乔丫头你看看，你以后可得好好地管管他。"祝老干脆跟乔晚去告状了。

乔晚呵呵地笑了两声，表情多少有些不自然，她也得管得住他才行。

祝靖寒冲着祝老挑眉，然后身子倚在沙发背上。

祝老沉了沉气，说道："你们也老大不小了，有什么计划了没？"

老爷子说起的话题让乔晚愣了愣，她怎么觉得这又是来催生的。

不出意外的是，看着乔晚茫然的模样和祝靖寒清冷的神情，老爷子不负众望地开口了："那就先来说说，我重孙子的事情。"

祝靖寒："……"

乔晚："……"

说来说去，又绕到了这个问题上。

"那个，爷爷，其实……"乔晚结巴着，语言没组织好，心想着祝靖寒不让她乱说话的场景。

祝靖寒听乔晚欲言又止的语气，眉间隐约透出怒气，满是怒火的脸上铁青铁青的，乔晚这是要干什么？

"正打算要。"只是四个字，祝靖寒敲定了话音。

乔晚一哽，感觉完了，这不是别人，这是老爷子，祝家最好说话，却最不好糊弄的人。

乔晚顺着方向,伸手在祝靖寒的腰上狠狠地掐了一下。

祝靖寒疼得铁青着脸,忍着声。

祝老听见自家孙子的话,立马就眉开眼笑了,他想抱重孙子好久了。

"那就好,我以为你们没计划呢,既然这样,最好明年三月就可以让我抱到我的大重孙儿。"

祝老的开心之意溢于言表。

乔晚抿唇,她数学不好,谁给她算算,就算是真的,是不是也要立马怀上。

"没问题。"祝靖寒应承得是开心了,他挑眉看着一旁女人吃瘪的样子,心里就开心,不知道为什么,看到乔晚这样子的神情他就莫名觉得痛快。

乔晚咬牙,不知道祝靖寒学过数学没,什么话都敢答应。

"去车里把东西拿过来。"祝老爷子突然转头,对着身后一脸严肃的黑衣保镖说道。

那人得令,点头之后,快速地出去了,没一会儿,便从门外走了进来,手里提着四个大盒子。

盒子包装都一样,祝靖寒眼神一瞅,四大盒海参。

等等,怎么看着这么眼熟呢,海参可以补什么来着?还未等祝靖寒想出个所以然来,祝老爷子一脸慈祥地开口:"这些干海参是爷爷送你的,没事就天天熬粥补一补。"

乔晚在一旁听着,海参粥是补什么的?

俗话说得好,不懂就问。很明显,乔晚是藏不住问题的那种,所以她当机立断就问了。

"爷爷,这海参是干什么用的?"

老子轻咳一声,然后面带微笑,慈祥的目光看向自己帅气的大孙子,然后说道:"给我大孙儿补补肾。"

说白了就是治肾虚的,别提当时祝靖寒的脸色多精彩了,乔晚的手要是不被祝靖寒握着,她肯定就站起来笑了,毫不掩饰的笑意,让祝靖寒的眼神都狰狞了。

他紧咬牙,这女人笑得可真是一点都不含蓄。

"这玩意我用不着,我觉得爷爷你比较需要这东西。"祝靖寒大手一挥直接拒绝,还不忘捎带上老爷子。

祝老爷子脸上瞬间就挂不住了,脸色有些铁青,祝靖寒这个没大没小的臭小子。

祝老爷子一下子站起来，拿着拐杖就往祝靖寒那边敲，祝靖寒不知道是没看见，还是没来得及做出反应，反正没动。

祝老爷子拐杖落下后，离他身上还有几厘米的时候就顿住了。

祝靖寒心里笑开了花，他就知道这老爷子根本舍不得打他，小时候就老拿东西吓唬他，现在他都快免疫了。

老爷子脸色僵着，知道这小子比谁都精，他收回拐杖，杵在地上，然后抬头环顾了一圈屋内的格局。

祝老爷子眼神一亮。

祝靖寒皱了皱眉，总觉得老爷子这么笑就没什么好事。

果然，下一刻祝老爷子转过头看向祝靖寒和乔晚小两口，眼神笑眯眯的。

"给我腾出一间空房来，我要在这里住两天。"似是默契，祝老爷子刚说完，从外面就又进来一个黑衣保镖，手里提着一个小的黑色行李箱。

祝靖寒瞬间无语，他怎么觉得就是这老头子早就预谋好的呢。

"我不同意。"祝靖寒起身，俊朗的神情有些难看。

"你不同意不好使。"

祝老爷子看着祝靖寒的样子，一脸恨铁不成钢，自己这不是为他好吗，这臭小子怎么就不明白呢？

5

乔晚在一旁坐着，心里总结了一下，现在的情况就是祝老爷子要在这里住了，那么就证明这两天祝靖寒要想出去住或者把谁带回来那是绝对不可能的，乔晚忽然有点幸灾乐祸。

祝靖寒可一刻都没错过乔晚的表情，她脸上那不怀好意的笑意，他怎么就看得那么清楚呢。

他深吸了一口气，脑袋转了一个弯，寻思着乔晚你就幸灾乐祸是吧，看到时候谁吃亏，谁怕谁。这么想着，他的心里就痛快多了。

所以他也并没有怎么纠结，伸手指了指一楼右边的客房，样子很随意，很挑衅。

"向那边走，走到头，从左数第二间。"

祝老爷子白了他一眼，然后拄着拐杖往那边去了，要不是亲孙子，他早就一拐杖拍过去了，叫他小子嘚瑟。

后面的两个保镖，齐刷刷地跟着老爷子的步伐后面走，一瞬间，面前空空如也。

祝靖寒回神，目光平静。

乔晚听到没动静之后，挥了挥手向祝靖寒示意，他的眼神沉了沉，然后把手伸出去，握住她的手，乔晚顺着他的劲儿站了起来。

"你怎么不拦着点？"乔晚浑身的不适，老爷子在这儿，她就几乎不可避免地要时刻与祝靖寒微笑，耍耍亲密，搞不好这又是以后祝靖寒嘲笑她的缘由。

"我拦过了。"

一句话那也叫拦吗？

"臭小子你给我过来。"祝老爷子一声怒吼，让在客厅说话的两人都震了震。祝靖寒一脸闲适，然后双手抄兜，向着声源那边走过去，微微勾唇，脸上带些笑意。

祝老爷子铁青着脸站在门口，他刚才开门的时候也没意识到里面是这样的。

"怎么了，爷爷？"他笑了笑，然后站在老爷子的身后，看了屋里一眼，没觉得有什么不妥。

"你这是客房？"祝老爷子指着屋子的手颤了颤，心气不顺，胡子都要气炸了。

"是啊。"祝靖寒点头，一脸的毫不怀疑，老爷子伸手抚了抚额，祝靖寒真是他的亲孙子吗？

这里面满当当的都是篮球，整个一个篮球收藏室，各种签名篮球在架上被摆得整整齐齐，里面十分干净，干净到地板都是亮的，这里面别说住了，连放床的地方都没有。

"既然是这样，现在就是我的房间了。"祝老爷子稳下心神，突然一脸正派。祝靖寒右眼跳了跳，这老爷子该不会是要闹什么幺蛾子吧？

"嗯，你的。"

祝老爷子别有深意地看了祝靖寒一眼，突然笑意深深，忽然对着他身后的两人说道："把里面的东西给我清空，半个小时内，放张床进来。"

祝靖寒俊眸一下子就沉了下来。祝老爷子好像看出来他不高兴了，连忙拍了拍自己宝贝孙子的肩膀几下，满带笑意地说道："我知道你孝顺，但是布置这里就不用麻烦你了，你去陪会儿乔丫头。"

祝靖寒脸色一下子就黑了,这些篮球可是他从初中就一直收集的,不乏名签,这老爷子就一句话就要给他处理了,那他能开心?

眼见着一个黑衣人就要去收拾,手马上就要碰到他的篮球了,祝靖寒咬牙,大吼一声。

"都别动。"随即怕效果不好似的,他又加了一句,"谁敢动我就把谁扔出去。"

祝老爷子皱眉,伸手掏了掏耳朵,他年纪是大了,但是也不聋啊,祝靖寒在他耳边这么喊,震得他耳朵还疼。

"别听他的。"祝老爷子还嫌不够,直接补充了一句,那些黑衣人是吃祝老爷子饭的,所以两人同时下命令当然是听主子的,至于那个都要气炸了的男人,他们决定,暂时就不要管他的意思了,管他开不开心。

祝老爷子发号施令之后,两人继续动作,祝靖寒心肝儿都颤了。

他忙拽住祝老爷子的胳膊,眼神幽深,隐隐泛着愠色。

"爷爷,我刚想起来左边有客房,不用收拾,更不用重新布置,也不用重新弄床,可方便了。"说完,他还看了一眼那两人有没有去动他的篮球。

祝老爷子眼神挑了挑,冷哼了一声。

"不用麻烦了。"

祝靖寒心里咯噔一下,这老爷子不会是跟他杠上了吧,怎么还不停劝了呢?

"爷爷……"

祝靖寒继续叫着祝老爷子。

祝老爷子就跟没听见一样,然后转过头把他的手推开,向着两人吩咐道:"速度稍微快一点,我有点累,想直接休息。"

祝靖寒嘴角抽了抽,斜眼看了一眼外面的大太阳,整个人都要气炸了,这么早休息什么!回笼觉不算回笼觉,午觉不算午觉。

他眼睁睁地看着那两个人从玻璃柜里已经拿出来三个篮球了,祝靖寒敛眸,突然想起来了什么,他转身往乔晚那边快步走,走到她的身边之后,他伸手牵住乔晚的手。乔晚心里诧异,随着他站了起来。

"怎么了?"她刚才听到老爷子喊了,还说要把东西清出来。

祝靖寒俊眸潋滟,然后另一只手也握住她的手腕。

"那老头子要扔我的篮球。"要是乔晚能看见,估计就看得出祝大总裁要声泪俱下了。

"咳咳！"乔晚咳了两声，不知道如何作答。

"你让爷爷住客房不就好了。"刚才他闹什么幺蛾子，乔晚恍惚记得，那边有个房间是祝靖寒专门用来收集篮球的，她曾经进去过，不过也就清扫的时候才会进去。

"那老头倔，现在让住也不住了。"祝靖寒声音突然放得很轻，然后凑近乔晚的耳朵，生怕她听不见，两个人的姿势特别像咬耳朵，祝老爷子回头看了看，面上慈祥。

"你去跟爷爷说，让他去住客房去。"他虽然有些闷，不过跟乔晚还算好声好气。

乔晚粉嫩的唇扬起。

"跟我又没关系，我不管。"她干脆撂了挑子，好不容易让祝靖寒难以吭声一次，她还不好好地利用利用，那不就便宜他了。

"乔晚你……"祝靖寒咬牙，然后又忍住。

"你要是跟老爷子说通了，我可以答应你一个条件。"

祝靖寒说话的同时，还不忘往自己心心念念的篮球那里看了一眼，那两个人速度够快的，那玻璃卸着挺麻烦的，怎么这么快就弄出来好几个了。

"真的？"一个条件，从祝靖寒口里说出来的，乔晚当然有兴趣，想让祝靖寒应承一件事简直太难了。

"嗯。"他点头，心里满是篮球。

"可是我现在还没有想到的。"乔晚勾唇，吊足了胃口。

"时间无限大，你什么时候想好什么时候跟我兑现就成。"祝靖寒看着乔晚，她白皙的皮肤红润润的，耳朵上有可爱的小绒毛。

她脸上没有一点瑕疵，他突然恍了恍神，差点亲上去。

乔晚点头，不再思虑，等会儿把祝靖寒惹毛了可就什么也没了。

"带我过去。"

他把她的手绕过他的腰，乔晚的脸一下子贴在了他的胸上。

眼见着那两人的动作越来越利索，祝靖寒整个人都要怒了，终于，他带着乔晚走到了那间房的门口。

祝靖寒大手绕过她的身后，捏了捏她细软的腰部，乔晚一抖，知道他是什么意思，于是脑海中开始组织语言。

"爷爷，家里客房挺多的……"还未等乔晚说完，祝老爷子脸色一开心，立马说道:"哪一间,带我去看看。"

祝靖寒脸一下子就黑了,他这么容易就同意了,这老头子到底是谁亲爷爷?

他怒气冲冲地转头,看着里面两个黑衣人的眼神冰冷阴沉,那两人同时觉得后背凉飕飕的,不禁打了个寒战。

"怎么拿出来的给我怎么放进去,立刻,马上!"

乔晚低头,肩膀笑得一耸一耸的。

祝靖寒大手揽住她的肩膀,然后低头在她耳边沉沉地说道:"刚才你威胁我是不是?嗯?"

乔晚思绪还没回来,笑意还挂在脸上,就被祝靖寒这句话弄蒙了,什么叫她威胁他了,她什么时候威胁他了?

"什么时候?"她怎么就不记得了。

祝靖寒眸子幽深,脸上似笑非笑,眉间清冷如仙。

"待会儿我会让你原原本本地想起来。"

俗话说得好,君子之仇,一小时不晚。乔晚终于意识到不对了,这货该不会是反悔了吧,一定是,看现在的情形和语气,他是想等会儿秋后算账,借着机会要收拾她呀。

"祝靖寒,君子一言,驷马难追。"她声音陡然加大,脸色十分严肃。

如果抛却她眼睛上的白纱布,倒看起来还像是那么回事。

"我可从来没说过我是君子。"

一句话,把刚才的一切都翻盘了。

"等等,我们先理一下,是不是你记错了。"乔晚努力地回忆,想知道她到底干了什么,让祝靖寒这样一言九鼎的人,怎么说反悔就反悔了。

"我先带老爷子去看客房,等会儿再跟你算。"

他要清算的,可多着呢,小丫头,长大了啊,竟然学会跟他讨价还价了。

"靖寒……"祝靖寒松手,乔晚落了一个空,瞬间,面前就没人了,她动也不是,不动也不是。

6

祝靖寒带着祝老爷子去了真正意义上的客房,里面奢华美观,十分实用,祝老爷子十分满意,刚才的不快一下子就烟消云散了。

"行了,我自己看看,你不是要和乔丫头算什么吗,去吧去吧,我这老头

211

子就不耽误你们的事了。"祝老爷子也是心宽得很，不仅豁达，耳朵还好使，那话都听见了，刚刚那老爷子明明就走远了。

祝靖寒伸手揉了揉眉心，低头看着老爷子对房间十分满意的模样，突然有些无奈。

"祝靖寒你过来带我一下，我什么都看不见，找不见路。"乔晚黑着眼睛站着总觉得时时刻刻要摔倒，没安全感，现在就想找个地方舒舒服服地坐下。

祝靖寒扬头笑了笑，嘴角勾起，笑意倾城："和我又没关系，我不管。"

什么叫以其人之道还治其人之身，这就是精粹。

乔晚要哭了，他一个大男人怎么就那么睚眦必报，一刻也停不了地记仇呢。

她要是能看见，她用他？

祝靖寒见她欲哭无泪的样子，心情更好了，于是往她的面前走了几步，然后停下。

他扬头，细碎的头发在额前，十分好看。

他的唇是好看的红润，薄唇轻抿，他眼神带笑，轻声开口道："要我带你容易，但是你要答应我一个条件。"

乔晚一哽，真的要哭了，什么条件，这又是哪门子事。

"行，什么条件。"这种时候你硬气也没用，地形是熟悉了，真正操练起来，绝对的难上加难，她可不想瞎的这些天，再磕到一堆的瘀青。

祝靖寒似是思虑，良久才又开口："我还没想好，想好之后再告诉你。"

乔晚筛子般地点头，那速度快得跟小鸡啄米似的，看起来要多虔诚有多虔诚。祝大总裁不光明磊落地成功扳回一局，他走过来，伸手牵住她的手。

乔晚的手软软的，握着非常舒服，他怎么以前就没发现呢，现在跟上瘾了似的，就是想牵着她的手。

走了两步之后，祝靖寒突然停下脚步，然后转身挡在乔晚的面前，乔晚一不留神就撞了上去。

"嘶……"他的肌肉怎么这么硬。

"祝靖寒你突然停下来要死啊。"她有点忍不住了，不知道她现在是半残障人士，而且还是拜他好朋友所赐。

"你再说一遍。"他的声音陡然低了两度，听起来挺吓人的。

乔晚嘴唇嚅动了几下，没吭声，这种风口浪尖，她该避还是要避的。

"有胆子喊没胆子重复，你的胆子呢？"祝靖寒蹙眉，低头看着似乎知道

一生向晚

212

自己"错"了的女人。

"被你吓没了。"她低低地出声,然后抿唇。

乔晚的声音细小细小,还特别的柔和好听。

她大概是第一次软下来态度和他说话,祝靖寒只觉得心里一阵异样的电流滑过,然后嘴角不自然地扬起,心情为什么这么好呢?他也不知道。

他哼了一声,然后不打算跟她计较了,知错就承认就是好孩子,只要下次不再犯就好了。

他不知道的是,乔晚心里寻思着怎么把他的战斗力减小到最小化,毕竟,她现在的状况不利于发动她和祝靖寒的战争。

"眼睛还疼吗?"乔晚之前说不舒服来着。

祝靖寒微微俯身,看着她的鼻尖。

乔晚感受到他贴近的呼吸,刚想要后退,祝靖寒一下子就察觉到了她的意思,大手抱住她的腰,把她整个人都圈进了怀里。

乔晚不负期望地再次用脸接触了他强壮的胸膛,而祝靖寒来者不拒,自然全给接收了,也没觉得不妥,倒是觉得乔晚听话的样子,怎么就那么可爱呢。

不知道什么时候起,他开始在意她的一举一动,一颦一笑了。

"我鼻子疼。"她脑袋堵在他的怀里,瓮声瓮气的。

祝靖寒把她拉开,然后俯身看她的鼻尖,是有点红。

"怎么弄的?"他眼里有些似笑非笑,隐隐约约有幸灾乐祸的意思。

"总裁你的胸挺大啊,差点把我的鼻子给撞回去。"乔晚咬牙,一字一句地回答道。

然后祝靖寒就非常不悦,胸大是形容女人的词好吗?!用胸大形容他一个一米八六以上、帅气多金、长得俊朗的老爷们,这也合适?

"你再说一遍?"祝靖寒沉着声,一双星眸眯起。

乔晚摇头,该收就收。

祝靖寒顺了顺气,强压下就在这里掐死她的冲动,他下意识低头看了一眼自己的胸肌,简直美得不可方物。

祝靖寒复又握住她的小手,然后往楼上走。

"你现在想做什么?"祝靖寒难得好脾气、好耐心地陪着乔晚说话。

"洗脸。"她从受伤到现在就没洗过脸,特别不舒服。

"好。"祝靖寒听明白了,牵着她的手走到楼梯前,然后俯身,把乔晚打横抱在怀里，妥妥的公主抱。

乔晚伸手去搂他的脖子，脸距离他的胸很远很远。祝靖寒稳重地迈着步子往上面走，楼下祝老爷子客房也看好了，出来吩咐黑衣人去买洗漱用品。

祝靖寒听到祝老爷子说的话，嘴角抽了抽，这是要长住的意思吗？这老头又不是没住的地方，来蹭他的家是怎么回事？

7

洗漱间，乔晚站在镜子前，伸手摸索着水龙头。祝靖寒双手抱臂站在一边，静静地看着乔晚，只是等了半天，也没等到她说要寻求帮助的话。

终于，乔晚第三次把台子上的洗面奶碰掉的时候，祝靖寒忍无可忍了，他挽起袖子，然后把乔晚拉住，把她拢在怀里。

他伸手打开水龙头，然后等到水温适合之后，先洗了洗手，然后把水接在手里。

"低头。"他温和的声音在她的耳边响起。乔晚鬼使神差地就低头了，低头的时候还知道把腰弯下，省得他嘱咐了。

祝靖寒单手把水抹在她细嫩的脸上，然后细心地洗干净，来回几次之后，他弯腰，把洗面奶捡了起来，打开盖子，弄了一点在手里，他双手合起，搓了搓，直到搓起了泡沫，乔晚闭着眼睛，纱布刚才已经弄下来了。

除了眼周还有些肿，其余的还好，不似昨天那么严重了。

祝靖寒眼神一沉，看着面对着自己的女人，伸手把洗面奶弄在她的脸上，左右揉揉，上下揉揉的。

"低头。"他举着手，乔晚向右转，然后把头低下。

再次打开水龙头接了水，他将她脸上的泡沫洗干净，这才去拿毛巾。

这辈子他还是第一次给女人洗脸，仔仔细细地把她脸上的水珠擦干净。

祝靖寒推着乔晚往外走，他虽然没特意观察过，但是也知道乔晚的化妆品都在卧室内的梳妆台上，上次进去的时候偶然注意到的。

他伸手打开门，然后双手抓住乔晚的胳膊，他站在身后，像小孩子学走路一样，他在后面仔细地照看着，直到乔晚安稳地坐在了床上。

祝靖寒转头走向梳妆台，一堆的化妆品，他平时用得简单，也不知道哪个是哪个，男人的护肤品和女人的不一样，只是简单的几样。

祝靖寒站在那里，眼神扫过一堆韩文和英文的牌子，抿了抿唇。

乔晚等得脸都快干了，也没听到祝靖寒的动静，心里一下子就反应过来了。

"第一个是精华，先给我拿那个就行。"她平时都是按使用顺序排的。

他修长的手指划过金属台，然后拿起那个乔晚所说的精华瓶，瓶身白色玻璃质地，盖子是金黄色的金属颜色。

他拧开，然后倒入掌心，两手焐了焐，然后向着乔晚走过去，他俯身，把大手放在她的脸颊上，然后开拍。

"祝靖寒，我自己来就行。"她伸手去胡乱地拦，这可真是拍水，等他拍完了她的脸就红了。

"这么吸收好。"他用胳膊把乔晚推倒，然后一只腿禁锢住她的腿，手伸向乔晚的脸。

"不不不，真不用。"她伸手挡住脸。

祝靖寒眼神眯了眯，然后轻笑，乔晚没看见，所以不知道此时正压制着她的男人，笑得一脸妖孽。

"把手拿开。"他沉着声，嘴角勾笑，隐约地坏笑。

"不用了。"她着急否定，人在屋檐下，不得不低头。

"确定？"他挑着语气，郑重地确认了一遍。

"确定！"

"那就不擦脸了。"祝靖寒明显有松口的意思，乔晚整个人神情一放松，只是怕他突然动作，手还挡着脸。

祝靖寒低头在她的身上扫了几眼，说了让乔晚莫名其妙的一句话："你觉得哪里还缺精华？"

他的掌心还湿湿的，刚才精华倒得太多了。

"祝靖寒，别闹了。"乔晚正声，她怎么觉得那么不安全呢，她试着睁开眼睛，模模糊糊的一片，黑漆漆的其中有一点亮。

祝靖寒眼神一顿，停在某处，看一眼她的，然后再看一眼自己的，最后嘴角弯起。

"没看出来，发育不少。"

"什么玩意发育不少，你起来。"他都快要把她的腿给压麻了，也不知道看什么。

"胸。"他把腿移开，然后一脸笑意。

乔晚噌地就坐了起来，脸色涨红，他刚才往哪儿看了！

"要不往那儿抹点，也许有助于增长。"

"滚。"乔晚咬牙，凭感觉地伸手向着祝靖寒的方向拍去，然后手落了个空，没几秒，她只感觉一片黑影靠近，左右脸被他的大手包住。

"别浪费了。"说完，他还故意拿手在她的脸上揉了揉。

祝靖寒看她有怒气又不敢发的样子，眼底流露出一抹不易察觉的微光。他的手指甲修剪得整齐而干净，穿着白色的衬衫，袖扣处刚才给乔晚洗脸的时候就已经挽起，露出精壮的手臂。

离开乔晚的脸时，食指的指腹轻滑过她的嘴角，祝靖寒一笑，眸光潋滟。

"你去看看爷爷，看还需要些什么。"乔晚觉得脸上火辣辣的，找了个理由就要打发祝靖寒。

他看着她脸色涨得通红，也没为难她，一下子就下了床，整了整袖口，便转身往门口走。

走到门口后，似乎是想起来了什么，祝靖寒突然回头，薄唇微勾，笑意肆意。

"洗澡的时候叫我，我帮你。"

"滚。"乔晚几乎是咬着牙低声吼出这个字的。

祝靖寒黑曜般的眸子闪过流光，他笑笑，然后出去了，还不忘顺手关上了卧室门。

乔晚低头，然后把手放在脸颊处，滚烫滚烫的，他身上好闻的清新气息似乎还萦绕在鼻尖，乔晚用力地拍了拍自己的脸，生怕又陷进去。

她一下子躺在床上，然后翻了个身，趴在那里，双手放在脑袋上，脸上的热度一直持续不下。

祝靖寒下了楼，老爷子不在客厅，可能是出去了。他迈步走到沙发前，然后坐下，脑袋倚在沙发背上，单手放在额头上，似乎在想些什么。

客厅的气氛冷冰冰的，祝靖寒想问题的时候，是一贯安静的，他黑眸沉了沉，突然坐起，然后拿起茶几上的手机，修长的手指点开相册。

最近的照片中是几张截图，分别都是侧影，大多是戴着帽子。

他面无表情，手指轻击，照片放大。

祝靖寒目光放在照片中人的侧轮廓，不难看出，是那个人没错。

他的手指还放在那里，薄唇轻轻地抿起。

祝老爷子许久没回来，可能是会老友去了，直到晚上他们都吃完晚饭后还没回来，乔晚趁祝靖寒不在摸索着换了一件宽松的睡衣，准备去洗澡，只是还未摸索走到门口,就撞上了一堵温热的胸墙。

祝靖寒是什么时候站在这里的,这是乔晚想知道的第一个问题。

第二个问题就是,她刚才的脸碰到的是真真切切的皮肤,滚烫滚烫的,这个变态怎么不穿衣服。

"你……"还有,她刚才换衣服的时候,祝靖寒该不会看见了吧。

乔晚双手捂胸,她现在可提不起那时候勾引他的劲儿了。

祝靖寒垂眸,眼神阴沉,她现在那是什么动作。

他长手一伸直接把她捞在了怀里。

乔晚一个没防备,一下就接触到他的肌肤,脸上瞬间滚烫滚烫的。

"我要睡觉了。"乔晚有些不自在,就算是看不见,还是微微地别开了眼睛,她向上帝发誓,绝对没有要占祝靖寒便宜的意思。

祝靖寒眉毛一挑。

"穿成这样……"他语气顿了顿,给人予以遐想的余地,"不是要去洗澡的吗?"

乔晚刚才差点脱口而出"我没想勾引你",还好没说出来,不然又得被他嘲笑了。

"不洗了。"乔晚摇头,然后伸手攥住领口,生怕祝靖寒按捺不住,兽性大发做出什么事来。

祝靖寒右手环住她细软的腰肢,然后笑声在她的耳边炸开。

"别不好意思。"

乔晚愣住。

祝靖寒使劲把她抱了起来,推开门然后往浴室的方向走。

乔晚脑袋趴在他的胸口处,耳边蹭着他坚硬的胸膛,可以听到他如雷般的心跳声,好像有点快。他轻手钩开浴室的门,然后低沉一笑。

乔晚听到那笑声,脸不可避免地一红,这一下子就红成了番茄的颜色。

他把她放了下来。

乔晚摸黑往一个方向后退了两步,然后拉开和祝靖寒的距离。

"你出去吧,我要洗澡了。"这个时候说不洗了,好像有点不现实。

祝靖寒挑了挑眉,没有说话,而是向着乔晚的方向逐步地靠近。

乔晚心里一紧,刚要拉开与他的距离,却被祝靖寒一把拽住了。

祝靖寒把她拉到了淋浴那里,伸手按下按钮,水"哗"的一声就淋了下来,水花溅到两人身上不少,他调节着温度,等到觉得适中了,才松开乔晚的手然后低头。

"需要我了,就叫一声。"他性感的嗓音让乔晚耳根子一红。

祝靖寒伸手解开她衣服前乱系的带子,而后走了出去。

也许是水声太大,直到祝靖寒把浴室的门带上之后,她才觉得顺心了一些,伸手触碰了碰水,不得不说,祝靖寒某些时候做事情还是很细腻的。她伸手将身上的衣物褪尽,然后小心地迈步走到淋浴器下面。

温热的水冲了下来,乔晚觉得思绪都宁静了。

8

祝靖寒就站在浴室的门外,耳边是哗啦啦的水声,他站在那里,眼里和脸颊上都带着一丝红晕。

家里很宁静,空气中是清新干净的味道,时钟嘀嗒嘀嗒地走着,偶尔静下心来,那一声一声的秒针行走的声音竟是十分悦耳。

手机铃声倏地响起,祝靖寒低了低眸,号码陌生。

他接起,面容沉静。

那边传来老人的声音,似是愉悦,会见老友,自然是愉悦的。

"今天晚上我在这边住了,明天再回去。"老爷子可能在那边打牌,整个人都神清气爽的,连每一个字的语调都在上扬。

祝靖寒耸肩,表示不在意。

他只是淡淡地"嗯"了一声。

老爷子也没多说,好像忙着出牌,没时间和他唠,所以没说几句就把电话挂断了。

祝靖寒低头,修长的五指握住手机,然后顺着手势滑进了兜里。他后背倚在墙上,然后抬头看了一眼远处的时钟,那亮色的数字,显示现在已经是晚上九点半了,没多久,里面的水声一下子停了。

祝靖寒身子离开墙,然后转身,手掌握住门把手,思忖几秒,并未立即打开。

大概等了有三分钟,他觉得差不多了,这才拧动门把手,门把手转动的声音让里面什么也看不见的女人慌了神,恍惚间手不小心触碰到出水的按钮,冰凉的水一下子就倾泻了下来,凉意刺透着肌肤,凉得刺骨。

乔晚想离开凉水的位置,开始往外躲,奈何地太滑,她双手紧护着胸口,脚底一滑，身子不受控制地向后仰。

这时候祝靖寒已经进来了，他看到眼前的场景，身子快速地做出了动作，一下子把乔晚捞在了怀里。温软的人落在他的怀里，乔晚浑身上下不着一物，脸噌地变得通红，这一刻她觉得还不如摔死的好。

祝靖寒呼吸一紧，冰凉的水把他也打个透湿，大手现在正扶在她的腰上，不知道是手感太好，还是前面的身子太软，反正祝总不淡定了，他嗓子眼咕咚一下，忙伸手关闭了水龙头。

乔晚一动也不敢动，虽然现在动作很尴尬，但是起码他应该什么也看不见吧。其实真实的情况是，祝靖寒把她浑身上下看了个遍，看不见的地方也都用胸膛深切地感受到了。

他的心跳得飞快，然后伸手拿到放在一旁的大浴巾，披在乔晚的身上，给她裹了个严实。

乔晚实在是尴尬，嘴角抿着，脸通红通红的，连头都不敢抬，祝靖寒将她抱起来，然后带她进了他的卧室。

她面若桃花，眸中晕染着一片氤氲雾气。

祝靖寒整个人一紧，下腹处蹿上一道火气，他把她放在床上，用被子盖得严实。乔晚觉得热，但是她此刻也不敢放肆。

她眨了眨眼，自己想着，没事，看就看了，也不会少块肉。

她脸上带着好看的粉色，白皙的肌肤透着晶莹，祝靖寒只觉得嗓子眼干涸，然后"砰"的一声把门关上了。

乔晚被关门的动静吓了一大跳。

"我要睡觉了，你回你房间吧。"她闭着眼睛，心想着他一定要走一定要走。

她紧张呼吸的样子，让祝靖寒的眸中染出一抹倾城的笑意，男人的眸子已经幽深，墨深如潭。

他走上前，然后单腿跪在床上，双手都放在床上，慢慢地向着乔晚的方向行动，直到他强壮的手臂已然撑到了她的身侧。

"这是我房间，你让我回哪里去？"许久，他悦耳的声音响起，仔细听里面还带了一丝厚重。

祝靖寒低头，她红润的脸色、粉嫩的唇、白皙的脖颈、性感的锁骨，总之，这女人的一切看起来是那么诱惑，那么美好。

"那我走。"乔晚慌了神，她能感觉到他炙热的视线，心里一紧就要起身。

祝靖寒浅浅地一笑，墨眸深沉，然后大手禁锢住了她欲起身的动作，双手压制住她纤细的胳膊。

"走不了了。"

他的眼神如猎豹一般，在这温和的灯光中竟显得十分危险，像极了饿坏了的野兽。

祝靖寒低头，衔住了她温软的唇，辗转地吸吮着。他低头，碎发轻轻散动，配合着蜜色的肌肤，精壮的胸膛，沾染着绯红的色泽，甚是诱人。两人呼吸交融，乔晚伸手，却又再次被他大手禁锢住，然后他狠狠地在她嘴唇上咬了一口。

乔晚"嘶"的一声，转头避开了他的唇。

"祝靖寒，你疯了。"她的呼吸有些不稳，脸色绯红，带着些恼怒。

他把她的双手都攥在一只大手里，然后另一只手，缓慢地蹭过她粉嫩的唇，眼中色彩深浓，波光流转。

"对，我疯了。"他沉沉一笑，再度噙住她香软的唇，辗转厮磨。他褪去孤僻冷傲的样子，眼中夹杂着复杂的情愫。

乔晚抵不过，干脆就不再抵抗。

"乔晚。"他低声喊着她的名字，低垂的眸光探入了她蒙眬的眼睛里，如深潭般一眼便让人陷进去。

他的手探进薄薄的浴巾里。

这动作让正恍惚的乔晚一下子就惊醒了，她双手死死地拽住浴巾的上围，不肯松手。

"你出去。"

乔晚眼神发冷，脸上褪掉刚才一脸的绯红。

突然的反差，让祝靖寒撩动的心思越发强劲，他的手臂圈在那里，不能撼动分毫。

"别闹。"他敛声，连声音都哑了。他连裤子都脱了，乔晚就让他听这个？

她的眸子清亮，带着倔强。

"你别碰我。"乔晚见祝靖寒似乎又有继续的架势，大喊出声。

气氛瞬间冷凝了，空气中流动着压抑，祝靖寒沉着眸，薄唇抿得紧紧的，他的脸上带着浓浓的不悦和失控。

乔晚使劲地呼吸，她茫然的眼眸看进祝靖寒幽深的眸光中又重复了一遍："你别碰我。"

"我今天还就要碰你了。"他怒了,倏地低头,一个吻落在她的侧脸上,然后张口,咬了她一口。

乔晚蹬起脚,就要往他身上踢去。

祝靖寒意识到她的动作,眸子一黑,然后单腿压制住,浑身上下散发着风雨欲来的气势。

他大手一下子扯下包在她身上的浴巾,然后顺手堆在了她的腰上,刚才他还想慢慢地脱,可现在他没那个耐心了。

乔晚感觉身上一凉,她哆嗦了一下,然后把手臂放在胸前挡住。

乔晚防备的神色让他更加恼怒,他伸手去扯她的胳膊。

她白皙的肌肤让祝靖寒嗓子眼越发干涸,他的眸子加深,连浑身的温度都开始发烫。

祝靖寒勾唇一笑,然后居高临下地看着她惊到的样子。

乔晚紧张地呼吸着,生怕自己一个激动晕过去喽。

他低头,唇落在她精致的锁骨处,大手向下探去。

乔晚身子一绷,大喊出声:"祝靖寒,停!"

这种事,还能叫停?

乔晚在他身下一个劲儿扭来扭去,让他心猿意马。

停?他不听。

祝靖寒顿了一下后,继续行动,乔晚终于是变了脸色,然后一副欲哭无泪的样子。

"我来那个了。"

祝靖寒脑袋"嗡"的一声,然后抬头,盯着她的眼睛,随即一笑,谁信!

乔晚睁大眼睛,她要是能看见,就知道祝靖寒正用一副"你撒谎被我戳穿了"的表情看着她。

"我真来了。"她知道他不信,可是又不能直接掀开证明给他看吧。

祝靖寒眸色沉了沉,动作顿住,眼神微敛,然后起身,那样子分明就是在等她证明什么。

乔晚一咬牙,坐了起来,把浴巾向上拉起,把自己包裹好,然后往旁边坐了坐。

顷刻间,白色床单中间一抹晕染的红,祝靖寒脸色一僵,有些不自在了。

还真的来了……

Chapter 10
命运轮转

1

祝靖寒起身站到床边,脸上尴尬了一瞬,就变得无比平静了。虽然他真是第一次看见女生的姨妈血,但他什么大风大浪没遇到过。

"你那个在哪儿?"他虽然没见过,但还是有常识的,这女人来事了,怎么也得拿"大创可贴"垫一下。

乔晚也委屈,她洗澡的时候就觉得腹部有点胀痛,没想到刚才一激动,就直接来了,快到她来不及反应。

"什么那个?"乔晚蹙眉。刚才让他出去他不出去,这下尴尬了吧。

"卫生巾!"祝靖寒咬牙,这三个字被一字一字清晰地说了出来。

乔晚脸一红,咳了一声:"那个,你去我卧室的床头柜里找找。"

祝靖寒盯着她一副害羞的模样,眉毛挑起,脸色不是很好。他不再问,直接转身,"砰"的一声打开卧室的门,强烈的声音显示了他此时的怒气。

祝靖寒大步走到旁边乔晚住的房间内,猛地打开门,朝着她说的床头柜就走了过去,他站在那里,顺了个气,和乔晚在一起,他真是什么都干过了。

他大手拉开柜子,里面没什么东西,很简单,就一个标着ABC的袋子。

祝靖寒敛眸,这个应该就是了吧,他恍惚记得好像电视广告上播过。

超薄的?这也太轻了,他伸手打开,却发现里面空空如也,什么都没有。

祝靖寒黑眸一沉,大手把刚才那个ABC不大的包装给扔了出去,轻飘飘地

223

落在了她的床上，然后转身，走回自己的卧室。

乔晚坐在床上，然后一抖，身下黏乎乎的，感觉不太好。

祝靖寒怒气冲冲地走到床前，光裸的上身泛着诱惑的光泽。

"拿来了？"乔晚抿唇，说得小心。他该不会一发善心，打算亲自帮她换上吧，这个她可消受不起。

祝靖寒黑眸沉沉，语气不太好："没了。"

乔晚当时脑袋一下子就蒙了，什么叫没了，都这么晚了，她正流血不止哪，还顺带着报废了他一条床单。

见乔晚没动静，祝靖寒走到她面前，脸色有点不自在。

"那东西要去哪儿买？"他开口，反正状况不是很美好。

乔晚猛地抬头，辨着眼前微微的一道亮光，似乎可以看得见他的轮廓，她嘴角弯了弯，突然笑了起来："便利店就有。"

祝靖寒冷声道："等着。"他说完便走了出去，走的时候还不忘顺手把门给带上了。

祝靖寒走后，乔晚小心地挪动了一下位置，然后平躺在床上，把浴巾拉扯在身上，心里莫名觉得幸福。

祝靖寒心里可就没什么幸福感了，他走到车库，然后打开指纹识别，他抬眼看了一下那辆新买的红色的玛莎拉蒂，那是一款比舒城那辆还要高级的爆款，那天他看见乔晚从舒城家出来后，就买了，只不过一直没开。

祝靖寒打开车门，钻了进去，他修长的手指握住方向盘，踩下离合伸手挂一档，然后倒车。

等到红色的玛莎拉蒂倒车完美地转了一个弧度，祝靖寒眸子一紧，只听"轰"的一声，车子便冲了出去。车流较大的车道上，玛莎拉蒂如光影一般穿梭在车流中，没一会儿，就到了附近的超市。

祝靖寒打开车门，刚才出来的时候，身上穿的是一件深蓝色的定制衬衫和黑色的西裤，他的领口微敞着，头发有些凌乱，平添了不羁美感。

他大步走进超市，然后站在柜台前。

那个收银小姑娘被看得一怔，然后脸腾地就红了，眼前的男人也太好看了吧。

祝靖寒可没时间理会她的不知所措，只是阴沉沉地开口："你们这儿卖不卖卫生巾！"

他的样子凶巴巴的，要不是他长得太俊朗了，那小姑娘一定以为他是来打劫的。

对，打劫卫生巾来了，于是她脑补了一下各种霸道黑帮总裁为少女抢劫好几卡车卫生巾的样子。

随即脑中浮现出这样的对话。

"我要让全世界都知道，这些卫生巾被你承包了。"

小姑娘嗓子吞咽了一下，然后猛地点了点头。

"在哪儿？"依旧是霸气沉沉的声音。

周遭的气氛有些怪异，这画风有点美。

"那……那儿……"小姑娘伸手指了指就在不远处的日用品区。

祝靖寒眸光一寒，然后转身大步走了过去。

收银员小姑娘面色一松，刚准备松了一口气，然后就看到那个俊朗的男人阴沉沉地站在那里。

他侧头，看向一脸无辜的收银员，然后挑眉，那眼神就是"你赶紧过来"的意思。

小姑娘不敢耽搁，然后小跑着过去。

她以为这个男人是要问类型呢，谁知道祝靖寒只是脸色微沉地用手掌扫了这一圈卫生巾，语气一点都不亲和地说道："这些一样给我一包。"

他刚才瞅了两眼，什么苏菲高洁丝，夜用日用，410、360的，他也不懂，只是觉得怎么这么麻烦。

收银员小姑娘也不吭声，见他的样子也不好意思去讲解这些怎么用，只是拿了个大塑料袋开始动手装。

祝靖寒斜站在一边，眸子轻眯，等到她装完了之后，直接去收银台结账，几张红色的大钞放在了收银台上，祝靖寒手里提着一大袋子卫生巾上了车，扬长而去。

2

车上，那些买来的卫生巾被放在副驾驶位上，祝靖寒眼神清冽，也不知道够不够用。

终于，仿佛过了一个世纪那么久，祝靖寒所开的那辆火红色的玛莎拉蒂一个滑行，然后猛地刹车。

那技术绚烂到让人眼花。

乔晚躺在床上都要睡着了，半昏半醒间，她听见噔噔噔上楼梯的声音，她有些困乏，知道肯定是祝靖寒回来了，再不回来，她就血漫金山了。

祝靖寒大手推开门，然后提着一个夸张的大袋子走了进来，乔晚缓慢地坐起来，然后单手拽住浴巾的上围。

他见她防备的样子眸色闪了闪，然后把袋子哗地扔在了床上，里面不少卫生巾都跑了出来，滚了好几圈。

乔晚伸手去摸，就摸到了无数的姨妈巾。

她皱了皱眉，他该不会包了整个超市的卫生巾吧。

祝靖寒见她一脸愁容，瞬间整个人都冷了下来，大半夜的他去超市给她买这玩意，看样子好像还不领情。

"买得不对？"祝靖寒见她手里拿着一个，摸索了半天，也不做动作，以为自己买错了，顿时觉得那小姑娘实在是罪恶滔天。

乔晚蹙眉，然后摇头。

"你出去。"她说道，又下了逐客令，这句话今天晚上他不是第一次听见了。

祝靖寒不说话。

乔晚红了脸，自知说得太生硬了。不过他在这里杵着，她怎么换？她还想去卫生间，可是身上几乎不着一物，就一块浴巾，遮住上面遮不住底下的。

祝靖寒突然就明白了她的意思，然后清冽的眼睛弯起，轻笑。

"里面穿东西了吗？"

祝靖寒挑眉，如果他没记错的话，当时乔晚光溜溜的就被他用浴巾围住抱出来的。

内裤应该是没有的，除非她会变魔术。乔晚脸色一僵，底下光溜溜的，倒是穿空气了。

她一咬牙，就算她自己走得到卫生间，也不一定能找到内衣。

她就僵在那里，不知道该怎么办了，让她去求祝靖寒，显然是不太可能的，她拉不下那个脸。

祝靖寒似乎是站得累了，斜倚在一边的墙上，双手抱臂，神情肆虐。

许久，他还是不说话。

乔晚底下已经黏腻腻的了，十分不舒服，腹部也痛，好像是痛经了。

"祝靖寒，麻烦送我去一下卫生间，顺便帮我找一条内裤。"乔晚说完整个人都不好了。

祝靖寒似乎心情大好，这才走到床前，一下子把她抱了起来，她起来的时候，祝靖寒低眸看了一眼她刚才所在的位置，一片红，触目惊心。

他心里忽然有些紧张，失血这么多，不会出什么事吧？

没多想，把她抱到卫生间，然后放她在下来，祝靖寒就转身走了出去，去乔晚的卧室了。

第二次进乔晚的卧室，他皱眉，然后目光看向一旁的柜子，东西应该在那里。没想太久，他直接走了过去，然后修长的手指握住柜子的把手，一把拉开，里面的裙子大衣寥寥可数，上面没有，祝靖寒深沉的目光落在底下，他低头，拉开底下的柜子，他没猜错，的确是在这里。

里面内衣的样式实在是多，纯棉的、蕾丝的，各种颜色的，偏白色粉色还有红色系，他拿起其中的一件，然后眼神沉了沉，这东西，能包得住什么？

祝靖寒嗓子眼咕咚一下，然后把拿在手里的那件红色的薄得几乎没有布料的内裤放在里面，随手拿起一件白色棉质的，最后关上柜子。

乔晚撕开包装，手里拿着一个卫生巾，安静地等着，没一会儿，祝靖寒就又进来了。

"自己能穿吗？"他问，因为乔晚现在的样子看起来不是很利索。

"能。"乔晚肯定地说道，然后伸出手。

祝靖寒把手中的棉质的白色内裤递到了她的手里，抿着唇，没有说什么，走出去把门带上了。

乔晚松了一口气，然后快速利索地换完。她摸索着到门口，然后打开门，很意外的是，门口没有人，她侧身左转，顺着墙壁摸索着往自己卧室那边走。

大致的方位搞清楚了之后，她伸手握住门把手，然后打开了门。她又伸手，手指摸向右边的位置，是灯的开关。

她松了一口气，确定是自己的卧室没错。

她向前走脚先碰到了床，伸手接触到被单，然后整个人躺了下去，摸索着放在床上的薄被，她拉起一角给自己盖上。额头处隐约渗出涔薄的汗，整个人开始发虚。剧烈疼痛之前的前兆，乔晚再清楚不过，尤其是洗澡的时候还不小心浇了凉水。

乔晚闭上眼睛，深吸了一口气，然后整个人缩成一团，来缓解疼痛。

这边，乔晚躺在床上。那边，祝靖寒把被乔晚弄得乱七八糟的床单收拾了，然后换了新的。

白白的床单，看起来十分赏心悦目，只是等了半晌，也不见她回来。

他打开门走了出去，走到卫生间。卫生间的门开着，里面没有乔晚的身影。

祝靖寒眸色一低，手指微收，直接走向乔晚的卧室，这女人找卧室的本领还是挺强的，开门后在黑暗中，模糊地看得到她窝在床上，缩成了一团。

"乔晚，你把我房间弄得那么乱，现在还有心思睡觉？"祝靖寒走近。

乔晚背着身，没有一点动静，许久，只是虚虚地应了一声。

"嗯，我明天收拾，你今天先去睡别的房间。"反正家里空房间多得很，她说完后，轻吸了一口气。

祝靖寒眸色挑起，总觉得眼前的女人不对劲儿，他绕过床尾，走到另一边，然后上了床，掀开乔晚的薄被，整个人也钻进去。

乔晚缩得紧了些，咬唇没去理会。

祝靖寒大手伸出，温热的手指触及她的脸上，然后猛地一怔。

"怎么出这么多汗？"刚才明明还是好好的，这屋子里的温度，也不热，空调开得正好。

"没事，你去睡吧。"乔晚闭着眼睛。

祝靖寒见她无力的样子，整个人都严肃了，平时乔晚都咋咋呼呼跟只刺猬似的，这么老实还真是头一次见，他一想到床单上的红色，有些明白了。

"起来，我带你去医院。"语气是没有任何商量的余地，他起身，打算去给乔晚拿可换的衣服。

谁知道乔晚一下子准确地拉住了他的大手，语气轻轻地说道："不用，这很正常的。"

他一个大男人，当然不懂了。

"不行，去医院。"她的脸色不太好，甚至有些痛楚，月光洒下来，她痛苦的样子他看得再清楚不过了。

他心里微微闷着，这样的情况也许不止一次。

"别。"乔晚拒绝，挺丢人的，况且疼得也没算特别厉害。

祝靖寒顺势靠得离她更近了一些，大手顺着浴巾底下滑了进去，乔晚心里一紧，这人该不会是想乘人之危吧。

但是她担心的事情并没有发生，祝靖寒只是把手伸到她的肚子处。

他的手掌温热温热的，乔晚只感觉一阵舒服，果然热度对缓解痛经有好处，因为感觉还不错，乔晚就任由着他去了。

祝靖寒大手覆在她的腹部，转圈似的揉着，乔晚没一会儿就伸展开来，不那么痛苦了。

乔晚有些昏昏欲睡的，眯着眼，眼前可以看见的那一点光圈越来越小，直到闭上了眼睛，然后彻底黑暗。

祝靖寒手微动，沿着她的腹部划开，摸到一处突起的地方，他蹙了蹙眉，掌心在那里转了两圈，摸到一个类似疤痕的东西。

乔晚双手捂住那里，祝靖寒没动，他其实非常想知道那是什么，但是乔晚看起来实在是不舒服，他抿了抿唇，然后闭上眼睛，靠近乔晚。

她刚才本来有些倦怠的笑意，因为他对疤痕的触碰后猛然惊醒，她双手捂住那个地方，因为太紧，祝靖寒的手都很难抽出去。

"怎么这么紧张？"祝靖寒闭着眼睛开口，隐约有些睡意。

"已经不疼了，不用揉了。"乔晚开口，心里无奈。怕他再多问，她直接伸手把他的手移了出去，失去掌心的腹部倏地一凉。

祝靖寒脑袋凑近她的脑袋，然后大手又揽在她的腰上。

乔晚找了个位置，也不再动，只是安静地躺着，安稳地闭上了眼睛，准备睡觉了。

夜晚的风，暖热暖热的，夏季就是如此，室内空调温度适中，两人躺在床上，睡得安稳。

男人的下巴抵在她的头顶上，她的脸靠近他的胸膛，不知道什么时候起，就是这样的动作了。

3

第二天，祝靖寒和乔晚一同出现在了海世医院。祝靖寒是带乔晚来做治疗的，相比家里还是医院更好更专业，对乔晚眼睛的恢复也有好处。

所以上午他通知了东时助理，不打算去公司。

早上醒来的时候，乔晚可以朦胧地看见一些东西，不过还是很不清楚，就跟1000度近视眼不戴眼镜的视线感觉是一样的。

祝靖寒虽然不太喜欢舒城，不过还是带着她来了海世医院，这所医院的权威性，在海城乃至全国都是响当当的。

舒城早上接到消息，就已经派人准备了，自己坐在办公室里，然后调到监控的位置。

他时刻盯着门口，等着乔晚的到来。终于，一辆改装后的火红色玛莎拉蒂风风火火地停在了医院门口，两人一前一后地下车。

男人牵着女人，两人之间的气氛看起来十分好，舒城手指在桌上有节奏地敲了敲，如果乔晚苦尽甘来了，他也会很开心，只希望祝靖寒是真心对她。

两人的身影走进电梯，舒城啪地关掉电脑监控，然后身子倚在椅背上，眯上眼，做出一副睡觉的样子。他的神情有些闲散，有些等待不该让喜欢的人知道，否则她会有负担。

舒城勾了勾唇，睫毛轻颤。

现在乔晚找舒城的办公室，比找家里的卧室还熟悉，哪怕眼中有一点光，她都可以很快速地找到。

她不喜欢闭着眼睛，即使看不见，也睁得大大的，目光没有焦距，看着茫然。

舒城办公室的门开着，祝靖寒拉着乔晚的手直接走了进去，越过敲门的步骤，彼此都很熟，有些有的没的，也不愿意去做。

舒城此时闭着眼睛，慵懒地靠在那里，似乎是听到了两人的脚步声，才缓慢地睁开眼睛。

"来得比想象中的慢。"舒城起身，双手交叠。

乔晚听到舒城的声音，有些歉意地笑了笑。

"路上有点堵车。"乔晚声音清脆地开口。

舒城笑了笑，然后示意两人坐。

"眼睛感觉怎么样了？"舒城提问，治疗前必备的步骤。

"我现在可以看见一点了。"

舒城点头，看样子恢复得不错。

"怎么样可以好得快点？"祝靖寒眸子轻眯，睨着一直看着乔晚的舒城，总觉得那目光灼热得不似普通朋友般的简单。

"这两天住院比较好，换药也比较方便还有利于治疗，不知道祝总你觉得怎么样。"想让乔晚住院，还是要问过祝靖寒的，他要是不让，谁也没办法。

祝靖寒眸光锋锐，舒城的这个建议似乎也没错。

"好。"他开口答应。倒是乔晚有些不乐意了，她不太喜欢住院，挺拘束的，一点都不自由。

她皱眉的神色看在祝靖寒的眼睛里，他知道她是什么意思。

祝靖寒笑笑，伸手捂住她的眼睛。

他声音温柔："听话。"

宠溺的语气让舒城眼中的浓色加深，看来，祝靖寒现在对乔晚的态度改变了很多，至少不会爱答不理了，竟然还学会耐心地哄，这就是进步。

既然祝靖寒这么说了，乔晚还能有什么办法。

见她这么听话，祝靖寒也就放心不少，立马去办理住院手续了。

办公室中只剩下了舒城和乔晚，舒城看着她的眼睛，然后叹了一口气。

也倒是奇怪，乔晚现在要是认真地看，眯起眼睛看，可以分辨出人的衣服，却独独分不出人脸来，比如舒城的白大褂和里面蓝色的衬衣，看得异常清楚，但是舒城的脸，就模糊成一片，看不出五官。

"小晚，你眼睛怎么弄的？"时隔好几天才问出这个问题，舒城知道是有些晚了。

乔晚抿唇，倒是没想着瞒着舒城。她的神色严肃起来，而后说道："阿城，你知道吗？林倾回来了。"

"林倾？"

舒城顿住，神情倒没多大变化，不过，林倾他怎么会突然回来了？

"嗯，林倾。"乔晚用肯定的语气说着。

舒城眼神一凛，该不会是林倾把乔晚弄成了这个样子的吧？他虽不至于下毒手，但是他的目的是什么，这药很烈，但是也只有涂抹之后的二十四小时会疼，所以要是说想让她痛苦也的确牵强了些，林倾毫无理由这么做，至少在他知道的范围内。

"为什么？"舒城不用想也知道，既然乔晚提了，那么这件事和那个人便脱不了关系。

"我也不知道，可能是因为阿珩吧。"乔晚低头，手指握在一起，也就只有这么一个理由了。

"晚晚，这不太可能，都六七年了，要说报复是不是也太晚了些。"

舒城觉得虽然有道理,但是林倾这次回来恐怕不简单,回来没找别人,单单只找了乔晚那就有问题了。

"也许吧,我也不知道了,只能以后见到林倾问个清楚了。"乔晚有些沮丧。

"不只是林倾回来了。"祝靖寒已经去办好手续回来了,他的声音带着强有力的力度,透了过来。

乔晚眼皮跳了跳,祝靖寒的话,莫名让她有些紧张。

舒城挑眉,显然也没理清楚祝靖寒的话中的意思。

难不成顾珩还能回来?

祝靖寒大手搭在了乔晚的肩膀上,然后笑了笑。

"江素也回来了,她和林倾要结婚了。"祝靖寒让人暗中查了查,查到了这么一个关系谱,而现在,据说林倾和江素一起去见家人了。

"什么时候?"乔晚一下子站起来,江素回来了,江素竟然回来了,乔晚心里有些发酸。

"你去墓地那天,我和乔楚去找你的时候看到她了,她是和林倾一块回来的。"祝靖寒的目光有些冷,不知道害乔晚这事和江素有没有关系。

乔晚低着头,嘴角动了动。

"不会是她干的。"乔晚知道,祝靖寒心里在想些什么,可是她相信江素,那样的一个女孩子,让她怎么能不相信。

过去的那些点滴她都记得清楚,江素永远是最迁就她的那一个。她闭了闭眼,可是江素后来一声都没说就出国了⋯⋯这些人该走的走,不该死的死了,不该在一起的,竟然也在一起了,竟然好像都是错的。

祝靖寒哪能不知道乔晚的意思,她与江素之间的信任,那些过去的情感,两人是最好的朋友无疑。但是没确定之前,他是什么都不会和乔晚说的。

只是有一个人,自打现在都没有出现,他明明都回来了。

想来重见的日子也不远了,他低头看着乔晚,眉间染着清冷,到时候所有的一切是不是要重新洗牌?

他不知道,他也不想知道。

祝靖寒是一个很有规划,什么都不怕的人,却独独对那个人很上心。

4

病房安排好后乔晚住了进去,祝靖寒给她买了些开胃的小菜和粥之后,便接到东时的电话去公司了。走的时候,他还告诉乔晚晚上会来看她。

乔晚安心地吃完,然后有护士来收了桌子。她躺下,闭上了眼睛,长时间睁着眼睛眼眶都酸涩了。

门口响起脚步声,一步一步很稳重,只是听起来有些异样,病房的门被打开,乔晚试着睁开眼睛,眼前一片模糊。

她可以辨别出那人身上穿的衣服。

她勾唇一笑,然后声音柔柔的:"不是去上班了吗,怎么回来了?"

男人没说话,只是缓慢地走近。她发现,男人的脚步有些跛,难道是刚才出去弄伤了?

乔晚心里一紧,然后坐了起来。

"你的腿怎么了,刚才不是还好好的吗?"乔晚的眼中都是焦急的神色,但是男人不说话,然后站在床前。

突然,乔晚感觉一黑,男人盖住了她的眼睛,他的手掌冰凉,乔晚打了一个寒战。

"你的手这么冰,是不是生病了?"祝靖寒的手一向很热的。

乔晚伸手,握住他的大手,然后用手掌心捂住。

她的手不能完全包裹住他的,她就把他手的另一面贴在脸上,不知道是不是错觉,她好像觉得对面的人笑了。

"我没惹你吧,多久没玩沉默游戏了。"俗称冷战,对面的人不说话,乔晚叹了一口气,她最怕的就是祝靖寒这个样子。

阴沉沉,让她觉得做什么都是错的,所有的时候都感觉手足无措。

他还是没出声,只是大手动了动,摩挲着她白皙的脸颊。乔晚心里一动,觉得有些奇怪。

她视线降低,然后眯着眼睛,他身上穿的衣服的确是祝靖寒早上穿的那身,是祝靖寒没错,可是为什么,她觉得陌生又熟悉,还有一种莫名的悲伤奔涌而来,让她想号啕大哭。

对面的人眼中闪过冷光,他抽回手,静静地看着乔晚,他抿唇,嘴角动了动,却始终没出声。

乔晚抬头,想看得更清楚一些,男人却直接转身。

"这就是医院,你去看看吧,要不我陪你。"乔晚作势要下床。男人缓慢回头,侧脸冷酷,他伸出手点了点乔晚的眉心,然后轻轻地画了个圈。

乔晚一下子怔住，这……

然后，男人似乎是玩够了，直接转身往外走。

乔晚的视线降低，他的步子一跛一跛的，然后推开门离开。

她伸手摸了摸眉心，心想祝靖寒为什么会做这个动作？

她的心里一紧，然后猛地下了床，跌跌撞撞地推开病房的门跑了出去。她眯着眼，看到前方男人高大的身影。他走路的动作不快，乔晚往前追，追到拐角处的时候，人却消失了。

她只是想问问，祝靖寒怎么会开这样的玩笑，她明明没招惹他。她蹲下身子喘了口气，心里有些发紧，然后伸手揉了揉眼睛，再抬头，似乎又清明了一些。她抿唇，顺着路勉强走回自己的病房，然后走到床前，躺了下去。

待她离开后，安全出口的门被推开，男人低着头，头上逆着光影，面色冷酷，他伸手脱掉外衣，然后扔在了楼梯上。

5

晚些的时候，祝靖寒来了，乔晚躺在床上，眼睛瞎的后果就是除了吃喝拉撒睡外，就不能做别的事情了。

门打开，传来他稳重的脚步声，乔晚躺在那里，闭着眼睛，然后翻了个身。

"待会儿老爷子要来看你。"祝靖寒走到床前，看着乔晚背对着他，明明就没有睡着。

"嗯。"她瓮声瓮气地应了一声，表示知道了。

祝靖寒坐在床上，然后伸手放在她的肩膀上。

"我把你那个也带来了，怕你没得用。"

他语气里带着笑意。此时他眸光温暖，葱白的指尖缓慢地挪到了她粉嫩的唇上。温热的温度，让乔晚一下子就想起了中午时候的事，没理会祝靖寒好心地把卫生巾带来了的话题，乔晚转过头，辨别着他的脸，然后凝视着他。

"你现在知道说话了？"前面他来的时候，她那么问，都不见他开口。

"嗯？"祝靖寒不太明白她说什么，所以也没在意，只是帮她把被子往上拉了拉，这几天不能受凉。

还装傻，真是无赖！乔晚咬牙看着他，她的眼神很有力度，看得祝靖寒有些想笑。

"你是不是太想我了？"祝靖寒突然觉得被一个女人这么惦记着也是一种

一生向晚

幸福。

乔晚腾地坐起来,额头一下子撞上祝靖寒低着的额头。"嘶"的一声,两人同时捂住脑袋。

"好疼,你离我那么近做什么?"乔晚就要哭了,这是造的什么孽啊,真是的。

"你突然起来干什么,眼睛不好还不老实待着。"虽然祝靖寒这么说着,但是他的手已经覆在了乔晚被撞的脑袋,轻轻地揉着。

"你喊什么喊,我是病号。"她就不服了,这男人温柔一会儿会死啊。

祝靖寒静下心来,然后起身坐到床头的位置,把乔晚的脑袋放在了自己的腿上。

"刚才你说的话是什么意思?"

"没意思。"乔晚一听他的话,虽然看起来像是真的不知道,但是她也绝对不会就这么相信他的,祝靖寒实在是太恶劣了。

她的手伸出去掰祝靖寒的手。

祝靖寒笑了笑,突然想起来了什么,他低头,把唇轻轻地凑在了她的耳边,然后缓慢地说道:"你这几天心情不好,我理解,但是能不能别掰了,你脑袋不疼,我手都疼了。"

他温声细语的样子,眼角带着笑意,显然觉得乔晚现在的样子挺可爱的。

"谁说我这几天心情不好了?"乔晚皱眉,这是什么理论。

祝靖寒显然是不想解释,他的手滑进被子里,温热的大手覆在她的肚子上。

乔晚一抖,这男人这是想怎样啊?

她的过激反应让祝靖寒心里很不开心,他一碰她,她要么抗拒,要么就死僵死僵的,他的眉十分清冷,然后大手滑进她的病号服内,手越发向下。

乔晚整个人都僵住了,这是调戏吧。

"祝靖寒,别不要脸,手拿出去。"她咬牙,很是生气。

有些人就是什么难就要做什么,什么不好挑战就要做什么,乔晚拒绝,他就更想做什么了。

"就不拿,不服你咬我啊。"他的手停在那里,手掌温热,一动也不动,他虽然不会现在就办了她,但是逗逗她也挺好玩的,况且,她皮肤的触感实在是好,他摸到就不想撒手了。

乔晚眼睛一瞪,她本来想起来,但是祝靖寒放在她脑袋的那只手,一下子就摁在了她的脸上，乔晚没起来，然后脸还不小心偏移了一下。

乔晚觉得，她的耳朵好像碰触了什么不得了的东西，没吃过猪肉还没见过猪跑吗，况且也不小了，她当然清楚地知道她现在枕着的东西是什么。

她的脸唰地一红，红成了猴屁股。

"那个，我就动一下，你不要介意。"什么气势啊，气场啊，全部消失得无影无踪，现在的动作太尴尬，尴尬到她想立马把祝靖寒推出去。

祝靖寒眸子黑了黑，她不动就够惹火的了，腿上那么多的地方可以躺，偏偏要凑到那里去，现在还要动，怎么可能。

他的手稳稳地放在那里，乔晚的脑袋动也动不得，她开始蹬腿。

祝靖寒眼神一沉，还没完没了了，他将放在乔晚小腹的那只手抽出来，然后翻转身子，一下子就来了个床咚。

乔晚被压在他的身下，然后嗓子眼里咕咚了几声，她的心开始怦怦怦地跳。

"祝靖寒，我难受呢，你下去。"她的声音软软的。

听的祝靖寒心里一动，然后单手撑在她的耳侧。

他的声音魅惑沙哑，而后开口："我更难受。"

那意思，再明显不过了。

乔晚的脸上有些不自然，她下意识地伸手，去推祝靖寒。

祝靖寒眸色深沉，一下子抓住她的手，小心地按住。

祝靖寒眸光一沉，然后俯下身来，声音沙哑："乖乖的，睡一会儿吧。"

乔晚静静地点了点头，他现在很好心的样子。

她闭上眼睛，祝靖寒见她听话的样子，脸上露出戏谑的笑意。忽地，他大手扣住她的后脑勺，然后唇准确地覆在了她温软的唇上。

乔晚唰地睁开眼睛，她刚才是被这男人骗了吧，他不是让她乖乖地睡觉吗，他现在这行为绝对是乘人之危。

乔晚又气又恼，差点呼吸不过来。

"咳咳！"

两声重咳，外加上开门的声音，让乔晚的脑子轰地炸开。

祝靖寒大手拉上被子，把乔晚被半褪掉裤子所露出来的雪白大腿盖上，然后不悦地回头，赫然发现，正是要来看乔晚的老爷子还有祝母高芩。

祝靖寒的脸色不太好，谁的好事被打断了还开心的？

祝老爷子也觉得自己来得不是时候了，啧啧啧，要是他大孙子提前告诉他

一生向晚

236

一声,他说什么也不能来啊。

祝靖寒翻身下床,然后站在窗前,头发有些乱,白皙的面庞带着红色,老爷子拄着拐杖走了进来。

高芩的脸色也有些挂不住,这两个人也不看看这是什么地方,真是时代在变,人也在变啊。

高芩走上前,然后走到乔晚的身边,关心地问道:"好点了吗?"她也是刚才才知道乔晚眼睛的事,这两个孩子还真是不把她放在眼里了,什么事都不跟她说,要不是去接老爷子,她还不知道这回事呢。

"好多了,妈。"乔晚多少有点不好意思,顿时坐了起来,脸上还带着绯红,很好看的样子。

高芩叹了一口气后说道:"以后可小心点,都这么大了,还让别人这么操心。"

高芩的意思乔晚大概听明白了,一语双关,是生气她给祝靖寒添麻烦了吧。

"我知道了,以后会小心的。"乔晚一笑,没再说其他的事情。

高芩看了看,然后点头,这小丫头有时候还是挺懂事的,长得也挺好看,就是身子单薄了些。

"妈给你带了些东西,你每天按时吃,好好补补,看你瘦的。"

乔晚是没看到,但是祝靖寒可看到了,高芩手里拎着好几袋子东西,和那天老爷子给他带来补肾的东西差不多,都是有营养的,还有人参鸡汤。

乔晚点头,也不知道高芩给带的是什么,但是人家一片好意,总归还是不拒绝的好。

"要是看够了,就赶紧走。"祝靖寒不耐烦地摆了摆手。

高芩白了自家儿子一眼,看给他猴急的。

老爷子哼了一声,然后戳了戳拐杖。

"乔丫头,你好好住院,可劲儿地使唤靖寒这小子就行,不用怕,爷爷给你撑腰。"

老爷子话一出,祝靖寒嘴角就抽了抽,果然,老爷子和乔晚这臭丫头是同一战线的。

"谢谢爷爷。"乔晚咧嘴笑得开心,那样幸灾乐祸的样子看在祝靖寒眼里又是一沉,等老爷子走了,看她还笑得出来嘛。

祝老爷子又看了自家孙子两眼,就拄着拐杖和高芩离开了。祝靖寒把两人送出去后，轻轻地关上了病房的门，他慢慢地往乔晚那边走。

乔晚一想到刚才的事，就觉得浑身冒汗，于是拽住被子，整个人干脆都缩了进去。

6

祝靖寒见她窝在里面也不急，他的脸上淡定，从容优雅地站在床边。

"里面不热吗？"

乔晚把自己包裹得跟个蚕蛹一样，在里面使劲儿地摇头。祝靖寒着实让她受到了惊吓，万一饥不择食了怎么办，她可不想离婚后一个人带着孩子，那太凄凉了，也太便宜他了，万一好不容易怀胎十月生了，祝家再来抢，她肯定会发疯的。

祝靖寒皱着眉，这女人闷在里面不难受吗，这么热的天盖被子就已经够热的了，还要把整个人都闷在里面。

过了一会儿，她还维持着那个动作，祝靖寒怕她自己把自己闷死，于是伸手去扯被子。两人扯了半天，论力度乔晚当然大不过祝靖寒。

被子被扯开后，乔晚刚露出脑袋就深吸了一口气，她真是没脸见人了。

祝靖寒站在那里一副饶有兴致的样子。乔晚拧眉，眯起眼睛模糊地看到他在笑，还笑得这么妖孽是什么意思。她低头一看，慌忙地拉上被子，呸，这个臭流氓，往哪儿看呢。

突然祝靖寒转身，然后迈步走向门口，步子十分矫健和稳当，她一愣，不是跛脚了吗？难道上午她看错了？

总觉得不该好得这么快，不过倒是也合理，她的眼睛现在跟瞎子没啥区别，也许只是看错了呢。

"啪嗒"一声，是病房门落锁的声音，乔晚想哭了，怪不得他要往门口走，原来是去锁门了，可是他锁门要干什么啊。

没等她想通，男人高大的身子便欺身过来了，他幽深的眸中染上异样的颜色，声音沙哑魅惑："人都走了，我们继续。"

"谁要跟你继续，你去找别人去。"

乔晚防备地护着身子，生怕他一个激动，兽性大发，她就得不偿失了。

"乔晚，我去找别人，你不后悔？"他的手握住她的手，然后笑看着一脸局促的女人。

她怎么不后悔，谁把自己丈夫往外推不后悔的，况且是她喜欢的男人，她又不是圣人。不过，乔晚是典型的死鸭子嘴硬，打死也不承认。

"不后悔。"只是她的话不仅没撵走身上的男人，反而惹怒了他，男人的大手握住她的小手把她两只手举过头顶，她脸上一片赤色。

"臭流氓，松手。"

祝靖寒没理会她的抗拒，笑得倾国倾城。

"这事别人做不了，只有你可以。"

他眸子微眯，邪魅摄人，乔晚心里忽然一滞，竟然不那么抗拒了。

"要不要让你见识见识更流氓的？"

他沉着声，极具诱惑力，乔晚听着都心痒痒的，要不是她现在不方便，她早就把持不住，把眼前这个清冷妖孽的绝色美男给扑倒了。

"不要。"

乔晚明确地拒绝，她不想见识，一点都不想。

"容不得你拒绝。"祝靖寒哪里是那种她说什么就是什么的人，他动手前给个话就是恩赐了，难道她还指望着提意见不成！

"那你问我做什么？"乔晚欲哭无泪，搞得她好像还有人权一样，这完全是被镇压的节奏啊，不管是从心理上还是生理上，这男人怎么就那么臭不要脸呢。

祝靖寒一只手伸进被窝里，乔晚急眼了，这架势是要来真的啊！

"你往哪里摸呢？"她有点恼了，瞪大眼睛望着一脸正经的祝靖寒。

"你能不能安静点。"祝靖寒要暴走了。

"把手拿出去，不要脸。"

祝靖寒不听，他摸自己老婆，犯法吗？变态吗？显然不啊，他们是合法的夫妻。

"你给我老实点，我就不动你。"

乔晚想哭了："你确定？"她老实点他不就更上一层楼了吗！

"确定。"祝靖寒点头，样子认真，看起来不像是在逗她。

乔晚小心翼翼地放下戒备。

祝靖寒见她老实了，也真的没动她，而是在她身边躺下来。

他的手覆盖在她的小腹上，给她焐肚子。

乔晚一开始还保持着机警，寻思着可不能让他有机可乘了，但是后来越来越困，意识越来越模糊，她也就靠在他怀里睡了。

7

晴好的一天，乔晚迎来了出院的日子。

重见光明，乃是人生一大喜事，听祝靖寒说是要来接她出院的，可是到现在了人还没来。

乔晚收拾好东西后往外走，舒城有个外科手术要做，挤不出时间了，乔晚连说再见的机会都没有。

下了电梯去一楼，乱糟糟的声音，从电梯内就听得很清楚，乔晚提了提手中的包，然后等待电梯门打开。

"叮"的一声，电梯门应声而开，乔晚走了出去。医院大厅里人很多，乔晚没在意地往前走，突然一片闪光灯噼里啪啦地开始闪烁。

乔晚眼睛狠狠地被刺了一下，她伸手挡了挡，然后才发现门口都是记者。

随着大批记者向她靠拢，乔晚有些恍惚，这些人应该不是冲她来的吧，但是怕什么来什么，没几秒，她的面前便堵满了人，记者手里的摄像机照相机像黑洞洞的枪口一样，都对准了她。

她下意识地后退，但是铺天盖地的提问接踵而来，让她一下子就愣住了。

"那天有人看见祝总送你来医院，请问是真的吗？"

"乔小姐你知不知道祝总已经结婚的事情，还是你甘愿做小三？"

"请问你是祝靖寒隐婚的真正祝太太的正主吗？"

"请问你是不是祝靖寒的太太？"

"请问……"

"请问……"

"请问……"

乔晚往后退着，脑袋中回荡的全是"请问"这两个字，她第一个意识便是觉得完了。

周围围满了人，乔晚避无可避。她站定，脸色有些发白，时至今日，她该怎么回答。

她是祝靖寒的妻子没错，先不说祝靖寒的威胁，实际上他们是再过两个月就要离婚的夫妻，她有什么资格去说那样的话。

她的手握紧成拳状。

"不好意思，关于你们的提问，我想我没必要回答。"

脸色一冷，她伸手推开眼前的记者，但根本撼动不了这个包围圈。

"乔小姐，是就是，不是就不是，何苦欺瞒大众。"

欺瞒大众？她还没一点隐私了？

乔晚眼色冷然，看向靠着她很近的那个提问的记者，勾起嘴角："那你的意思,我保护我自己的隐私,我就是欺瞒大众了？是又怎么样,不是又怎么样？"

那记者显然没想到看着柔弱的女人会反驳，刹那间被堵得一句话都说不出来了。

但是，乔晚模糊的态度让众人逐渐坐实了她就是祝太太的身份。

连续的逼问下，乔晚一口怒气就上来了。

"不好意思，我不是你们要找的人，我只是在祝氏工作，至于和祝总，是上司和下属的关系。"

而此时，事件的男主角，正在开国际会议。

东时得到乔晚在医院遭围堵的消息后，急得不行，但他现在显然不能闯进会议室，思来想去还是决定自己先过去看看。他给祝靖寒发了一条消息，说明了大致的情况，便开车赶去了医院。

祝靖寒讲话结束后，走到位子上坐下，便看到了手机里的短信。

他俊眸冷冽，刹那间寒气迸发。他起身直接冲出了会议室，只剩下一堆人面面相觑，最终还是高管处理，结束了和国外大客户的视频会议。

"一个普通的员工，祝总怎么会亲自送来医院，乔小姐，这有悖常理。"

这些记者伶牙俐齿，一步一步地攻击，让乔晚已经找不出话来否定了。

这时，一个男人磁性的声音径自穿插了进来："因为她是朋友的女朋友。"

乔晚脑子猛地一疼，眼眶通红——这声音，不是幻觉对不对？

她不知道哪里来的力气，拨开人群。

记者都纷纷分为两路，让开了位置，而那个男人的脸就那么出现在人前。

乔晚心里翻涌着复杂思绪，一口气没上来，顿时眼前一黑，直接晕了过去。

男人上前，扶住她的身子，然后抱在了怀里，他低头，看着她苍白的脸色，眉眼间笑意深厚。

直到乔晚被男人抱着离开，众记者才回过神来。

不知道是谁喊了一句，一下子惊醒了众人。

"他好像是顾家长子顾珩。"

随着这一声，所有人一片哗然，面面相觑。

"顾家长子不是死了吗？怎么会出现在这里？"

"难道顾家还有其他孩子？"

"你们有没有注意到他的腿好像出问题了。"

"是啊，是啊。"

"走走走，回去写新闻，这个消息实在太震撼了。"

随着人群的散开，记者们一下子都蜂拥地跑出了海世医院，而舒城，刚结束手术出来，无菌服还未来得及换下。

他站在那里，目光凝滞，刚才是怎么回事？怎么乱糟糟的？

他看了看医院前台的时钟，然后叹了一口气，这丫头，就不能等他手术完了再走？

他转身，往走廊那边走去，背影修长。

— 上部完 —

图书在版编目（CIP）数据

一生向晚/ 奇葩七著.-- 贵阳:贵州人民出版社,2016.6
(2020.3重印)
ISBN 978-7-221-13259-8

Ⅰ.①一… Ⅱ.①奇… Ⅲ.①长篇小说－中国－当代 Ⅳ.
①I247.5

中国版本图书馆CIP数据核字(2016)第128771号

一生向晚

奇葩七 著

出 版 人	苏　桦
出版统筹	陈继光
选题策划	杜莉萍
责任编辑	胡　洋
流程编辑	胡　洋
特约编辑	雁　痕
封面设计	逸　一
封面绘制	闫听听
出版发行	贵州人民出版社（贵阳市观山湖区会展东路SOHO办公区A座 邮编：550081）
印　　刷	三河市华东印刷有限公司
开　　本	710×1000毫米 1/16
字　　数	172千字
印　　张	16
版　　次	2016年7月第1版
印　　次	2016年7月第1次印刷 2020年3月第2次印刷
书　　号	ISBN 978-7-221-13259-8
定　　价	48.00元

STAFF/制作团队

大鱼文学工作室

【总策划】
苏瑶

【副总策划】
杜莉萍

【文字编辑】
雁痕

【视觉设计】
逸一

【封面和插图】
闫听听

【权和媒体运营】
赵婧（zhaojing@dayubook.com）

【校对】
雷双